Klarant Verlag

Bärbel Muschiol wurde 1986 in Weilheim, Oberbayern, geboren. Glücklich verheiratet lebt und arbeitet sie mit ihrem Mann und ihren zwei Kindern, heute noch immer im tiefsten Bayern. Im Genre Erotik und in der Belletristik hat sich die Autorin mittlerweile einen festen Platz in den Bestsellerlisten geschaffen.

Bärbel Muschiol

Die Braut des Vampirs

Klarant Verlag

Klarant Verlag, www.klarant.de
ISBN: 978-3-96586-537-2
2. Auflage, 2022
Umschlagabbildung: Klarant Verlag

Printed in the EU.

Besuchen Sie uns im Internet: www.klarant.de

Braut der Schatten

Darkon

Die schwarze Nacht, der würzige Duft von Lavendel und die blutroten Mohnblüten, die sich sachte im leichten Wind wiegen ...

Das kalte, geheimnisvolle Licht des Mondes erhellt die stille Einsamkeit.

Leise wispernd höre ich die zarten Stimmen der Elfen, die sich zwischen all den Blüten verstecken.

Neugierde, Angst und Aufregung spiegeln sich in ihren kleinen Gesichtern.

Ich bin Darkon, einziger Nachkomme König Aramons und Herrscher über das Reich des Blutes und der Dunkelheit.

Im Licht des Mondes bin ich zu Hause. Doch meine Aufgabe ist es, den seit tausend Jahren andauernden Krieg gegen die Blutlosen zu gewinnen.

Schwarze Wolken schieben sich vor das aschfahle Licht des Mondes, und wieder verfluche ich die Götter für ihre blutrünstige Willkür.

Heute Nacht habe ich drei meiner besten Krieger verloren.

Vor Wut und Schmerz fahren meine Fänge aus und ich spüre den unstillbaren Durst nach Blut und Sex.

Als neuer König werde ich so lange rastlos sein, bis ich meine Braut gefunden habe. Mein Königreich braucht neues Blut, starke Nachkommen und eiskalte Krieger, die, ohne zu fragen, kämpfen und töten.

Die Blutlosen dürfen nicht gewinnen. Ich bin der König dieser Welt, der Wächter unseres Blutes und der Herrscher über das Reich der Toten.

Knurrend springe ich von dem Kirchturm, lande völlig lautlos auf den Füßen und entmaterialisiere mich. Es wird Zeit, mit dem Wind zu reisen, mich treiben zu lassen und mein Schicksal anzunehmen.

Gnade, Liebe und Zuversicht. Das sind drei Wörter, die in meiner Welt nicht existieren.

Mein Leben ist auf den niedrigsten Trieben der Menschheit aufgebaut. Ich besitze alles. Macht, Geld, Autos und Frauen. Wir, die Vampire, sind die Helden der Evolution, die Könige der Nacht.

Nacht für Nacht kämpfen wir gegen die Blutlosen, behaupten unseren Machtanspruch und verteidigen unser Königreich.

Seit wir vor einem halben Jahrhundert beschlossen haben, unsere Existenz nicht länger zu verleugnen, herrscht auf dieser Welt Krieg. Die Menschen versuchen noch immer, uns mit ihren armseligen Waffen zu vernichten, ein lächerlicher Versuch ...

Die Menschheit ist nicht für die Herrschaft dieser Welt geschaffen worden, sie sind schwach, kurzlebig und zerstörerisch. Unter unserer Herrschaft leben sie gut, zumindest wenn sie sich unserer Macht beugen.

Gelangweilt beobachte ich, wie sich zwei Frauen an einer Polestange räkeln. Ihre Körper sind schlank, ihre Haut ist mit den schwarzen Zeichen der Sklaven gezeichnet.

In jedem Krieg gibt es Opfer. Das Leben ist schwer und der Tod wartet an jeder Ecke darauf, einen in die tiefste Hölle zu ziehen.

Die vergangene Nacht war hart, die Blutlosen, unsere stärksten Feinde, haben sich in den vergangenen Jahrzehnten weiterentwickelt. Sie sind raffinierter geworden, und es wird verdammt noch mal Zeit, dass wir sie endgültig auslöschen.

Heute Nacht wird gefeiert, um mich herum herrscht eine ausgelassene Stimmung. Meine Krieger genießen ihren Sieg, betrinken sich maßlos und suchen sich Sklavinnen aus, mit denen sie die anstehenden Stunden verbringen.

Das Töten von Feinden, die Gier nach Blut und der Rausch vom Sex, all das lässt uns stärker werden.

Holy Fuck!

Was gibt es Besseres, als seine Fänge in die zarte Haut einer Menschenfrau zu graben, während sich ihr nackter Körper auf meinem Schwanz windet?

Knurrend versuche ich die innere Unruhe, die mich schon seit Tagen quält, zu ignorieren. Doch es will mir einfach nicht gelingen ...

Vor knapp neun Nächten, als ich der Spur eines Blutlosen gefolgt bin, hat mich der Duft einer Menschenfrau völlig aus dem Konzept gebracht.

Die Jagd begann so wie immer, der unerträglich faulige Geruch eines Blutlosen stieg mir in die Nase, und ich wusste, dass ich der richtigen Fährte folgte.

Seit Jahrhunderten versuchen diese Wesen uns Vampire auszulöschen, doch sie haben keinen Erfolg. Keine zehn Meter vor mir sah ich einen ihrer Krieger. Ihre weiß-bläuliche Haut, ihre schwarzen Augen und die katzenhaften weißen Pupillen lassen sie wie Dämonen aussehen. Doch das täuscht.

Dämonen sind mächtig, kräftig und intelligent. Die Blutlosen hingegen sind minderwertige Subjekte, die durch ihren nicht vorhandenen Verstand langsam, aber sicher von der Bildfläche verschwinden. Und es ist meine Aufgabe, dafür zu sorgen, dass sie das eher früher als später tun werden.

Das schnelle, effiziente Töten unserer Feinde ist eine meiner leichtesten Übungen. Ein leiser Sprung, ein heftiger Ruck am Nacken und ein Stich mitten in die Stirn, und die Krieger der Blutlosen zerfallen zu weißem Staub.

Gerade als ich zum tödlichen, finalen Sprung meiner Jagd ansetzen wollte, witterte ich einen anderen Geruch.

Bei allen Monden!

Als Anführer aller Krieger sollte ich mich nicht durch so etwas Banales wie einen Geruch ablenken lassen, völlig egal, wie verführerisch er auch gewesen sein mochte.

Doch ganz genau das war passiert. Wütend auf mich selbst sah ich dem Blutlosen nach, nicht sicher, wie ich diese neue Situation einschätzen sollte. Meine Fänge fuhren aus und ich wusste, der Geruch, der meine Jagd so abrupt beendet hatte, gehörte einem Menschen, genauer gesagt einer Frau.

Sie war noch gute einhundert Meter von mir entfernt, und dennoch hatte sie es geschafft, mich nur durch ihre Anwesenheit von meiner tödlichen Pflicht abzulenken.

Die verführerische Mischung aus Vanille, Zimt und dem unvergleichlich köstlichen Blut, das durch ihre Adern pulsiert, lockte mich immer schneller in ihre Nähe.

Wenn es nach mir ginge, wäre alles so einfach: Nur ein kleiner Biss, während sich ihr weicher Frauenkörper an den meinen presst, und das Wissen, dass sie mir alles geben würde, was ich will, hat mir einen verdammten Harten beschert. Das erste Mal seit meiner Existenz, die auf Jahrhunderte zurückgeht, sehne ich mich nach einer ganz bestimmten Frau.

Menschen sind wichtig, sie halten die Wirtschaft am Laufen, arbeiten unermüdlich und hoffen auf ein Leben in Reichtum und Erfolg. Sie sind wie Ameisen, immer pflichtbewusst und fleißig. Menschen sind klein, schwach und ängstlich. Sie stehen in der Evolutionshierarchie weit unter uns, die meisten von ihnen wissen, dass sie gegen unsere Herrschaft nie ankommen werden, doch es gibt nur wenige, die uns freundlich gegenüberstehen.

Krieg ist Krieg, Kampf ist Kampf und das Wort Unterdrückung kann nun mal nicht freundlich umschrieben werden.

Wütend über mich selber, habe ich in der besagten Nacht vor neun Tagen wirklich all meine Selbstbeherrschung anwenden müssen, um meine Sinne wieder auf die Jagd zu konzentrieren. Die Frau und ihren Duft ausblendend bin ich dem Blutlosen gefolgt und habe ihn schnell und effizient getötet.

Unzufrieden sehe ich mich um, der Sex mit einer Sklavin ist nicht schlecht, doch für heute Nacht ist er nicht das Wahre.

Natürlich könnte ich mir auch eine Frau meiner Spezies nehmen. Doch der Gedanke reizt mich nicht im Geringsten. Ich will die Frau, deren Geruch mich seit neun Tagen verfolgt.

Entschlossen, mir endlich zu holen, was ich begehre, stehe ich auf, schnappe mir mein Creed, eine scharfe, versteckte Klinge, und verlasse die Party. Zur Hölle mit allen Regeln. Ich bin Darkon, König der Finsternis und tödlichster Krieger im Reich der Schatten. Wenn ich eine menschliche Frau will, dann habe ich jedes Recht, sie mir zu nehmen.

Alyssa

Funkelnd und geheimnisvoll zeichnen die Sterne kleine geheime Geschichten an den pechschwarzen Nachthimmel. Seit dem Anbeginn der Menschheit versuchen wir die Sterne in unser Leben zu integrieren. Wir haben uns an ihnen orientiert, sie nach der Zukunft befragt und unsere Wünsche zu ihnen geschickt, in der Hoffnung, dass sie früher oder später erhört werden.

Kalter Nordwind bläst durch meine rotbraunen Haare, weht sie mir ins Gesicht und jagt mir eine Gänsehaut über den Rücken.

Heute Nacht hat der Himmel etwas Bedrohliches, etwas Dunkles, das direkt auf mich zuzukommen scheint. Die Geheimnisse dieser Welt liegen in den unendlichen Weiten des Universums verborgen, sie lassen uns Menschen klein und bedeutungslos werden, und dennoch ändert das nichts an meinem unsäglichen Schmerz.

Heute jährt sich zum ersten Mal der Todestag meiner kleinen Schwester Sarina, die unter mysteriösen Umständen von einem Hochhausdach in den Tod gestürzt ist.

Von meinem Wohnzimmerfenster aus habe ich einen wundervollen Blick über das nächtliche Seattle.

Der Space Needle leuchtet in kaltem Blau und erinnert mich an ein UFO, während im Hintergrund die unberührte Natur durch den Mount Rainier vertreten wird.

Bisher habe ich meine Lebensunterhaltskosten durch das Erbe meiner Eltern finanziert. Doch jetzt, wo ich langsam ans Ende meines Literaturstudiums komme, sind meine finanziellen Mittel völlig aufgebraucht.

Wieder so eine Sache, um die ich mich kümmern muss, wieder etwas, das mir das Leben schwer macht.

Manchmal glaube ich, dass ich im falschen Leben gelandet bin, so als hätte mich das Schicksal fehlerhaft im Spiel des Lebens postiert.

Unglücklich und frustriert habe ich das Gefühl, dass mir die Decke auf den Kopf fällt. Ich brauche frische Luft, das Gefühl, am Leben zu sein, und Bewegung.

Mit einem mulmigen Gefühl im Bauch schalte ich das Licht aus, schnappe mir meine Jacke und schlüpfe in meine Stiefel.

Eigentlich gehe ich nur ungern in der Dunkelheit aus dem Haus. Bisher habe ich zwar noch nie Ärger mit einem Vampir oder einem Blutlosen gehabt, doch das bedeutet nicht, dass dieses Glück weiterhin anhält. Sobald das Zwielicht die Nacht einläutet, treiben sich in den Straßen die dunkelsten Gestalten herum. Der endlose Kampf ums Überleben, der Krieg zwischen Vampiren und Blutlosen und die Schutzlosigkeit der Menschen – all das macht mir ungeheure Angst. Viele Frauen suchen regelrecht die Nähe zu Vampiren, sie versuchen eine von ihnen zu werden, in der Hoffnung, so die Unsterblichkeit zu erlangen. Doch so eine bin ich nicht. Weder will ich mit diesen Kreaturen Kontakt haben noch eine von ihnen werden. Alles, was ich will, ist meine Ruhe. Meine letzte Beziehung ist mittlerweile ein gutes Jahr her, Tim, so heißt mein Exfreund, ist alles andere als ein Traummann gewesen, doch er hat die unendliche Einsamkeit, die sich in mein Herz geschlichen hatte, erfolgreich vertrieben. Wie jede Frau träume ich von einem anständigen Mann, einer eigenen Familie und einem erfüllten Leben. Das einzig Dumme an diesem Traum ist, dass ich eine Realistin bin. Das Leben in der heutigen Zeit ist schwer, der Kampf ums Überleben hart und die Liebe ist wie eine bunte Seifenblase, die beim leichtesten Wind des Schicksals zerplatzt.

Die kühle Herbstluft lässt meinen Verstand etwas runterfahren.

Die Trauer um meine kleine Schwester flutet mein Herz und ich versuche tapfer zu bleiben.

Wird es jemals besser?

Hört dieser alles durchdringende Schmerz jemals auf?

Und nicht zum ersten Mal an diesem Abend habe ich das Gefühl, dass das Schicksal und ich keine besonders guten Freunde sind.

Wie so oft in letzter Zeit habe ich gerade wieder das Gefühl, dass mich jemand verfolgt. Was ist, wenn ich jetzt auch noch paranoid werde?

Möglichst unauffällig beobachte ich meine Umgebung, alle Menschen sind mit ihrem eigenen Leben beschäftigt, Krieger sehe ich keine und auch andere Kreaturen scheinen so früh am Abend noch nicht auf den Straßen zu sein.

Erleichtert wandere ich durch die Stadt, beobachte mein Umfeld und überlege mir, wie ich mein Leben wieder auf die Reihe bekommen soll.

Tief in Gedanken versunken überquere ich die Hauptstraße, das seltsame Gefühl, beobachtet zu werden, beschleicht mich erneut und ich beschleunige meine Schritte.

In den letzten Wochen sind immer wieder Frauen verschwunden, und soweit ich das durch die Medien mitbekommen habe, sind sie nie wieder aufgetaucht. Vielleicht war es doch keine so gute Idee, um diese Uhrzeit noch aus dem Haus zu gehen. Verängstigt biege ich in die nächste Straße ein, bleibe kurz stehen und lausche angestrengt, ob ich irgendetwas Verdächtiges höre. Doch da ist nichts, nur die normalen

Geräusche einer großen Stadt. Die Motoren der Autos, die Sirenen der Polizei und das Rascheln der Äste, die sich im leichten Wind biegen.

Noch immer nicht wirklich beruhigt mache ich mich auf den Heimweg. Das Einzige, das diesen Abend noch retten kann, ist eine heiße Badewanne und ein gutes Buch.

Das leise Knacken eines Astes lässt mich zusammenzucken.

Sei nicht so ein Angsthase, alles ist gut!

Verzweifelt versuche ich mich selbst zu beruhigen, doch es will mir einfach nicht gelingen.

Ich muss hier weg, ich muss in meine Wohnung und die Türe hinter mir schließen.

Um mich selber etwas abzulenken, suche ich in meiner Handtasche nach meinem Wohnungsschlüssel. Gerade als sich meine Finger um das kalte Metall schließen, spüre ich einen eiskalten Windhauch in meinem Nacken.

Bitte nicht!

Unsicher drehe ich mich um, der Gestank von Verwesung schlägt mir entgegen, lässt mich beinahe würgen.

Da ist einer, da ist eines dieser Wesen, die so unheimlich aussehen, dass mir das Blut in den Adern gefriert ...

Bis jetzt habe ich die Blutlosen nur im Fernsehen oder auf Fotos in der Zeitung gesehen. Vor lauter Angst setzt mein Herz ein paar Sekunden aus, ehe es panisch zu rasen beginnt. Was soll ich denn jetzt machen?

Die unheimlichen schwarzen Augen, die durch die katzenhafte Pupille noch erschreckender aussehen, fixieren mich.

Vielleicht muss er ja nur in dieselbe Richtung wie ich? Ich meine, nicht alle dieser Wesen sind psychopathische Killer. Oder?

Mein ganzer Körper schreit nach Flucht, doch seine unheimlichen Augen nageln mich fest. Seine Nähe, der widerliche Geruch und meine unglaublich große Angst vor dem, was vielleicht passieren wird ...

Meine Füße fühlen sich an wie Blei, meine Beine wollen mir nicht gehorchen und meine Finger beginnen zu zittern.

Ich bin verloren!

In diesem Moment weiß ich instinktiv, dass dieses Wesen nicht einfach nur in dieselbe Richtung will, es will mich. Die Frage ist nur, warum?

Ich meine, Vampire trinken unser Blut. Aber die Blutlosen? Zu meiner Schande habe ich keine Ahnung, von was sie leben oder wie sie sich ernähren.

Fuck! Ich hätte einfach zu Hause bleiben sollen!

Panisch kratze ich meinen kompletten Überlebensinstinkt zusammen, drehe mich um und beginne so schnell zu laufen, wie mich meine Beine tragen.

Scheiß Schicksal!

Soll der einjährige Todestag meiner kleinen Schwester wirklich der Tag meines Todes werden?

Das Wissen, dass mich niemand vermissen wird, lässt mich noch ängstlicher werden. Mein Leben ist eine absolute Katastrophe, aber das bedeutet nicht, dass ich das in Zukunft nicht irgendwie ändern kann!

Das wilde Geräusch eines Fauchens verrät mir, dass der Blutlose nicht besonders glücklich über meine Gegenwehr ist.

Pech gehabt, das ist mein Leben, und ich werde es nicht kampflos aufgeben!

Meine Handtasche schlägt gegen meinen Rücken, meine Lunge brennt und meine ungeweinten Tränen behindern meine Sicht.

Noch bevor ich den Randstein sehe, stolpere ich, automatisch strecke ich meine Hände nach vorne. Harter Beton, kleine Kieselsteine und Dreck schürfen meine Handflächen auf. Der Schmerz, der mich durchzuckt, lässt mich leise wimmern. Verzweiflung sucht mich heim und ich weiß, dass mich jetzt nur noch ein Wunder retten kann.

Der widerliche Geruch wird wieder stärker und auch ohne dass ich ihn sehe, weiß ich, dass er direkt hinter mir steht.

Was passiert jetzt?

Meine Knie sind aufgeschlagen und blutig, meine Lunge schreit nach Luft und mein Puls hämmert lauter als ein Presslufthammer.

Ich bin schachmatt.

„Was zum Teufel willst du von mir?“

Vorsichtig drehe ich mich um, sehe in seine unheimlichen Augen und versuche ihn mit mehr Mut, als ich in Wirklichkeit habe, auf Abstand zu halten.

„Du bist die Braut – die Braut der Schatten. Ich werde dafür sorgen, dass sich die Bestimmung nicht erfüllt. Ich werde dich töten und unsere Zukunft sichern!“

Verwirrt schüttle ich meinen Kopf, ich habe keine Ahnung, wovon diese Kreatur eigentlich redet. Aber ich weiß, dass er sich täuschen muss.

„Ich habe keine Ahnung, wovon du redest. Ich weiß nichts von einer Bestimmung und ich bin nicht die Braut der Schatten. Du musst mich verwechseln!“

Meine Wut scheint ihn zu überraschen, prüfend sieht er mich an, seine Augen werden schmal und seine Zähne beginnen immer länger zu werden.

„Deine Unwissenheit ändert nichts an der Tatsache. Dein Tod ist unausweichlich. Lass es uns zu Ende bringen.“

So eine Scheiße. Nicht nur, dass ich von einem Blutlosen umgebracht werde, nein, der muss auch noch völlig verrückt sein. Mal wieder haben meine Desorientiertheit und meine Tollpatschigkeit dafür gesorgt, dass ich in der Klemme stecke.

Mein Unterbewusstsein schließt ängstlich die Augen, während es ein Vaterunser betet. „Verpiss dich. Du bist doch völlig verrückt.“

Seine knochigen Hände, die grünlichen Fingernägel und seine unglaublich lang gewordenen Zähne ...

In gebeugter Haltung kommt er auf mich zu, in seinen Augen sehe ich tödliche Vorfreude, während ich noch immer versuche seine Wörter zu verstehen.

Wie kommt er nur darauf, dass ich die Braut der Schatten bin? Ich bin Single!

Je näher er mir kommt, umso intensiver wird sein ekelhafter Geruch. Ich versuche möglichst flach zu atmen, während ich langsam nach hinten rutsche. Es muss doch irgendwie möglich sein, dass ich ihm entkomme.

Adrenalin pumpt durch meine Venen.

„Hilfe!“ Ich schreie, so laut ich kann, doch es scheint mich keiner zu hören.

Seine knorrigen Finger umfassen meine Kehle, sein abscheulicher Atem lässt mich würgen und meine Sinne spielen verrückt. Seine schwarzen Augen beobachten zufrieden, wie ich mit jeder Sekunde schwächer werde. Mit letzter Kraft versuche ich seine Hand von meinem Hals zu entfernen. Vor meinen Augen tanzen schwarze Punkte, während sich mein Bewusstsein mit jeder Sekunde mehr verabschiedet.

„Lass mich los, ich bin nicht die Frau, die du suchst!“

Krächzend verschwende ich meinen letzten Atem für diesen Satz, ehe ich in einem dunklen Schwarz versinke.

So fühlt es sich also an zu sterben ...

***

Darkon

Meine Sinne sind die eines Kriegers. Ganz davon abgesehen, dass ich jeden Menschen wiederfinden kann, wenn ich seinen Geruch schon einmal wahrgenommen habe. Ungeduldig, erregt und wütend auf mich selbst, durchsuche ich die Stadt. Ich bin davon ausgegangen, dass ich sie in einem Haus finden würde, doch da habe ich mich anscheinend getäuscht. Angespannt folge ich ihrer Fährte, verfolge ihre Duftspur und werde mit jeder Sekunde nervöser. Irgendetwas scheint nicht zu stimmen. Ihr süßer Duft ist von Angst durchtränkt. Und der bittere Gestank eines Blutlosen vermischt sich mit ihrem köstlichen Aroma. Weit bin ich nicht mehr von ihr entfernt, ich kann ihren Herzschlag hören, ihr Puls donnert durch ihren Körper. Sie muss in Schwierigkeiten stecken. Knurrend stürme ich auf sie zu und was ich sehe, lässt mich rotsehen.

Ein Krieger der Blutlosen hat seine weißen Finger um ihren schlanken Hals gewickelt. Die Frau, die ich für mich beanspruchen will, liegt kraftlos vor ihm auf dem Boden.

Knurrend fahren meine Fänge aus, meine Muskulatur spannt sich an und meine Wut explodiert schlagartig.

Dafür wird er sterben!

Der Blutlose ist so auf die Frau vor ihm fixiert, dass er mich erst bemerkt, als es schon zu spät ist. Mit aller Kraft ramme ich meine Klinge in seinen Kopf, während ich zeitgleich sein Genick breche.

Zu Staub zerfallend verschwindet seine Hand von ihrem Hals.

Der Geruch von Tod und Verwesung verschwindet augenblicklich und zurück bleibt der süße Duft der Menschenfrau, die bewusstlos vor mir liegt.

Ihr schwacher Puls macht mir Sorgen.

Bullshit!

Das erste Mal seit Jahrhunderten übt eine Frau eine gewisse Anziehungskraft auf mich aus, und ich komme zu spät.

Nein! Das werde ich nicht zulassen.

Fauchend nehme ich sie in die Arme, presse sie an meine Brust und entmaterialisiere mich mit ihr. Es ist mir egal, ob ich mich gerade richtig verhalte. Alles, was ich will, ist das Blut dieser Frau, ihren köstlichen Geruch und ihre feuchte Pussy.

Sie wird leben, sie muss leben – denn meine Entscheidung ist gefallen.

Dieses Mädchen wird meine neue Sklavin. Sie wird mein Eigentum und ich werde nicht zulassen, dass sie mir wegen eines Blutlosen wegstirbt.

Keine sechzig Sekunden später komme ich mit ihr in meinem Zuhause an.

Ich mache mir erst gar nicht die Mühe, das Licht einzuschalten, meine Augen sind an das Leben in der Dunkelheit gewöhnt.

In meinem Wohnzimmer angekommen, lege ich sie auf die Couch, lausche ihrem schwachen Puls und weiß, dass sie nur noch eine Sache retten kann: mein Blut.

Ihre weichen Lippen locken mich, ihr kleiner, zerbrechlicher Körper verspricht mir das Paradies.

Dieser Blutlose kann verdammt froh sein, dass ich ihn schon erledigt habe, sonst könnte er etwas erleben. Heute Nacht wollte ich mich an diesem Körper bedienen, doch stattdessen muss ich ihr erst das Leben retten, ehe ich sie für mich beanspruchen kann.

Mit der Gesamtsituation unzufrieden, fahre ich mit meiner Zahnspitze über die Haut an meinem Handgelenk, rotes Blut kommt zum Vorschein. Jetzt halte ich es über die leicht geöffneten Lippen meiner neuen Sklavin und lasse es in ihren Mund tropfen.

Es dauert nur einen Augenblick und ich kann hören, wie ihr Herzschlag wieder kräftiger wird, ihre Atmung kommt wieder in gleichmäßigen Abständen und ihre Gesichtsfarbe nimmt wieder einen rosigen Teint an.

Das war verflucht knapp!

Diese menschlichen Frauen sind verdammt leicht zu töten. Eine Tatsache, die ich mir merken muss, das Letzte, was ich will, ist, dass ich sie aus Versehen umbringe, indem ich mir einen Schluck zu viel von ihrem köstlichen Blut genehme oder sie zu hart rannehme.

Knurrend wende ich mich von ihr ab, es wird noch ein paar Minuten dauern, bis sie wieder zu sich kommt.

Das wird eine lange Nacht. Jede Frau reagiert anders, wenn sie erfährt, dass sie von einem Vampir beansprucht wird ...

Manche von ihnen können es gar nicht erwarten, einem Vampir zu gehören, wieder andere hingegen wehren sich mit Händen und Füßen gegen die Verbindung.

So oder so – meine Entscheidung ist gefallen!

Ganz davon abgesehen, dass sie nach den Gesetzen meiner Welt jetzt schon mein Eigentum ist. Ich habe ihr gerade das Leben gerettet, was bedeutet, dass sie ab jetzt mir gehört.

Unruhig gehe ich zur Bar, schenke mir ein Glas Bourbon ein und beruhige meine Nerven. Im Gegensatz zu den Menschen kann ich so viel Alkohol trinken, wie ich will, es berauscht mich nicht. Aber das stört mich nicht weiter, ich liebe den rauchigen Geschmack eines alten, im Eichenfass gereiften Whiskys.

Der Duft meiner neuen Sklavin erfüllt mein Reich, lässt mich immer hungriger werden. Seit neun Tagen warte ich auf diesen Moment, seit neun Tagen sehne ich mich nach ihrem Blut, ihrem Körper und ihrer Unterwerfung.

Ein leises weibliches Wimmern lässt mich fauchend meine Augen schließen.

Bei allen sieben Höllen!

Die nächsten Minuten muss ich verflucht noch mal all meine Selbstbeherrschung zusammenkratzen!

Das Aroma in mich aufsaugend, leere ich mein Glas in einem letzten Zug.

Es wird Zeit, meine neue Sklavin zu begutachten.

Breitbeinig stelle ich mich vor die Couch, verschränke meine Arme vor der Brust und beobachte gespannt, wie sie blinzelnd ihre Augen öffnet.

Grün wie die Wälder, ihre Augen sind umwerfend.

Noch etwas benommen irrt ihr Blick durch meine Zuhause, ehe sie mich einen Moment später entdeckt. Erschrocken zuckt sie zusammen, rutscht nach hinten und kauert sich zusammen.

„Schhh, beruhig dich."

Panisch fährt ihre Hand an ihre Kehle. Ob das eine Reaktion auf den Angriff des Blutlosen oder auf meine ausgefahrenen Fangzähne ist, kann ich nicht beurteilen.

„Wo bin ich hier?"

Um ihr die Sache zu erleichtern, beschließe ich ihre Frage zu ignorieren.

„Du wurdest von einem Krieger der Blutlosen angegriffen. Ich habe dich gerettet und in Sicherheit gebracht."

„Du bist einer von denen!"

Also eines steht schon mal fest, sie ist keine von den Frauen, die sich nach einem Vampir sehnen. „Ich bin Darkon."

Fürs Erste entscheide ich mich dafür, ihr nicht alles über mich zu erzählen. Sie ist meine neue Sklavin, und ich will, dass sie sich mir unterwirft. Mir als Mann und nicht als dem Herrscher über die Welt der Schatten.

„Du bist ein Vampir."

Der Vorwurf in ihrer Stimme gefällt mir ganz und gar nicht.

„Wenn ich kein Vampir wäre, wärest du jetzt tot."

Meine kleine Menschenfrau sieht ziemlich mitgenommen aus: die Würgemale an ihrer Kehle, ihre aufgeschürften Handflächen und ihre zerrissene Kleidung. Mein Beschützerinstinkt wächst ins Unermessliche. Zur Hölle mit aller Rücksicht und Geduld, wenn ich sie nicht bald nackt in meinem Bett habe, verliere ich meinen Verstand.

„Danke."

Erstaunt sehe ich sie an, jetzt, wo sie weiß, dass ich sie gerettet habe, scheint sie sich zumindest etwas zu entspannen.

Fasziniert von ihrer Ausstrahlung suche ich ihren Blick, nehme sie visuell gefangen und versuche ihre Gedanken zu lesen. Bei den meisten Menschen ist das nicht wirklich schwer. Aber bei ihr, ich höre viele kleine Dinge, so als würde ich von jedem Gedankengang nur einen kleinen Teil mitbekommen. Eine Tatsache, die ich faszinierend und nervig zugleich finde.

Diese Frau ist ein unheimlich faszinierendes Wesen, das mich magisch anzieht.

Als ich sie dabei beobachte, wie ihre rosa Zungenspitze über ihre Unterlippe leckt, spüre ich den unheimlich intensiven Drang, sie zu beißen. Ich will ihr Blut auf meiner Zunge, ich will sie schmecken, spüren und besitzen!

Fuck! Wenn ich mit meiner Vermutung richtigliege, werde ich ihr früher oder später den Todeskuss schenken und sie für alle Ewigkeit an mich binden!

„Ich denke, es ist besser, ich meine ...“

Unsicher unterbricht sie unseren Blickkontakt.

„Ich sollte jetzt wirklich gehen!“

Niemals! Mein Besitzerinstinkt brüllt laut.

„Das wirst du nicht tun!“

Verunsichert steht sie auf, ihre Knie sind aufgeschürft und ihr Gang wackelig.

„Dieser Abend hat dein Leben verändert. Du wurdest angegriffen und beinahe getötet. Ich habe dein Leben gerettet, kleine Esclave, und nach den Gesetzen meiner Welt gehörst du jetzt mir!“

Zitternd dreht sie sich zu mir um.

„Wie gesagt, ich habe mich bereits bei dir bedankt. Ich denke, damit ist der Sache genüge getan!“

Entspannt beobachte ich, wie sie durch mein Wohnzimmer Richtung Lift geht.

„In deiner Welt mag das alles richtig sein, aber in meiner Welt ist das anders.“

„Deine Welt ist mir scheißegal!“

Da sie neu in meiner Welt ist und die Regeln nicht kennt, lasse ich ihr diesen Ausbruch gerade noch so durchgehen. Zu einem späteren Zeitpunkt werde ich so eine Respektlosigkeit nicht mehr dulden.

„Du solltest dich beruhigen, kleine Esclave. Dein Kreislauf ist noch immer nicht ganz wiederhergestellt."

Kopfschüttelnd dreht sie sich zu mir um.

„Mein Kreislauf ist nun wirklich meine Sache. Und hör endlich auf, mich dauernd Esclave zu nennen. Ich weiß ja nicht mal, was das heißen soll!"

Armes kleines Menschlein. Als ihr Herrscher bin ich für ihre Gesundheit, ihre Wohlverseheitheit und ihren Schutz zuständig. Was bedeutet, dass ihr Kreislauf und jedes andere Detail, was mit ihrem Körper zu tun hat, sehr wohl in mein Aufgabengebiet gehört.

„Ich habe gesagt, du sollst dich nicht aufregen! Und Esclave ist französisch und bedeutet Sklavin."

Geduldig beobachte ich sie dabei, wie sie langsam, aber sicher den Ernst der Lage realisiert.

Wütend dreht sie sich zu mir um, in ihren Augen blitzt purer Widerwille.

Arghhh!

Es wird ein unheimliches Vergnügen werden, diese Frau zu zähmen!

„Weißt du, warum ich euch Vampire so überhaupt nicht leiden kann?"

Meine Sklavin spielt mit dem Feuer. Die letzten neun Tage haben meine sehr geringe Geduld auf eine harte Belastungsprobe gestellt. Und zu ihrem Pech ist nicht mehr viel davon übrig.

„Ihr seid arrogant. Ihr denkt, dass euch die Welt gehört. Aber ich verrate dir jetzt mal etwas, Mister Vampir. Ihr täuscht euch, und zwar gewaltig!"

Anscheinend glaubt da jemand, dass jetzt der richtige Zeitpunkt für ehrliche Worte gekommen ist.

Ohne sie aus den Augen zu lassen, gehe ich auf sie zu, lege ihr meine Hand unter ihr Kinn und zwinge sie so, meinen Blick zu erwidern.

„Ich weiß, dass du heute eine anstrengende Nacht hattest, und ich versuche wirklich geduldig mit dir zu sein. Aber du machst es mir wahrlich nicht leicht, süße Esclave."

„Hör auf, mich so zu nennen!"

Ihr aufmüpfiger Ton gefällt mir ganz und gar nicht, und das lasse ich sie spüren, indem ich meine Finger noch fester um ihr Kinn schließe.

„Dann nenn mir deinen Namen."

„Den brauchst du nicht zu wissen, denn ich bin gerade dabei zu gehen!"

Auch wenn sich ihr Verstand gegen meine Fähigkeiten bis zu einem gewissen Grad verschließen kann, ihren Namen konnte ich dennoch hören.

„Alyssa, du stellst meine Geduld auf eine harte Probe."

Erschrocken zuckt sie zusammen.

„Hör mir jetzt genau zu. Es spielt keine Rolle, dass ich heute dein Leben gerettet habe. Ich habe beschlossen dich zu behalten, und dagegen kannst du nicht das Geringste ausrichten."

Ohne auf ihre Reaktion zu warten, lege ich meinen Arm um ihre schmale Taille und presse sie mit dem Rücken gegen meinen Körper.

Kurzerhand entmaterialisiere ich mich mit ihr und bringe sie ins Badezimmer.

„Ich habe nicht das geringste Interesse daran, die ganze Nacht mit dir zu diskutieren. Du gehörst jetzt mir, du bist meine Sklavin und dein Leben wird in Zukunft an meiner Seite stattfinden. Du wirst es leichter haben, wenn du diese Tatsache einfach akzeptierst."

Gerade als sie Luft holt und zu reden anfangen will, lege ich ihr einen Zeigefinger auf die Lippen.

Weich, warm und unendlich köstlich. Alleine bei der Vorstellung, was sie mit diesem Mund alles machen kann, wird mein Schwanz steinhart.

„Provozier mich nicht, Alyssa. Ich würde dir nur ungern an deinem ersten Abend wehtun."

Anscheinend hat sie endlich verstanden, dass sie diesen Kampf nicht gewinnen kann. Ich sehe, wie ihr Blick weicher wird, wie ihre kämpferische Körperhaltung langsam an Spannung verliert und wie sie, zumindest zum Teil, aufgibt.

Sie steht so nah vor mir, dass mich ihr Geruch geradezu in den Wahnsinn treibt. Knurrend gehe ich auf sie zu. Umfasse ihre Hüfte und hebe sie gerade so weit an, dass ich mit den Spitzen meiner Fangzähne über die zarte Haut an ihrem Hals fahren kann.

Diese Frau ist die pure Verlockung. Ihr Blut ist so nah, körperlich hat sie nicht die geringste Chance gegen mich. Wenn ich wollte, könnte ich mir jetzt alles nehmen, was ich will. Doch ich untersage mir dieses Vergnügen. Inhaliere nur kurz ihren köstlichen Geruch und verschwinde aus ihrer Nähe, ehe mir das letzte bisschen Selbstbeherrschung abhandenkommt ...

Alyssa

Was zum Teufel ist hier nur los?

Verzweifelt warte ich darauf, dass ich aus diesem skurrilen Alptraum aufwache. Aber darauf kann ich lange warten, denn ich bin wach. Dieser Mann, dieses Haus und diese Situation sind die harte Realität.

Dieser Kerl ist absolut anmaßend und arrogant. Seine Erscheinung lässt mir das Blut in den Adern gefrieren. Ganz davon abgesehen, dass ich mit meinen 159 Zentimetern nicht gerade die Größte bin, ist er mit seiner Körpergröße, die locker 220 Zentimeter misst, ein Riese. Sein Körper besteht nur aus Kraft und Muskeln.

Die wenigen Vampire, die mir bisher über den Weg gelaufen sind, waren allesamt riesig. Aber dieser hier ist mit Abstand der größte, den ich jemals gesehen habe. Weiß, verdammt spitz und auf eine gefährliche Art und Weise höllisch sexy ... Als seine Fangzähne über meinen Hals gestrichen sind, dachte ich für einen kurzen Moment, dass ich verloren bin. Seine Augen sind der Wahnsinn. Eisblau, mit einem feuerroten Rand, nehmen sie mich, sobald ich seinen Blick erwidere, gefangen. Es ist, als würde er mich mit ihnen hypnotisieren. Seine ganze Erscheinung lässt mich erschaudern. Wie kann es sein, dass er mir unheimliche Angst macht, mein Körper jedoch in seiner Nähe zu glühen anfängt? Seine kurzen mitternachtsschwarzen Haare sind sexy verwuschelt, und sie lassen den harten Krieger etwas weicher aussehen.

Meine Gedanken sind der beste Beweis dafür, dass ich langsam, aber sicher den Verstand verliere. Eigentlich sollte ich diesen Vampir widerlich finden, doch stattdessen stehe ich hier und denke darüber nach, wie attraktiv er ist.

Scheiß Sexentzug – das schlägt irgendwie aufs Gehirn!

Vor wenigen Stunden habe ich mein Leben verflucht und wollte eine allumfassende Veränderung.

Und ja, ich habe das Schicksal gebeten mir zu helfen.

Aber das hier? Echt jetzt?

Das soll die Hilfe sein? Dann kann ich darauf wirklich gut verzichten!

Wütend sehe ich mich um, wo ist diese verdammte Tür? Trotz meiner Verwirrung stelle ich unwillig fest, dass ich im absolut geilsten Badezimmer der Menschheit stehe. Die Badewanne ist einfach überdimensional groß, breit und tief. Da kann man locker zu zweit drinnen liegen. Die Dusche ist ebenerdig und bestimmt zwei Meter lang. Der Boden besteht aus einer großen Marmorplatte. So als hätte man sie exakt passend für dieses Bad aus dem Stein geschnitten. Eine Wand des Zimmers besteht nur aus Glas, sodass ich einen atemberaubenden Blick über das nächtliche Seattle erhalte. Wie geil muss es sein, hier in der Wanne zu liegen, von gut riechendem Schaum umgeben zu sein und sich eine Auszeit zu gönnen, während man dabei die komplette Stadt im Blick hat.

Über mich selber verwundert, schüttle ich diese unpassenden Gedanken ab und greife nach der Türe. Ich muss hier raus.

Ob es unter Vampiren ebenfalls Psychopathen gibt?

Verfluchter Mist!

Der Türknauf dreht sich kein Stückchen.

Wütend schlage ich mit der Handfläche gegen die schwere weiße Holztüre.

„Lass mich hier sofort raus!"

Warum passiert mir das alles? Vor genau 365 Tagen ist meine Schwester gestorben, mein einziges lebendes Familienmitglied. Und anstatt dass ich diesen Tag einigermaßen gut hinter mich bringe, beschließt so ein Blutloser mich umbringen zu wollen, nur weil er denkt, dass ich die Braut der Schatten bin. Was eine absolute Fehlinformation ist. Und als ob das alles nicht schlimm genug ist, beschließt ein höllisch dominanter, sehr attraktiver Vampir, mich als seine Sklavin behalten zu wollen.

Etwas Tröstliches hat diese ganze Sache ja – schlimmer kann es wirklich nicht mehr werden!

Verzweifelt klopfe ich weiterhin gegen die Türe, doch das Einzige, das ich damit erreiche, ist, dass die Schürfwunden an meiner Hand wieder aufplatzen und bluten.

Ob es so schlau ist, in der Nähe eines Vampirs zu bluten?

Wahrscheinlich eher nicht, aber ich kann es nicht ändern!

In meinen Ohren dröhnt mein Herzschlag, mein Hals wird rau und meine Knie beginnen zu zittern.

Tränen sammeln sich in meinen Augenwinkeln, tropfen lautlos über mein Gesicht. Was soll ich denn jetzt nur machen?

Resignierend sinke ich auf den Boden, winkle meine Knie an und lehne meine Arme darauf.

Das große Panoramafenster zieht meinen Blick magisch an. Hinter dieser Scheibe geht das Leben weiter, die Erde dreht sich und niemandem wird auffallen, dass ich verschwunden bin.

Alyssa – Sklavin eines Vampirs ...

Eine unangenehme Gänsehaut rieselt zwischen meinen Schulterblättern über meine Haut. Natürlich bin ich ihm dankbar, dass er mich vor dem Krieger der Blutlosen gerettet hat, aber das heißt noch lange nicht, dass ich jetzt ihm gehöre. Völlig entkräftet, müde und verängstigt lehne ich meine Stirn auf meine Arme, schließe meine Augen und warte darauf, dass mich dieser Vampir aus seinem Badezimmer befreit.

Schließlich kann er mich ja nicht für immer hier behalten ...

Darkon

Unruhig laufe ich durch mein Reich, werfe vereinzelte Blicke auf die Stadt und versuche meine Gedanken zu ordnen. Alyssa, dieser außergewöhnliche Name passt perfekt zu ihr. Sie ist wild, leidenschaftlich und umwerfend sexy. Selbst in ihrem desolaten Zustand zieht sie mich magisch an.

Ihre Vorgängerinnen waren mehr als willig, die meine zu werden, aber das kann auch daran liegen, dass die Frauen aus unseren Clubs kamen, sie haben schon immer die Nähe von Vampiren gesucht und sie wussten, wer ich bin. Alyssa hingegen scheint meinem Volk bisher aus dem Weg gegangen zu sein, sie ist eine Kämpferin, eine Frau, die sich keinem Mann so leicht unterwirft.

Seit ich sie in meinen Armen gehalten habe, kann ich an nichts anderes denken, als meine Zähne in ihre weiche Haut zu graben. Früher oder später wird sie sich mir unterwerfen, sie wird einsehen, dass sie ab jetzt mein Eigentum ist, und feststellen, dass sie es gut bei mir hat. Aber bis zu diesem Punkt liegt noch ein verdammt langer Weg vor mir.

Bei allen Dämonen!

Vielleicht sollte ich mir einfach eine andere Frau nehmen, Alyssa vergessen und mich meinen Kriegern anschließen. Aber das geht nicht. Ihr Geruch hat mich die letzten neun Tage um den Verstand gebracht, die Erinnerung an sie hat ausgereicht, um mich in den Wahnsinn zu treiben. Also nein, ich werde nicht aufgeben. Alyssa ist ein Mensch, sie hat keine Chance gegen mich, und früher oder später ist der Zeitpunkt gekommen, an dem sie das versteht.

Hoffentlich hat sie ihren Stolz so weit über Bord geworfen, dass sie zumindest ihre Wunden gereinigt hat.

Die Würgemale an ihrem Hals werden noch einige Tage zu sehen sein, das lässt sich nicht ändern. Doch die Abschürfungen an ihren Knien und ihren Händen müssen gereinigt, desinfiziert und verbunden werden.

Für einen Vampir sind diese Verletzungen nicht der Rede wert. Der Selbstheilungsprozess unseres Körpers lässt jegliche Verletzungen innerhalb von Sekunden verheilen. Aber bei ihr, bei einem Menschen, dauert das Tage, wenn nicht sogar Wochen.

Ungeduldig gehe ich Richtung Badezimmer, nach knapp einer halben Stunde sollte sie eigentlich fertig sein.

Mit einer leichten Bewegung entriegle ich das Schloss, doch ich kann die Türe nicht aufschieben. Fluchend entmaterialisiere ich mich zu ihr.

Und was ich sehe, lässt mich schwarzsehen. Diese sture Frau hat die vergangenen dreißig Minuten nicht das gemacht, was ich von ihr verlangt habe. Ich wollte, dass sie sich um ihre Wunden kümmert, vielleicht auch duschen geht und sich Zeit nimmt, um sich an ihre neuen Lebensumstände zu gewöhnen.

Doch wie es aussieht, hat sie sich bis zur endgültigen Erschöpfung gewehrt. Blut klebt an der Türe, ihre Hände sind schrecklich aufgerissen und ihr Gesicht sieht völlig verheult aus.

Prüfend sehe ich sie an, doch sie rührt sich nicht. Wie es aussieht, ist sie auf dem Boden sitzend eingeschlafen. Die Ereignisse dieses Tages haben sie an ihre Grenzen gebracht.

Schutzlos, schwach und verletzt. Bei diesem Anblick wird sogar mein versteinertes, totes Herz weich.

Innerlich vor Wut kochend beuge ich mich zu ihr, hebe sie vorsichtig in meine Arme und bringe sie in ihr neues Zimmer.

Als meine Sklavin hat sie ihr eigenes Schlafzimmer, das sie so einrichten kann, wie sie es möchte. Vorsichtig lege ich sie in die Mitte des Bettes, begutachte ihre Verletzungen und besorge alles, was ich brauche, um ihre Wunden zu versorgen.

Das verlockende Aroma ihres Blutes, das sanfte Pochen an ihrer Kehle und ihre absolute Schutzlosigkeit lassen mich erregt fauchen.

Bei den Herren der Finsternis!

Seit neun Tagen will ich nichts anderes als sie bis zur Besinnungslosigkeit ficken, ihr Blut trinken und sie für mich beanspruchen. Jede Zelle meines Körpers sehnt sich nach ihrem Blut, mein Körper giert nach einem harten Fick, und doch sitze ich hier und versorge ihre Wunden.

Als Herrscher und Krieger ist es nicht meine Aufgabe, sie zu pflegen, natürlich könnte ich auch einen Heiler herbeirufen, doch irgendetwas hält mich davon ab. Meine Besitzgier ihr gegenüber ist so stark, dass ich sie nicht mit jemandem teilen will – noch nicht zumindest.

Angespannt entledige ich sie ihrer Kleidung, die nicht nur zerrissen, sondern auch noch dreckig ist, und bewundere ihren makellosen Körper.

Meine kleine Sklavin besteht aus vollendeten Kurven, weicher Haut und einem absolut fantastischen Geruch.

Nur die Jahrzehnte, in denen ich als Krieger meine Selbstbeherrschung geübt habe, halten mich jetzt davon ab, wie eine Bestie über sie herzufallen.

Ihre helle Haut bildet auf der schwarzen Bettwäsche einen herrlichen Kontrast. Mit meiner Fingerspitze streiche ich über ihre Kehle, ich spüre das leichte Flattern ihres Pulses an ihrem Hals und streiche sanft über die rosafarbenen Knospen ihrer Brüste.

Die kleine Kuhle ihres Bauchnabels, ihre langen, wohlgeformten Beine und ihre kleinen Füße – wie kann eine so kleine Frau nur so eigenwillig, attraktiv und faszinierend sein?

Nachdem ich ihre Wunden verarztet, ihren Körper erkundet und ihren Geruch inhaliert habe, wende ich mich von ihr ab. Für die nächsten Stunden ist sie definitiv nicht ansprechbar. Es wird Zeit, dass ich mir ein Ventil für meinen sexuellen Druck suche, ansonsten werde ich noch wahnsinnig.

Konzentriert schicke ich eine mentale Nachricht an meinen Bruder Tylon. Er soll mir eine der Sklavinnen aus dem Club hochschicken.

***

Alyssa

Nicht sicher, was mich mehr verängstigt, dass ich nackt bin oder dass ich nackt in einem fremden Bett liege, stehe ich möglichst schnell auf. Unsicher, was in den letzten Stunden passiert ist, suche ich mit meinen Blicken den unbekannten Raum ab.

Wo zur Hölle sind meine Klamotten?

Wenn ich diesen Vampir finde, dann kratze ich ihm die Augen aus. Zwischen meinen Beinen fühlt es sich nicht so an, als hätte ich Sex gehabt. Zumindest eine positive Sache in dieser beschissenen Nacht.

Ein dunkles Männerlachen lässt mich erschrocken zusammenzucken.

„Komm schon, Darkon, das Luder sieht noch nicht so aus, als hätte es genug!“

Anscheinend hat sich meine Situation verschlechtert. Wie konnte ich nur so dumm sein und einschlafen? Von meiner Kleidung fehlt jede Spur und so wickle ich mir die Decke um den Körper.

Was ist da draußen nur los?

Das Letzte, was ich brauche, ist, dass sich jetzt noch mehr Vampire in meiner Nähe befinden. Wobei das ja eventuell auch positiv sein kann. Wenn sie alle abgelenkt sind, habe ich gute Chancen, mich heimlich rauszuschleichen.

„... Warte nur, Bruder. Wenn ich mit ihr fertig bin, musst du dir eine Neue besorgen."

Vorsichtig öffne ich die Türe und sehe einen langen Flur vor mir, auf Zehenspitzen schleiche ich weiter, wo ist nur der verflixte Ausgang?

Nach mehreren Schritten sehe ich, dass sich das Wohnzimmer rechts von mir befindet.

Vor lauter Panik beginne ich möglichst flach zu atmen, meine Finger krallen sich in die Decke, ziehen sie möglichst eng um meinen Körper.

Wenn mir diese Flucht tatsächlich gelingt, stehe ich völlig nackt, nur in eine Decke gewickelt, mitten in Seattle.

Aber selbst dieser Gedanke kann mich nicht abschrecken. Hauptsache, ich komme von hier weg.

Neugierig schaue ich ins Wohnzimmer, und was ich da sehe, entsetzt mich.

Darkon ist tatsächlich nicht mehr alleine. Ganz im Gegenteil. Mit heruntergelassener Hose steht er über einer Frau, seine schnellen, kraftvollen Hüftbewegungen verraten mir deutlich, was er da gerade macht. Die Frau ist klein, nackt und sieht, soweit ich das beurteilen kann, wie ein Mensch aus. Seine große Hand hat er bestimmend in ihre Haare gewickelt, dominant drückt er sie nach unten, während er sie hart fickt.

Und als ob das nicht schon genug wäre, sitzt ein weiterer Vampir keine zwei Meter neben den beiden auf der Couch. Sein Gesichtsausdruck zeigt pure Erregung. Seine weißen, spitzen Fangzähne sind ausgefahren und aus seiner Kehle kommen animalische Geräusche.

„Bei allen Dämonen, die Pussy dieser Sklavin ist so was von nass."

Erschrocken halte ich die Luft an. Die Frau ist eine Sklavin.

Oh mein Gott, der Vampir, der mich hierher gebracht hat, will mich auch zur Sklavin machen.

Eiskalte Angst kriecht durch meine Adern. *Keine Chance!*

Entsetzt über das Gesehene und verwirrt über die urtümliche Reaktion meines Körpers laufe ich panisch weiter.

Es ist ambivalent. Mein Herz rast vor Angst, und dennoch kann ich nicht leugnen, dass sich meine Brustwarzen erregt zusammengezogen haben.

Verfluchter Mist!

Irgendwo hier muss doch so etwas wie eine Türe sein. Der Aufzug, den ich vorhin gesehen habe, hat sich in dem riesigen Wohnzimmer befunden, in dem jetzt diese widerliche Orgie stattfindet. Was ist, wenn das der einzige Ausweg aus dieser Hölle ist?

Unsicher gehe ich ein paar Schritte zurück in den dunklen Flur.

Mein Atem geht schwer und meine Finger zittern.

Vielleicht sollte ich ins Schlafzimmer zurückgehen und so tun, als hätte ich das nicht mitbekommen. Vielleicht kann ich ihn ja davon überzeugen, mich gehen zu lassen.

Das sind verdammt viele Vielleichts!

Alles oder nichts!

Möglichst leise gehe ich weiter, werfe noch einen kurzen Blick ins Wohnzimmer und schlucke schwer.

So absurd das auch alles sein mag, ein winzig kleiner Teil in mir fragt sich tatsächlich, ob es geil ist, mit Darkon, dem Vampir, Sex zu haben.

Auch wenn ich das bisher nie in Erwägung gezogen habe, weiß ich, dass es massenweise Frauen gibt, die es mit Vampiren treiben. Es gibt extra Clubs, in denen Vampire sich mit menschlichen Frauen treffen.

Zitternd presse ich meinen Rücken gegen die Wand. Das leise Wimmern der Frau vermischt sich mit dem dunklen Knurren Darkons.

Zumindest scheint das Opfer auf ihre Kosten zu kommen.

„Ja, Kleines, komm schon."

Darkons Stimme klingt heiser vor Lust.

Zwischen meinen Beinen beginnt es leicht zu pochen.

Was ist nur los mit mir?

Vor wenigen Stunden wäre ich beinahe gestorben.

Und jetzt? Tja ... jetzt hat sich meine Situation nicht wirklich verbessert. Ich stehe nackt, schutzlos und auf perverse Art und

Weise erregt in dem Flur eines Vampirs, der mich zu seiner Sklavin machen will.

Über mich selbst verwundert bleibe ich einfach stehen. Um in das Wohnzimmer zu gehen, fehlt mir der Mut, dummerweise bin ich auch nicht wirklich scharf darauf, wieder zurück in das Schlafzimmer zu gehen.

Was für eine verzwickte und aussichtslose Lage!

Nicht sicher, wie viele Minuten mittlerweile vergangen sind, öffne ich meine Augen, als mich der grelle Schrei einer Frau zusammenzucken lässt.

Keine Sekunde später höre ich ein tiefes Fauchen.

Also eines muss ich dem Vampir wirklich lassen, sein Stehvermögen und seine Ausdauer sind wirklich nicht schlecht.

In Gedanken versuche ich mir die richtigen Worte zurechtzulegen.

Irgendwie muss es mir doch gelingen, hier rauszukommen!

Übermüdet und verzweifelt schließe ich meine Augen ...

„Soso, du hast dich also aus dem Zimmer getraut!“

Die dunkle Männerstimme streicht über meine aufgekratzten Nerven, ein sanfter Windhauch streift mein Gesicht und ich öffne hektisch meine Augen.

Darkon steht so nah vor mir, dass mir nichts anderes übrig bleibt, als meinen Kopf zu heben, um ihm in die Augen zu sehen. Und wieder fasziniert mich dieses eiskalte Blau seiner Iris, das von dem glühend roten Ring eingerahmt wird. Ich komme mir vor wie ein kleines Zwergkaninchen, das vor einer gigantischen Schlange sitzt.

„Bitte lass mich gehen, du hast doch schon eine Sklavin.“

Das Blau seiner Augen verdunkelt sich, seine Hand legt sich auf meine Kehle, und ich weiß, dass ich absolut keine Chance gegen ihn habe.

„Sie ist nicht meine Sklavin, sie gehört den Kriegern.“

Ach du Scheiße!

„Ganz davon abgesehen, habe ich nicht vor, dich jemals wieder gehen zu lassen. Du gehörst mir.“

„Und was ist, wenn ich nicht dir gehören möchte?“

Die Muskeln seiner Kieferpartie verhärten sich, fasziniert beobachte ich, wie er versucht seine Wut zu kontrollieren.

„Glaube mir, kleine Esclave, ich werde mich gut um dich kümmern.“

Noch bevor ich realisiere, was er vorhat, spüre ich, wie er sich zu mir runterbeugt. Sein Arm legt sich unter meine Beine und eine Sekunde später liege ich in seinen Armen. Krampfhaft halte ich die Decke fest, während er mich zurück Richtung Schlafzimmer trägt.

Was passiert jetzt?

„Seit neun Tagen sehne ich mich nach deinem Geruch, deiner Nähe und deinem Körper. Dein süßes Blut strömt so verlockend durch deine Adern und meine Gier nach dir wächst ins Unermessliche.“

Typisch Kerl. Da scheinen menschliche und Vampirmänner ziemlich gleich zu sein. Gerade vögeln sie noch eine andere, und eine Sekunde später erzählen sie einem, wie sehr sie einen wollen.

Mir reicht es!

„Für wie naiv hältst du mich eigentlich? Ich habe dich gerade dabei beobachtet, wie du es einer anderen Frau besorgt hast. Und jetzt willst du mir erzählen, dass du nicht ohne mich leben kannst?“

Mit einer gewissen Genugtuung bemerke ich, dass er mit meiner Argumentation nicht gerechnet hat.

„Erstens, Vampire leben nicht in dem Sinne, in dem es Menschen tun. Wir existieren. Das ist ein Unterschied. Und zweitens, du kannst verdammt froh sein, dass mein Bruder mir diese Sklavin gebracht hat. Hätte er das nicht getan, könntest du die nächsten Tage keinen einzigen Schritt vor den anderen setzen!“

Fuck, schlagartig fällt mir das Schlucken schwer, mein Atem stoppt und ich weiß nicht, was ich jetzt sagen soll. Doch das liegt nicht an seinen Worten, die es zugegebenermaßen in sich haben. Es liegt an seinem gierigen, besitzergreifenden Blick. Die Art und Weise, wie er mich an seinen breiten, kraftvollen Körper presst und wie seine spitzen Fänge langsam, aber sicher immer länger werden ...

„Vor neun Tagen war ich mit meinen Kriegern auf der Jagd, ich bin der Fährte eines Blutlosen gefolgt. All meine Sinne waren auf das Töten dieser Kreatur gerichtet. Zumindest bis dein Geruch meine Jagd schlagartig unterbrochen hat. Ich wusste nicht, wer du bist oder wem du gehörst. Alles, was ich wusste, war, dass ich dich wollte, und zwar auf der Stelle.“

Unsere Blicke treffen sich, mein dummes Herz beginnt zu rasen. Und das erste Mal sehe ich nicht nur den Vampir in ihm – ich sehe den Mann, der er ist.

„Ich gehöre niemandem.“

Eigentlich sollten meine Worte nach Rebellion klingen, doch das tun sie nicht. Sie klingen wie das traurige Eingeständnis einer Frau, die auf dieser Welt mutterseelenalleine ist.

Langsam und fürsorglich stellt er mich in dem Schlafzimmer ab, seine große Hand legt sich um mein Gesicht, ehe er sich ganz nah zu mir herunterbeugt.

„Doch das tust du. Du gehörst mir!“

So sehr ich mich auch gegen die Emotionen, die gerade in mir entstehen, wehre, es will mir einfach nicht gelingen.

Dafür war ich viel zu lange alleine und einsam. Niemand ist gerne alleine, auch ich nicht.

Darkon hat mich auf der richtigen Fährte am falschen Tag erwischt. Noch immer ist der Kummer über den Tod meiner Schwester viel zu tief. Und die Einsamkeit in meinem Herzen viel zu frisch.

Scheiße, bin ich erbärmlich!

Vor lauter Einsamkeit beginne ich die Vorstellung, zu diesem Vampir zu gehören, immer angenehmer zu finden.

„Bitte lass mich gehen! Ich habe heute wirklich nicht die Kraft, um mich noch länger gegen dich zu wehren!“

Zärtlich streicht er mit seinem Daumen über meine Lippen, sein angenehmer maskuliner Geruch benebelt meine Sinne und ich weiß, dass er mich gleich küssen wird.

Während mich mein Verstand laut anschreit, beginnt sich mein vernachlässigtes Singleherz regelrecht nach dem Kuss zu sehnen.

Dass dieser Vampir gerade eine andere Frau gebumst hat, ist absolut scheiße, und dass er mich als seine Sklavin behalten will ebenfalls.

Und dennoch sehne ich mich nach Nähe, Zärtlichkeit und dem urtümlichen Gefühl der Zusammengehörigkeit.

Darkon hat mich vor dem Blutlosen beschützt und mir somit das Leben gerettet. Er hat mich in Sicherheit gebracht und meine Wunden versorgt.

Vielleicht haben wir mit diesem Kuss die Möglichkeit, unsere Begegnung auf null zu setzen. Und wer weiß?

Vielleicht ist es ja gar nicht so schlimm, von einem Vampir geküsst und begehrt zu werden!

Darkon

Das sinnliche Rauschen ihrer Adern, ihr sehnsuchtsvoller Blick und ihr Mund, der sich in der Erwartung eines Kusses leicht öffnet ...

Ihre wunderschönen grünen Augen sind der Spiegel ihrer Seele.

Und was ich sehe, lässt mich wütend werden. In dem Herzen dieser zarten Frau liegt so viel Angst, Schmerz und Unsicherheit, dass ich sie am liebsten beschützend in die Arme nehmen würde. Eine Geste, die so gar nicht zu mir passt.

Bei allen Göttern!

Ich bin Darkon, erster Sohn Aramons und Herrscher über das Reich der Schatten. Unter meinem Schwert dienen Tausende von Kriegern. In der Welt der Dunkelheit bin ich als der Schlächter der toten Herzen bekannt.

Das Spiel mit dem Leben, der Geschmack von Blut und die Kontrolle über die Erinnerungen meiner Opfer – es hat definitiv einen Vorteil, übernatürliche Kräfte zu haben ...

Was hat diese Frau nur an sich, dass ich so sehr besitzen und beschützen will?

Wann immer ich versuche, meine übernatürlichen Fähigkeiten bei ihr einzusetzen, stehe ich vor einem großen Fragezeichen. Ihre Gedanken sind zwar sichtbar für mich, doch ich kann sie nicht entschlüsseln, ganz davon abgesehen, dass ich nicht in der Lage bin, ihre Erinnerungen, Wünsche oder Emotionen zu manipulieren.

Das ist doch Hexenwerk!

Das erste Mal, seit ich denken kann, sehne ich mich nach einer bestimmten Frau. Und ausgerechnet sie ist gegen meine Kräfte immun und nicht wirklich geneigt, sich mir zu unterwerfen.

Knurrend versuche ich, meine widersprüchlichen Gefühle auszublenden.

Instinktiv spüre ich, dass sie sich meinen Kuss wirklich wünscht, und verdammt noch mal, ich werde sie nicht warten lassen.

Gierig lege ich meine Arme um ihren schmalen Körper, inhaliere ihren köstlichen Duft und zeichne mit meiner Zungenspitze die weichen Konturen ihrer Lippen nach.

Zögerlich entspannt sie sich, öffnet ihre Lippen und erlaubt mir so Zutritt zu meinem persönlichen Paradies. Langsam dringe ich mit meiner Zunge in ihren Mund ein, koste ihren göttlichen Geschmack und nehme mir mehr, als mir zusteht.

Ich konnte schon vor diesem Kuss an nichts anderes als an diese Frau denken, doch jetzt, wo ich sie erst gekostet habe, werde ich nie genug von ihr bekommen.

Mein Schwanz presst sich hart und fordernd gegen ihren Bauch, meine Zunge erkundet ihren Mund und meine Geduld erreicht einen schmalen Grad der Selbstbeherrschung.

Bei ihr vergesse ich jeglichen Selbsterhaltungstrieb und alles, woran ich denken kann, ist, ihren weichen Körper hart zu ficken.

Verflucht noch mal, sie muss einfach meine Sklavin werden.

Bei der Intensität meiner Gefühle ihr gegenüber werde ich mich erst etwas abregen, wenn ihre milchige Haut mein Zeichen trägt.

Zitternd und anschmiegsam liegt sie schutzlos in meinen Armen. Und zu meinem schlimmsten Erschrecken fühlt sich das verdammt noch mal viel zu gut an.

Meine Fänge fahren aus, meine Kehle sehnt sich nach dem süßen Geschmack ihres Blutes und mein Schwanz sehnt sich nach ihrer feuchten Pforte.

Wenn ich den Kuss jetzt nicht beende, werde ich nicht mehr aufhören können. Und eine Vergewaltigung wird unser Vertrauensverhältnis ganz bestimmt nicht fördern.

Abrupt beende ich diesen Kuss, stelle mich aufrecht hin und sehe sie an.

Feucht und geschwollen locken mich ihre Lippen, sie erneut zu küssen. In ihren Augen liegt ein verträumter Ausdruck und ihr Puls hat sich enorm beschleunigt. Meine ausgeprägten Sinne haben definitiv Vorteile, so weiß ich ganz genau, dass ich sie körperlich errege. Wobei mir das auch so nicht entgangen wäre.

Der süße, moschusartige Geruch ihrer Erregung lässt meinen Körper noch härter werden.

„Ich werde dich nicht gehen lassen, niemals. Wenn du mich jetzt hasst, dann kann ich das nicht ändern. Doch es wird dir das Leben an meiner Seite ganz sicher nicht erleichtern!“

Blinzelnd sieht sie mich an, ihre Zungenspitze schnellt kurz hervor und ich weiß, dass sie mit dieser Situation maßlos überfordert ist.

„Dein Kreislauf braucht etwas zu essen. Die Nacht war anstrengend und aufregend und ich werde nicht zulassen, dass du unterzuckerst. Was hältst du davon, wenn du schnell duschen gehst, in der Zwischenzeit werde ich einen meiner Diener losschicken, um dir etwas zu essen zu holen.“

In ihren Augen kann ich erkennen, dass sie mir widersprechen will, doch das lasse ich gar nicht erst zu.

Auffordernd sehe ich sie an, während ich mich mit ihr ins Badezimmer teleportiere.

Ergeben schließt sie ihre Lippen wieder, während sie ihre Finger noch fester in die Decke krallt, die ihren nackten Körper verbirgt.

„Wirst du mich wieder einsperren?“

„Das ist nicht nötig, solange ich es dir nicht erlaube, ist es dir nicht möglich, mein Reich zu verlassen!“

Dass ich sie nie wieder aus den Augen lasse, auch nicht dann, wenn ich ihr die Freiheit gestatte, sich frei zu bewegen, werde ich ihr nicht erzählen. Meine Krieger sind überall, ihr Geruch hat sich in meinem Verstand festgesetzt und der rhythmische Schlag ihres Herzens ist für mich immer gegenwärtig. Seit dem Moment, in dem ich mich auf die Suche nach ihr gemacht habe, sind wir miteinander verbunden. Ein Band, das, sobald ich ihr Blut gekostet habe, unzertrennlich ist.

Unsicher knabbert sie an ihrer Unterlippe, und es fällt mir nicht wirklich schwer, ihre Gedanken zu erraten. Meine Kleine ist mal wieder auf Rebellion gebürstet, und der einzige Grund, warum sie mir nicht die Augen auskratzt, ist der, dass sie mit ihren Kräften völlig am Ende ist.

„Geh jetzt duschen, alles andere können wir klären, während du etwas isst.“

Ein letztes Mal gönne ich mir einen tiefen Atemzug ihres fantastischen Geruchs, ehe ich sie im Badezimmer alleine lasse und mich zurück zu meinem Bruder ins Wohnzimmer begebe.

Irgendwie habe ich das Gefühl, dass es noch eine ganze Stange Arbeit ist, bis Alyssa zu einer liebevollen Esclave wird ...

Alyssa

Nach über einem Jahr Kusspause wurden meine Lippen gerade von einem Vampir wachgeküsst. Vielleicht sollte ich meine Prinzipien überdenken. Früher war es der Prinz, der der Frau in Not zu Hilfe geeilt ist, ehe er sich seinen Belohnungskuss abgeholt hat. Heute scheint es der Vampir zu sein.

Er will dich nicht als Prinzessin, sondern als Sklavin!

Mein Unterbewusstsein holt mich mit einer erschreckenden Effektivität von meiner rosaroten Wolke.

Noch bevor ich verarbeitet habe, was gerade eben passiert ist, stehe ich mal wieder alleine in dem noblen Badezimmer.

Seine dunkle Stimme hallt durch meinen Kopf:

„Das ist nicht nötig, solange ich es dir nicht erlaube, ist es dir nicht möglich, mein Reich zu verlassen!“

Was zum Teufel hat er damit nur gemeint?

Ich bin eine emanzipierte, selbstständige Frau. Und ich kann verdammt noch mal kommen und gehen, wann ich will.

Unter normalen Umständen hätte ich irgendwie versucht die Polizei zu alarmieren. Doch da mein Entführer/Retter ein Vampir ist, wird sich die Polizei nicht einmischen.

Eine weitere Idee schleicht sich in meinen völlig verwirrten Verstand.

Was ist, wenn ich ihm gebe, was er verlangt, zumindest so lange, bis er sich in Sicherheit wiegt? Dann könnte ich bei der nächstbesten Gelegenheit die Flucht antreten und mein Problem hat sich erledigt.

Unser Kuss vorhin war absolut umwerfend und wenn der Sex mit ihm ganz genauso gut ist, dürfte es mir nicht schwerfallen, ihm vorzuspielen, dass ich mich ihm unterwerfe und mein Schicksal annehme.

Gedanklich arbeite ich an meinem Plan, das könnte wirklich klappen.

Völlig verwirrt gehe ich zur Dusche, drehe das Wasser an und überprüfe die Temperatur. Als das heiße Nass meine Fingerspitzen berührt, entschlüpft mir ein entzücktes Seufzen. Völlig egal, was noch alles auf mich zukommt, nach diesem total beschissenen Tag habe ich diese Dusche so was von verdient.

Erleichtert lasse ich die Decke los, löse meine Verbände und stelle mich in die gigantische Dusche. Das Wasser kommt direkt aus der Decke und imitiert auf diese Art und Weise einen warmen Sommerregen.

Was für ein Luxus!

Das Shampoo, das ich benutze, riecht nach einer Sommerwiese, umhüllt meinen Körper, während das heiße Wasser meine angespannte Muskulatur lockert.

Erneut fliegen meine Gedanken zu dem Kuss. Um ehrlich zu sein, habe ich mir noch nie vorgestellt einen Vampir zu küssen, in meiner Vorstellung war das irgendetwas Abstoßendes. Doch jetzt, wo ich die Realität kenne, weiß ich, dass ich mich getäuscht habe. Sein herber, maskuliner Geschmack hat mir den Verstand benebelt, seine raue Zunge, die meinen Mund erkundet hat, und seine starken Arme, die mich gehalten haben ...

Es bringt nichts, mir selber etwas vorzumachen.

Warum soll ich mich selbst belügen, indem ich behaupte, dass mir der Kuss nicht gefallen hat?

Wenn er in Wirklichkeit der beste Kuss meines Lebens war!

Die Minuten vergehen und ich weiß, dass ich nicht ewig unter dieser Dusche bleiben kann. Ich traue es Darkon durchaus zu, dass er mich einfach schnappt und mitnimmt, wenn es ihm zu lange dauert.

Und zum hundertsten Mal beginnt mein Herz, bei der romantischen, besitzergreifenden Vorstellung dahinzuschmelzen, während mein Unterbewusstsein missbilligend den Kopf schüttelt.

Dieses innerliche Hin und Her zwischen Logik und Sehnsucht macht mich noch mal ganz verrückt ...

Stöhnend schalte ich das Wasser aus, schnappe mir eines der weichen, sehr kuscheligen Handtücher und wickle mich darin ein.

Shit – ich habe nichts zum Anziehen!

Suchend wandert mein Blick durch das Badezimmer. Ich brauche eine Haarbürste, eine Zahnbürste und Klamotten.

Zu allerletzt fällt mein Blick auf einen kleinen Hocker, der direkt neben dem Waschbecken steht. Und was ich da sehe, lässt mich beinahe losheulen. Darkon, der herzlose Arsch, scheint gar nicht so herzlos zu sein. Ein kleiner Stapel fein säuberlich zusammengelegter Kleidungsstücke liegt für mich bereit.

Schnell trockne ich mich ab und ziehe mir die weiße Spitzenunterwäsche an, die zu meiner Verwunderung perfekt passt.

Das ist das erste Mal in meinem Leben, dass ich von einem Kerl Dessous geschenkt bekommen habe. Im Normalfall ist das eine schöne Geste, aber unter meinen Umständen ... Alleine bei der Vorstellung, dass er mich darin sieht, beginnt meine Haut nervös zu prickeln.

Die eng anliegende Jeans und das schwarze Top, das er für mich bereitgelegt hat, passen ebenfalls perfekt. Woher kennt er meine Größe?

Erleichtert, dass ich endlich wieder etwas anhabe, bürste ich mir die Haare und sehe meinem Spiegelbild tief in die Augen.

Dass ich noch am Leben bin, habe ich einzig und alleine Darkon zu verdanken. Er hat mich vor dem Krieger der Blutlosen gerettet, mit zu sich nach Hause genommen und meine Wunden versorgt.

Vielleicht sollte ich ihm wirklich eine Chance geben. Vampire haben andere Gesetze als wir. Sie leben nach anderen Regeln und haben einen ausgewachsenen Beschützerinstinkt. Soweit ich weiß, gibt es bei ihnen eine Hierarchie, die unter allen Umständen eingehalten werden muss. Wenn ich mir dieses Haus ansehe, Darkons Benehmen und seine Selbstsicherheit mit einrechne und bedenke, wie arrogant er ist, muss er eine ziemlich hohe Stellung einnehmen.

Früher oder später wird es mir gelingen abzuhauen, und bis dahin muss ich einfach versuchen Darkon besser kennenzulernen.

Tief einatmend sammle ich all meinen Mut, lege mein Handtuch zusammen und öffne die Türe. Schließlich kann ich nicht ewig in diesem Badezimmer bleiben ...

Der amüsierte Blick meines Bruders reicht aus, um meine Nerven endgültig zu strapazieren.

„Der Herrscher der Schatten hat sich also ein kleines Menschlein zur Sklavin genommen?“

Zufrieden, dass er zumindest seine Sklavin wieder zurückgebracht hat, setze ich mich zu ihm auf die Couch.

„Musstest du wieder zurückkommen?“

Genervt und angespannt, stehe ich wieder auf und schenke mir einen Whisky ein.

„Oh ja, Bruder, das lasse ich mir nicht entgehen! Ist sie der Grund, warum du die letzten Tage so eine mörderische Stimmung hattest?“

„Verschwinde!“

Ihn ignorierend lausche ich auf die Geräusche im Badezimmer. Bei Alyssa scheint alles gut zu sein.

„Eines muss ich dir lassen, Bruderherz: Ihr Geruch ist absolut umwerfend.“

Fauchend sehe ich ihn an. „Alyssa gehört mir, sie ist mein Eigentum und ich werde nicht dulden, dass andere Männer Interesse an ihr haben!“

Beim Gott des Krieges!

Wenn ihr Duft auf alle Männer so verlockend wirkt wie auf mich, wird es verdammt viele Tote geben!

„Verschwinde. Überprüfe, ob die Patrouille etwas entdeckt hat! Ich muss wissen, ob sie Verstärkung brauchen.“

Lässig steht er auf, nickt mir kurz zu und macht sich auf den Weg, meinen Auftrag auszuführen.

Endlich. Jeder Muskel meines Körpers schreit nach ihrem Blut. Mein Schwanz ist hart und meine Fänge werden immer länger. Wenn ich es nicht besser wüsste, würde ich sagen, Alyssa wurde mir vom Schicksal in den Weg gestellt. Seit meiner Existenz, die auf Jahrhunderte zurückgeht, war ich noch nie so auf eine Frau und ihr Blut fixiert wie jetzt.

Wenn ich sie nicht bald kosten kann, drehe ich durch. Und ich kann mir nicht vorstellen, dass es unserer Vertrauensbasis guttun würde, wenn ich wie eine Bestie über sie herfalle, nur um meine Zähne in ihre Haut zu schlagen.

Ungeduldig setze ich mich auf den schwarzen Sessel, der direkt vor der großen Panoramascheibe steht. Vor vielen Jahren hatten wir unser Zuhause noch in einer Burg, mittlerweile sind wir allerdings etwas fortschrittlicher geworden. Moderne Hochhäuser bieten uns alles, was wir brauchen. Einen zentralen Standpunkt, eine gute Übersicht und den Schutz einer uneinnehmbaren Festung. Noch bevor ich sie sehe, spüre ich ihre Anwesenheit, ihr köstlicher Geruch steigt mir in die Nase, lockt meine Urinstinkte an die Oberfläche.

„Komm zu mir."

Das köstliche Aroma ihres Bluts wird von dem bittersüßen Duft ihrer Angst durchzogen.

Eine absolut exquisite Mischung.

Jetzt, wo sie vor mir steht, völlig frei von Schmutz und Blut, sieht sie aus wie die geborene Königin der Schatten. Unfassbar schön, zerbrechlich und auf eine geheimnisvolle Art und Weise unnahbar.

Die Wahrscheinlichkeit, dass sie die Frau meiner Bestimmung ist, ist mehr als gering. Daher kann ich mir nicht erklären, woher dieser Gedanke kommt.

Gerade als sie sich etwas zu entspannen scheint, erscheint mein Dienstbote wie aus dem Nichts mitten im Wohnzimmer. In seinen Händen hält er ein Tablett mit dem von mir angeforderten Essen für Alyssa.

Erschrocken zuckt sie zusammen.

„Stell es einfach ab."

Genauso schnell, wie er erschienen ist, ist er auch wieder verschwunden.

Langsam gehe ich auf sie zu.

„Daran musst du dich gewöhnen!"

Während ich ihren Blick einfange, nickt sie mir unsicher zu.

„Setz dich."

Zögerlich geht sie auf die Couch zu, und ich weiß instinktiv, dass sie sich an die Sklavin erinnert, die ich vorhin gefickt habe.

„Ich habe dir von einem Italiener etwas bringen lassen. Während du isst, können wir uns über alles unterhalten."

Alyssa sieht mich an, als würde sie jede Sekunde damit rechnen, dass ich wie ein Wilder über sie herfalle.

Verflucht!

Wenn sie wüsste, wie viel Beherrschung es mich kostet, ganz genau das nicht zu tun, würde sie mich um Gnade anflehen ...

Alyssa

Okay, okay, okay. Ich muss ruhig bleiben. Warum sollte ich auch hysterisch werden?

Natürlich wusste ich auch schon vorher, dass Vampire besondere Fähigkeiten haben, aber es am eigenen Leib zu spüren, beziehungsweise es mit eigenen Augen zu sehen, ist noch mal eine ganz andere Nummer.

Nicht sicher, was jetzt auf mich zukommt, setze ich mich auf die Couch. Darkon kommt auf mich zu, auf dem Tablett befindet sich ein Salat und ein Teller mit Nudeln, die unter einer gläsernen Warmhalteabdeckung stehen.

*Il Camino*, in edler, kursiver Schrift steht der Name des teuersten Italieners der ganzen Stadt auf dem Tablett. Wieder ein Hinweis, dass ich mit meiner Vermutung, dass er in der Hierarchie ziemlich weit oben steht, richtig liegen muss.

Am liebsten hätte ich ihm sein völlig überteuertes Essen um die Ohren gehauen, doch mein Magen knurrt so laut, dass es mir beinahe schon peinlich ist. Ganz davon abgesehen, dass ich bis auf die Haut nur in Klamotten gekleidet bin, die er mir geschenkt hat. Warum soll es da auf das bisschen Essen noch ankommen?

Mein Stolz ist schon auf ein winziges Atomteilchen zusammengeschrumpft.

Scheiße!

Ohne lange nachzudenken, sehe ich ihm direkt in die Augen und stelle ihm die wichtigste Frage.

„Warum ausgerechnet ich?"

Es gibt Millionen von Frauen, und wer weiß, wahrscheinlich würde mindestens die Hälfte von ihnen sofort freiwillig mit mir tauschen.

Also warum hat er sich ausgerechnet mich ausgesucht? Wie die meisten Frauen finde ich mich selber nicht mal besonders attraktiv. Ganz davon abgesehen habe ich ihm von Anfang an gesagt, dass ich kein Interesse an ihm habe.

„Iss. Dann antworte ich dir!"

Herausfordernd erwidere ich seinen Blick, doch schon nach ein paar Sekunden knurrt mein Magen erneut so laut, dass ich beschämt nach unten sehe.

Widerwillig pikse ich mit meiner Gabel eine Gurke auf und schiebe sie mir in den Mund.

„Brav!“

Brav? Überhebliches, arrogantes Vampirarschloch ...

„Wahrscheinlich kannst du es nicht verstehen. Doch in der Sekunde, in der ich deinen Geruch gewittert habe, wusste ich instinktiv, dass du mir gehörst.“

Stimmt, er hat recht. Ich verstehe kein Wort.

„Wenn du endlich aufhören würdest, dich gegen mich zu wehren, würdest du schnell spüren, dass ich recht habe!“

Jetzt, wo ich endlich angefangen habe zu essen, kann ich gar nicht mehr damit aufhören. Das Salatdressing ist der Wahnsinn, die Nudeln sind al dente und das Gemüse auf dem perfekten Garpunkt.

„Ich kenne mich in eurer Welt nicht aus. Aber ich bin nicht dumm. Dieses Apartment ist Millionen wert. Du hast Diener, die dir alles bringen, was du willst. Ganz davon abgesehen, dass du eine Selbstsicherheit ausstrahlst, die mir Angst macht. Wer bist du?“

Das eisige Blau seiner Augen verdunkelt sich merklich. Gierig beobachtet er, wie ich mir erneut eine Nudel in den Mund schiebe. Sein intensiver Blick irritiert mich, aber das scheint er gar nicht zu bemerken.

„Ich bin Darkon, erster Sohn Aramons, Herrscher über das Reich der Schatten und Anführer über die Krieger der Finsternis.“

Perplex würge ich die Nudel runter. Bei allem, was mir lieb ist, habe ich ihn gerade richtig verstanden?

Der Vampir, der mein Leben gerettet hat und mich für sich behalten will, der Kerl, der mich geküsst hat wie noch kein anderer Mann in meinem Leben, ist der König der Vampire?

Meinem Sprachzentrum sind die Lichter ausgegangen.

Jetzt stelle ich mir erst recht die Frage, was er eigentlich von mir will.

Ich versuche möglichst unbeteiligt zu wirken, das Letzte, was ich brauche, ist, dass er mir meine Unsicherheit ansieht.

„Okay. Jetzt stellt sich für mich allerdings erst recht die Frage, was du eigentlich von mir willst. Ich weiß ja nicht, wie das in eurer Welt so abläuft. Aber in meiner Welt haben Männer in Machtpositionen kein Problem damit, an willige Frauen ranzukommen."

Habe ich etwas Falsches gesagt?

Denn kaum habe ich ausgesprochen, springt Darkon erbost auf. In einer Sache scheinen sich menschliche und Vampirmänner sehr ähnlich zu sein, sie sind für mich ein großes Fragezeichen.

„Es reicht!"

Seine Worte sind so leise ausgesprochen, dass ich sie kaum verstanden habe, doch das scheint auch nicht wichtig zu sein. Nur eine Sekunde später nimmt er das Tablett mit dem Essen und stellt es auf die Seite. Seine Hände legen sich um mein Gesicht, in seinen Augen spiegelt sich sein wildes Verlangen.

Jetzt wird es ernst!

Besitzergreifend legt er seinen rechten Arm um meinen Körper. Mühelos hebt er mich hoch, sodass unsere Gesichter beinahe auf derselben Höhe sind.

„Bei allen Wesen der Unterwelt. Ich brauche keinen Grund, um dich zu wollen. Alles, was du wissen musst, ist Folgendes: Bisher habe ich mir wirklich alle Mühe gegeben, um kultiviert und rücksichtsvoll zu wirken. Doch damit ist es jetzt vorbei."

Seine Zunge dringt aggressiv in meinen Mund ein, duelliert sich mit der meinen und stiehlt mir den Atem.

Seine Lippen sind hemmungslos, herb und süchtig machend legt sich sein wildes Aroma auf meine Sinne. Durchdringend presst er mich an seinen viel größeren, muskulösen Körper. Und unweigerlich stelle ich mir die Frage, wie es sich wohl anfühlen muss, von so einem Kerl genommen zu werden.

Bis jetzt war ich eher passiv, doch meine Lust scheint nicht auf meinen Verstand hören zu wollen. Bisher hat Darkon nichts getan, was mir schadet, ganz im Gegenteil. Vielleicht sollte ich ihm einen Vertrauensvorschuss gewähren – doch im Grunde genommen ist es scheißegal, was ich denke oder fühle. Darkon hat beschlossen, dass ich ihm gehöre. Und ich kann nichts dagegen ausrichten.

Genauso bestimmend, wie er sich den Kuss genommen hat, beendet er ihn auch wieder.

Atemlos, verwirrt und unglaublich erregt erwidere ich seinen eindringlichen Blick.

Seine kurzen opalschwarzen Haare sind verwuschelt, seine azurblauen Augen sind mittlerweile so schwarz wie der Nachthimmel, und sein Blick verrät mir, wie sehr er sich in diesem Moment zurückhält.

Seine zweite Hand legt sich in meinen Nacken, sein Daumen ruht direkt auf der Stelle, an der mein Blut nur Millimeter unter der Haut durch meine Venen rauscht.

Wird er mich beißen?

Wir stehen uns so nah gegenüber, dass er meinen rasenden Herzschlag fühlen muss. Und während ich immer nervöser werde, scheint er endlich das zu bekommen, was er am Dringendsten begehrt – mich!

„Du gehörst nur mir!"

Seine dunkle Stimme lässt mein Epizentrum erbeben. Der Anblick seiner messerscharfen Fangzähne und sein harter Schwanz, der sich begierig gegen meinen Körper drückt ...

Es gibt kein Entkommen!

Gierig, ja geradezu schmerzhaft intensiv erobert er erneut meinen Mund, instinktiv spüre ich, dass es kein Erbarmen gibt, und ich ergebe mich seiner Kraft.

Das Universum hat sich dafür entschieden, dass sich mein Leben mit diesem Mann verbindet. Jetzt stehe ich unter seiner Kontrolle, seine Kraft ist übermenschlich und sein Wille ist hart wie Stahl.

In Anbetracht dessen, dass ich nicht die geringste Chance gegen ihn habe, beginne ich mich zu entspannen. Alles, was Darkon will, ist meine Unterwerfung, und in dieser Nacht soll er sie bekommen.

Meine Angst vor dem Kommenden ignorierend, schließe ich meine Augen und begebe mich in seine Hand ...

Noch bevor ich verstehe, was passiert, sind wir in einem mir noch unbekannten Raum, nur eine kleine Stehlampe spendet ein leichtes Licht. Die Wände sind komplett in Schwarz gehalten, der Boden besteht aus weißem Marmor, doch was mich am meisten fasziniert, ist das gigantische Bett, das in der Mitte des Raumes steht.

Ich habe keine Ahnung von Antiquitäten, was nicht an meinem mangelnden Interesse liegt, sondern an meinem zu kleinen Geldbeutel. Aber auch ohne Fachwissen kann ich erkennen, dass dieses Bett faszinierend schön und alt sein muss. Vier dicke Holzpfosten ragen zur Decke. An der Wand direkt über dem Bett befindet sich eine geheimnisvolle Zeichnung. Das liegende Zeichen der Unendlichkeit verbindet sich mit einer gigantischen Flamme, in der ein großes Schwert steckt.

„Das Zeichen des Wächters. Unser Familienwappen!"

Noch immer liege ich in seinen Armen, meine Lippen sind angeschwollen und in meinem Kopf beginnt sich alles zu drehen, so als hätte ich zu viel getrunken.

„Es ist wunderschön."

Beinahe ehrfürchtig legt er mich auf sein Bett, seine Hände gleiten über meinen Körper, Sekunden später bin ich nackt. Seine Hände waren so schnell, dass ich es beinahe nicht mitbekommen habe. Ich fühle mich entblößt, verletzlich und ausgeliefert.

„Du bist wunderschön."

Seine Hände legen sich um meine Taille und eine Sekunde später liege ich mittig auf dem riesengroßen Bett. Seidene Kissen umfangen meinen nackten Körper. Doch das ist in, schlägt mich völlig in seinen Bann.

Dass er groß und muskulös ist, war mir von vornherein klar. Aber damit habe ich nicht gerechnet. Sein Blick fixiert mich, anscheinend will er jede meiner Reaktionen auf seinen Körper ganz genau mitbekommen.

Sein breiter Hals mündet in einen breiten Nacken. Seine Schulterpartie ist perfekt trainiert. Sein Bizeps lässt mich schlucken. Das Spiel seiner Muskeln unter seiner straffen Haut ist absolut faszinierend und lässt mich hart schlucken.

Auf seiner Brust prangt dasselbe Zeichen wie an der Wand.

Das Zeichen des Wächters – und jetzt verstehe ich erst, was es zu bedeuten hat.

„Du bist der Wächter, es ist dein Zeichen und deine Familie?"

Mit meiner Zunge über meine Unterlippe fahrend, betrachte ich seinen Bauch und die schmale Spur dunkler Haare, die mich zu seinem verdammt großen, sehr harten Schwanz leitet.

Oh mein Gott ... damit will er in mich eindringen?

„*Schhhh*, keine Angst, kleine Esclave, ich werde dich nehmen, und du wirst es genießen!“

Unsicher rutsche ich automatisch ein Stückchen weiter nach hinten. Ich weiß, dass es ein verzweifelter Versuch ist, etwas Abstand zwischen uns zu bringen. Darkon ist der Wächter der Dunkelheit, ein gut 2,20 Meter großer Vampir, er ist das mächtigste und kraftvollste Lebewesen auf diesem Planeten. Und völlig egal, was ich tun oder lassen werde, Darkon will mich und er wird mich bekommen ...

***

Darkon

In den vergangenen Jahrhunderten habe ich schon verdammt viele für mich beansprucht. Doch keine Einzige hat es jemals gewagt, mir zu widersprechen oder meine Befehle zu hinterfragen. Seit Anbeginn meiner Existenz hat es kein weibliches Wesen gegeben, das ich so sehr besitzen wollte wie Alyssa. Meine Urinstinkte haben schon vor einigen Sekunden den Kampf gegen meine Beherrschung gewonnen.

Wenn es wirklich eine Frau auf dieser Erde gibt, an die ich mich für immer binden will, dann ist das sie.

Nach unserem Kuss hat sie sich so weich und wehrlos an meinen Körper gelehnt, dass es den Anschein hatte, als hätte sie ihr Schicksal angenommen.

Bei meiner Seele, ich kann ich es kaum erwarten, sie endlich für mich zu beanspruchen, ihre Haut zu durchstoßen und ihren Geschmack zu kosten. Als ich das erste Mal ihre weichen Lippen gekostet habe, ist mir erst bewusst geworden, wie ausgehungert ich wirklich bin.

Gegen meine Sucht nach ihr kommt keine Logik und kein Verstand an.

Gierig lasse ich meinen Blick über ihren nackten Körper gleiten – ich habe nie etwas Schöneres gesehen.

Bei Luzifer, ich hoffe, dass ich meinen Durst nach ihrem Blut kontrollieren kann.

Ihre Pupillen sind groß und ihr vor Lust und Angst verschleierter Blick leicht abwesend. Das sanfte Rot ihrer Lippen betont ihre milchig weiße Haut.

Als Herrscher und Krieger besteht mein Leben aus Disziplin und Beherrschung. Und dennoch braucht es nur eine menschliche Frau, um mich völlig aus der Bahn zu werfen.

„Du gehörst nur mir! Dein Körper, dein Blut und deine Leidenschaft sind von jetzt an nur noch für mich bestimmt. Und wehe dem Mann, der dich mir wegnehmen möchte. Ich werde ihn eigenhändig zerreißen."

Tief durchatmend versuche ich mir ein letztes Mal in Erinnerung zu rufen, wie zerbrechlich sie ist. Sie ist keine Vampirin, sondern ein kleiner Mensch. Was bedeutet, dass ich mich verdammt noch mal kontrollieren muss.

Ein animalisches Fauchen, das ich meinen Urtrieben zu verdanken habe, kommt aus meiner Kehle.

Jetzt ist endlich der Augenblick gekommen, in dem wir das Ritual vollziehen. Wenn ich erst mal tief in ihren Körper eingedrungen bin und ihr Blut meine Kehle benetzt, kann uns niemand mehr trennen. Mein Geruch wird an ihrem Körper kleben und alle werden wissen, dass sie unter meinem ganz persönlichen Schutz steht.

Ich versuche meine Kraft zu kontrollieren, während ich langsam zu ihr ins Bett steige. Der bittersüße Geruch ihrer Angst hängt in der Luft, lässt den Krieger laut brüllen.

Endlich spüre ich ihren kleinen, nackten Körper an meiner Seite. Sanft streiche ich mit meiner Fingerspitze über ihre schnell klopfende Halsschlagader.

„Fürchte mich nicht. Ich werde dich auf ewig beschützen."

Ihre zitternden Lippen locken mich magisch an. Und endlich komme ich in den Genuss, sie ausgiebig zu kosten.

Ergeben öffnet sie mir ihre Lippen, liebkost meine Zunge und reagiert leidenschaftlich auf den Anfang meiner Inbesitznahme.

Die samtene Haut ihrer Kehle, das weiche feste Fleisch ihrer Brüste und ihr immer schneller gehender Atem ...

Ich stütze mich auf den Ellenbogen und schaue sie von oben herab an, während meine Hände ihren Körper erkunden und in Besitz nehmen. Die kleine Kuhle ihres Bauchnabels, ihr Schambein und die kleinen weichen Löckchen, die sie zu einem schmalen Streifen rasiert hat ... Diese kleine Frau steckt doch voller Überraschungen.

Der süße, moschusartige Geruch ihrer Erregung hängt in der Luft, was mir nicht gerade dabei hilft, meine eh schon geringe Selbstbeherrschung aufrechtzuerhalten.

Zufrieden streiche ich mit meinem Finger über ihre Schamlippen, spüre die leichte Feuchtigkeit und dringe leicht in sie ein. Eng, heiß und verdammt verführerisch nimmt mich ihr Körper auf.

Gebannt beobachte ich, wie sie leise wimmernd ihre Augen schließt, ihre Stirn gegen meine Brust lehnt und sich ihrer Leidenschaft hingibt.

Kreisend streiche ich mit meiner Fingerspitze über ihre Lustperle, erhöhe sanft den Druck, spüre, wie sie sich immer mehr anspannt.

Süchtig nach ihrem Geschmack lecke ich mit meiner Zungenspitze über ihre angeschwollenen Nippel. Ihr herrlicher Geschmack explodiert auf meiner Zunge, und ich weiß, dass ich mich nicht mehr lange zurückhalten kann.

Zögerlich beginnt sie ihre Finger über meinen Körper wandern zu lassen. Ihre warme Haut, ihre suchenden Hände und die zärtliche Unsicherheit, die sich in ihren Berührungen widerspiegelt, machen mich noch härter.

Wild, ungeduldig, ja geradezu brutal schreit mein Körper nach Erlösung, doch ich versuche mich zu kontrollieren.

In Zukunft kann ich sie so oft und so hart nehmen, wie es mir beliebt. Aber in dieser ersten Nacht muss ich versuchen ihr die Angst zu nehmen. Denn eine verängstigte Sklavin ist verdammt anstrengend.

Ich spüre, wie sie mutiger wird, ihre Hände wandern tiefer.

„Ich weiß, dass du mich aufnehmen kannst. Und du wirst jeden verdammten Zentimeter zu spüren bekommen!“

Süchtig nach ihrer engen Hitze, schiebe ich meinen Finger bis zum Anschlag in ihren Körper. Das leise Wimmern, das über ihre Lippen kommt, zeigt mir, dass ich auf dem richtigen Weg bin.

Verspielt und immer fordernder umfassen ihre kleinen, gierigen Finger meinen harten Schwanz.

Angespannt beiße ich die Zähne aufeinander. Zurückhaltung ist nicht wirklich meine Stärke.

Fauchend entziehe ich ihr meinen harten Schwanz, und schneller, als sie reagieren kann, drehe ich sie auf den Bauch, umfasse ihre Handgelenke und halte sie über ihrem Kopf gefangen.

Mit meinem Gewicht kontrolliere ich ihre Bewegungen, während meine Finger immer tiefer in sie eindringen. Alyssa ist verdammt eng, ein Grund mehr, sie mit meinen Fingern etwas zu dehnen.

Bei allen Teufeln! Ihr Körper ist mein Paradies, für dieses Vergnügen würde ich gegen alle sieben Götter in den Krieg ziehen.

Langsam stoppe ich den Rhythmus meiner Finger, genieße das würzige Aroma ihrer Erregung und hoffe, dass ich in den nächsten Minuten genug Disziplin aufbringen kann.

Im Gegensatz zu Menschen sind Vampire verdammt gut gebaut. Mein Schwanz ist im Verhältnis zu ihrem schmalen Körper verdammt groß, und ich weiß jetzt schon, dass es eine gewisse Zeit dauern wird, bis sie mich schmerzfrei in sich aufnehmen kann.

Ihr Anblick ist mehr, als ich verkraften kann!

Erregt, schutzlos und völlig in meiner Kontrolle räkelt sie sich zutiefst erregt auf meinem Bett. Ihr runder Po, ihre schmalen Beine und ihre feucht glänzenden Schamlippen ... Meine neue Esclave hat schon eine verdammt süße Pussy.

Endlich ist der Moment gekommen, in dem sie mir wehrlos ausgeliefert ist.

Ich höre das schnelle Trommeln ihres Herzens, ihr Blut rauscht schnell und aufgeheizt durch ihren Kreislauf, es wartet nur darauf, endlich von mir getrunken zu werden.

Jetzt, in ganz genau diesem Moment, in dem Alyssa vertrauensvoll ihre Schenkel für mich spreizt, zerbricht meine eiserne Selbstbeherrschung in tausend kleine Scherben. Dunkel knurrend presse ich sie mit meinem Gewicht ins Bett, ich kann nicht mehr länger warten.

„Meins ...“

Mit meinen Knien öffne ich ihre Beine noch weiter, reibe meinen harten Schwanz an ihren feuchten Schamlippen und danke den Göttern, dass ich die Fährte dieser Frau gerochen habe.

Ihre Fingernägel kratzen Halt suchend über meinen Handrücken, ihr Wimmern verwandelt sich in Schreie und ich weiß, dass sie mit meiner Größe überfordert ist.

Bei allen Göttern, es wird Zeit, mir zu nehmen, was ich so sehnsüchtig brauche.

Der Augenblick, in dem ich mich noch beherrschen konnte, ist vergangen und zurück bleibt unverhohlene Lust ...

Alyssa

Die verschiedensten Emotionen rauschen heiß glühend durch meinen Körper.

Darkon ist auf mir, er ist in mir, er beherrscht mein komplettes Sein.

Seine raue Zunge streicht sachte über meinen Nacken, ehe sich seine Zähne schmerzhaft in meine Schulter graben. Seine Kraft lässt mich sehnsüchtig erbeben und so verrückt das jetzt auch klingen mag, am liebsten würde ich mich noch fester an ihn pressen.

Unbekannte Gefühle, verwirrende Sehnsüchte und harte, besitzergreifende Hände treiben mich immer weiter in einen Strudel aus ängstlicher Leidenschaft.

So sehr ich auch versuche ihm zu widerstehen, dieser Kerl hat alle meine Schutzmauern eingerissen. Der unnachgiebige Griff, mit dem er meine Handgelenke festhält, sein breiter Schwanz, den er kraftvoll in meinen Körper rammt und der mich immer tiefer in die Matratze presst – Darkon hat mich unter Kontrolle.

Unnachgiebig bohrt er sich in meine Öffnung, sein Wille wird zu dem meinen und ich spüre, wie ich mir mehr ersehne. In diesem primitiven Moment weiß ich, dass dieser Vampir und ich zusammengehören. Mein Verstand will das zwar nicht wahrhaben, doch ich spüre tief in mir, dass es so ist.

Darkon zwingt mich, mich fallen zu lassen, er lässt mir keine andere Chance, er dominiert mich. Intuitiv spürt er, was ich brauche und wie tief er mich nehmen kann.

Dick und groß schiebt sich seine breite Eichel tief in mein Inneres, bei jedem Vorstoß touchiert er einen besonders magischen Punkt tief in meinem Inneren.

Zitternd versuche ich mich ihm entgegenzudrängen. Ich will ihn, ich brauche ihn noch tiefer und fester.

Wimmernd lege ich meinen Kopf in den Nacken, genieße die köstlichen Empfindungen, lasse mich fallen und treibe schutzlos in seiner Umarmung. Meine Zehenspitzen beginnen sich leicht zu krümmen, während seine Zähne sanft, jedoch deutlich spürbar an der zarten Haut an meiner Kehle knabbern.

Verzweifelt drehe ich mein Gesicht auf die Seite, suche seinen Blick und ergebe mich seiner Führung.

Oh mein Gott ...

Meine Beine fangen an zu zittern und meine Atmung stoppt.

„Es ist an der Zeit, kleine Esclave!“

Ruckartig entzieht er mir seinen harten Schwanz, seine Finger umfassen meine Hüfte, drehen mich auf den Rücken.

Kreisend reibt er mit seiner rechten Hand über meinen Kitzler, gekonnt erhöht er den Druck, treibt mich gezielt ins süße Nichts. Hinter meinen geschlossenen Lidern beginnen grelle Blitze zu zucken, während es in meinen Ohren zu rauschen beginnt.

Glühende Lava durchzuckt meinen Unterleib, mein Schrei durchbricht die Stille.

Dunkel und geheimnisvoll raunt er bedeutungsvolle Wörter in mein Ohr, während er erneut tief in mich eindringt.

„Durch dein Blut sind wir verbunden.
Für immer dein – für immer mein.
Unter dem ewigen Schutz des Wächters.“

Besitzergreifend, intensiv und bedeutungsvoll macht er mich zu der seinen.

Zitternd schnappe ich nach Luft, gerade in dem Augenblick, in dem mich mein Höhepunkt mitreißen wollte, spüre ich einen scharfen Schmerz an meiner Kehle.

Er hat mich gebissen ...

Der intensive Schmerz verwandelt sich in ein leichtes Pochen. Noch immer ist er tief in mir, ich spüre seine saugenden

Bewegungen. Es fühlt sich unheimlich intensiv an, auf diese primitive, geradezu animalische Art gebissen zu werden.

Irgendwie fühle ich mich berauscht, so als würden meine Adern von Glücksgefühlen geflutet werden. All meine Sorgen und Ängste lösen sich in ein süßes Nichts auf, und alles, was bleibt, ist pure Lust und eine unendlich intensive Gier nach hartem, schmutzigem Sex.

Meinem Verstand gehen die Lichter aus, mein Körper fühlt sich an wie das Epizentrum eines Erdbebens und zwischen meinen Schenkeln findet eine Kernschmelze statt.

Das saugende Gefühl wird weniger und ich spüre, wie er mit seiner rauen Zunge über die zwei Einstichlöcher seiner Fangzähne leckt.

„Jetzt bist du unwiderruflich und für immer die meine!!"

Langsam beginnt er sich wieder in mir zu bewegen, während unsere Blicke ineinander verschlungen sind.

In meinen Gedanken entsteht das primitive Gefühl der Zusammengehörigkeit, und ich kann beim besten Willen nicht erklären, wo es herkommt.

Bestimmend küsst er mich, seine Zunge dringt in mich ein. Ich versuche zu Atem zu kommen, doch er lässt es nicht zu. Seine Zunge erobert meinen Mund. Sein tätowierter Körper legt sich schwer auf den meinen, seine Hüften reiben immer wieder über meinen Venushügel und ich spüre, dass ich für immer verloren bin. Zuckend umschließt meine Scheide sein hartes Glied, schutzlos schließe ich meine Augen, weiche so seinem glühenden Blick aus, ehe mein erlösender Schrei ganz Seattle zum Erbeben bringt.

Völlig losgelöst treibe ich durch ein dunkles Nichts. Jede Faser meines Körpers konzentriert sich auf den wild fauchenden Mann, der sich pochend in mir verströmt.

In meinem Kopf zucken wilde Bilder durcheinander, mein Herzschlag setzt kurz aus, nur um dann noch schneller zu schlagen, während die Stelle, an der er seine Zähne in mein Fleisch gegraben hat, leicht prickelt.

Es fühlt sich so an, als würde irgendetwas mit meinem Körper passieren, als würde eine Veränderung stattfinden, die sich nie wieder rückgängig machen lässt.

Eine schwere Mattigkeit legt sich über mich und ich weiß nicht, wie ich ihr entkommen kann. Ein sanftes Pochen breitet sich in meinem gesamten Körper aus, meine Augenlider sind schwer wie Blei und ich spüre, wie ich in eine Art Dämmerschlaf sinke.

Jeder noch so kleine Nerv versinkt in das Zwielicht zwischen Schlafen und Wachen.

Darkon

Unsicher, was hier gerade passiert ist, beobachte ich, wie Alyssa in einen tranceartigen Zustand fällt. Obwohl ihr Atem gleichmäßig kommt, höre ich, wie ihr Herz erst langsamer wird, nur um dann immer heftiger zu schlagen.

Kann es sein? Ist das möglich?

Jeder Muskel meines Körpers ist angespannt. Alyssas Blut ist wie eine Droge für mich, die mich ab dem ersten Schluck schon süchtig gemacht hat. Doch das Faszinierendste an der Sache ist, was ihr Blut in mir bewirkt. Ich spüre, wie sich mein Körper verändert, wie jedes Molekül nach ihrem köstlich süßen Blut giert, so als wäre es ein Aufputschmittel.

Gierig fahre ich mit meiner Nase über ihren nackten Körper, inhaliere ihren Geruch und stelle befriedigt fest, dass sie anfängt nach mir zu riechen.

Aufgeregt steige ich aus dem Bett, wickle mir meinen schwarzen Umhang über die Schultern und versuche meine Gedanken zu ordnen.

Dass Alyssa mit ihren Kräften völlig am Ende ist, ist mehr als verständlich. Ich habe ihr alles abverlangt, ihr Blut getrunken und meinen Speichel in ihren Kreislauf fließen lassen. Der Speichel eines Vampirs bewirkt im Kreislauf eines Menschen gewisse Veränderungen. Als Erstes beginnt der Mensch nach dem Vampir zu riechen. Was in unserer territorialen Welt sehr wichtig ist. Meine Reizschwelle ist sehr gering, jedes andere männliche Lebewesen, das sie berührt, wird durch meine Hand sterben. Und dabei ist es mir einerlei, ob es sich dabei um einen Menschen, einen Blutlosen, einen Dämon oder einen anderen Vampir handelt. Sie ist mein Eigentum, meine Sklavin und mein Schatz. Der Sex mit ihr war das Erstaunlichste, was ich jemals erlebt habe. Die exquisite Mischung aus Angst, Lust, Unterwerfung und Dominanz hatte etwas Explosives.

Aber jetzt kommen wir zum Wichtigsten an der ganzen Sache: Das gerade eben war nicht nur Sex, es war eine Paarung.

Und wenn ich mit meiner Vermutung richtigliege, kann das nur eines bedeuten.

Ohne es zu wissen, habe ich meine Braut der Schatten gefunden.

Aufgebracht fahre ich mit meiner Hand durch meine Haare. Wenn ich mit meiner Vermutung richtigliege, würde das eine neue Ära bedeuten.

Konzentriert schließe ich die Augen, rufe die längst zurückliegende Erinnerung auf und höre geistig die Stimme meines Vaters:

Die Legende besagt, dass die Frau der Schwester, die in den Tod gefallen ist, die Braut des Wächters wird. Ihr Blut soll in seinen Adern fließen und sein versteinertes Herz zum Schlagen bringen.

Wenn sich meine Vermutung mit der Vorhersehung als richtig erweist und Alyssa wirklich meine vorbestimmte Frau ist, würde das bedeuten, dass ihr Schoß bereits meinen Samen empfangen hat. In ihrem Körper wächst die nächste Generation der Wächter – die Zukunft unseres Volkes.

Mit der Geburt dieses Kindes beginnt auch mein Herz zu schlagen, was mich zu dem mächtigsten und kraftvollsten Raubtier dieser Erde macht.

Das Wichtigste in diesem Moment ist die Gewissheit. Prüfend sehe ich ein letztes Mal auf die nackte Frau in meinem Bett. Kann es wirklich wahr sein?

Kann diese kleine, so zerbrechlich wirkende Frau die Braut der Schatten sein?

Verwundert schüttle ich meinen Kopf und rufe gedanklich meinen Bruder herbei. Jetzt ist der Augenblick der Taten gekommen. Wir müssen handeln, und zwar sofort. Denn wenn sich meine Vermutung bestätigt, dann brauchen wir alle Krieger, die wir bekommen können. In den ersten drei Monaten der Empfängnis ist Alyssa so anfällig und schutzbedürftig wie noch nie in ihrem Leben. Und es ist die Aufgabe meines Volkes, ihre neue Herrscherin zu schützen.

***

„Herrgott, Bruder, wenn du wüsstest, wie kurz davor ich gerade war, ein süßes kleines Opfer auszusaugen."

Krieg, Blut und Sex, mein Bruder ist einfach unverbesserlich!

„Tylon, reiß dich zusammen. Ich brauche ganz dringend eine Menge Hintergrundinformationen. Ich muss alles über Alyssa herausfinden. Und wenn ich sage alles, dann meine ich das auch so. Am Wichtigsten ist allerdings ihre Familiengeschichte."

Fragend sieht er mich an.

„Herrgott noch mal, sie ist eine Sklavin. Wozu die Mühe? Amüsiere dich mit ihr, und wenn du ihrer überdrüssig bist, schenk sie den Kriegern."

Blitzschnell drehe ich mich um, meine Finger schließen sich um die Kehle meines Bruders und ich schleudere ihn mit aller Kraft gegen den Stahlträger, der sich links des Panoramafensters befindet.

„Halt deine Zunge im Zaum. Wenn ich jemals wieder höre, dass du abfällig über die Braut der Schatten sprichst, werde ich dir eine Lektion erteilen müssen."

Familie hin oder her, alles, was zählt, ist Alyssa ...

„Herrgott, Darkon, was redest du denn da?"

Voller Ehrfurcht erwidert Tylon meinen Blick.

„Bei allen sieben Göttern, ich spüre, wie sich ihr Blut durch meine Eingeweide arbeitet. Es bahnt sich seinen Weg durch meine Adern. Die neue Kraft und der Schmerz zerreißen mich beinahe. Die Verwandlung hat angefangen.

Ich kann es spüren. Alyssa ist nicht nur eine gute riechende Sklavin, sie ist die Auserwählte."

Stille, ich sehe, wie mein Bruder das Gesagte zu verstehen versucht, ehe er sich aufrappelt.

„Die Wachen müssen verdoppelt werden. Unsere Feinde werden nichts unversucht lassen, um sie in den ersten drei Monaten umzubringen."

„Denk an die heutige Nacht. Wie groß ist die Wahrscheinlichkeit, dass sich ein einzelner Krieger der Blutlosen zufällig an Alyssa vergreift?“

Fuck! Tylon hat recht. Als Anführer der unteren Legionen ist er ein Mann des Krieges und des Kampfes, und dennoch ärgert es mich, dass er bemerkt, was ich übersehen habe!

„Unsere Feinde wissen Bescheid. Verflucht noch mal! Ich weiß nicht, woher sie die Information haben ... Wie bei allen Heiligen kann es sein, dass unsere Feinde Alyssa vor uns gefunden haben? Woher wussten sie, dass sie meine vorbestimmte Braut ist?“

Tylon kommt auf mich zu, ich sehe in seinen Augen, dass er die tödliche Ernsthaftigkeit unserer Lage verstanden hat.

„Ich hasse es, Fragen zu stellen, ohne die passenden Antworten parat zu haben.“

„Das geht mir genauso, Bruder.“

Tylon stellt sich direkt vor mich, seine Hand legt er auf meine rechte Schulter, genau auf die Stelle, wo das Zeichen des Wächters auf ewig meine Haut ziert.

„Bei dem Blut der sieben Götter schwöre ich dir meine Treue und Verbundenheit. Als Krieger unserer Sippe und Bruder des ersten Anführers verspreche ich dir, deine Braut bis in den Tod zu beschützen!“

Dieser Moment ist einer der wichtigsten meiner Herrschaft, ohne meine vorbestimmte Braut hätte mein Volk nie die Stärke erreicht, zu der ich sie jetzt bringen werde.

„Ich danke dir, Bruder!“

Zwinkernd sieht er mich an, seine Ernsthaftigkeit ist schon wieder verschwunden.

„So kann es gehen, Bruderherz. Auf der Suche nach einer neuen Sklavin hast du deine Braut gefunden.“

„Bei allen Monden, ich war ja nicht mal auf der Suche, dieses Mal haben die Götter wirklich alle Fäden gezogen.“

Noch während er sich entmaterialisiert und verschwindet, um meinen Auftrag durchzuführen, höre ich seine letzten Worte.

„Vor dem Willen der Götter ist niemand sicher. Auch nicht du, Wächter über das Reich der Schatten!“

Wenn er nicht mein Bruder wäre, würde ich ihm für den Spott in seiner Stimme sämtliche Knochen brechen. So aber gehe ich zurück ins Schlafzimmer, werfe einen besorgten Blick auf meine Braut und hoffe, dass sie für das Schicksal, das vor ihr liegt, genügend Kraft hat.

Alyssa

Absolute Stille umgibt mich. In meinem kleinen Apartment höre ich unentwegt die Geräusche der anderen Hausbewohner. Die Klospülung, das Wummern der Musik oder die Stimmen meiner, meist streitenden, Nachbarn. Ganz davon abgesehen, dass der Verkehrslärm ein stetiges Rauschen ist, das ich eigentlich nie wirklich ausblenden kann.

Aber hier, zwischen all den weichen Kissen, der kuscheligen Decke und dem märchenhaften Bett, höre ich gar nichts.

An den Luxus der wahren Stille könnte ich mich glatt gewöhnen!

Die unendliche Schwere meiner Glieder und das sanfte Pochen meines Herzens fühlen sich merkwürdig an. Aber vielleicht ist das ja normal, wenn man mit einem Vampir geschlafen hat. Vorsichtig bewege ich meine Beine, spüre ein sanftes Stechen in meiner Körpermitte.

So unglaublich das auch klingen mag, aber das war der beste Sex meines Lebens. Zarte Hände, dominante Küsse und ein Kerl, der so verflucht heiß ist, dass er an der Klimaerwärmung schuld sein kann. Der Body von Darkon ist der absolute Wahnsinn. Noch nie habe ich einen so attraktiven, kräftigen und gut gebauten Mann gesehen.

Der Körper eines Kriegers ...

Anscheinend muss man sich erst auf einen Vampir einlassen, oder wie in meinem Fall von einem entführt werden, um so ein Prachtexemplar ins Bett zu bekommen.

Wo er wohl gerade ist?

Ob es für ihn genauso umwerfend war wie für mich?

Unsicher, wie ich mich jetzt verhalten soll, setze ich mich auf, strecke meine Arme und unterdrücke ein Gähnen.

Guter Gott, bin ich erledigt!

Vorsichtig taste ich mit meinen Fingern nach der Bisswunde an meiner Kehle. Ich wurde von einem Vampir gebissen. Erst jetzt scheint mein postkoitales Gehirn diese Tatsache wirklich zu verstehen.

Ein Schauer rieselt durch meinen Körper. Im Gegensatz zu dem, was uns Hollywood immer verkaufen will, bin ich immer noch am Leben und ich habe mich auch nicht in eine Vampirfrau verwandelt. Es war auch nicht wirklich unangenehm. Am Anfang war da ein stechender Schmerz, der sich jedoch sehr schnell in etwas Erregendes verwandelt hat. Von Darkon gebissen zu werden, während er tief in meinem Körper steckt, hat etwas unheimlich Intimes, Lustvolles, das ich gar nicht so richtig beschreiben kann.

Bei der Vorstellung, dass er die andere Frau ebenfalls gebissen hat, dreht sich mir der Magen um und ein sehr intensives Besitzdenken macht sich in meinem Verstand breit.

Hoppala! Seit wann bin ich auf irgendeine Frau, die seine Sklavin ist, eifersüchtig? Eigentlich sollte ich gar keine Besitzansprüche an den Vampir stellen, immerhin ist er mein Feind und nicht mein Lover.

Meine verrückten Gedankengänge überfordern mich, entnervt schüttle ich meinen Kopf und steige aus dem Bett.

Zu meinem Erschrecken sind meine Beine extrem wackelig, mein Kreislauf spielt verrückt und mein Blick verschwimmt.

Sicher, dass ich jede Sekunde stürze, schlingt sich in letzter Sekunde ein Arm um meine Körpermitte.

„Vorsichtig, Kleines."

Darkons raue Stimme kratzt über meine Nerven. Eine Gänsehaut breitet sich auf meinen Armen aus.

„Mir ist irgendwie schwindelig."

Ohne lange zu zögern, hebt er mich hoch, nimmt mich in die Arme und presst mich an seinen Brustkorb. Automatisch lege ich meinen Kopf an seine Haut und inhaliere seinen maskulinen Geruch.

Eigentlich rechne ich damit, dass er mich zurück auf das Bett legt. Doch er setzt sich mit mir auf dem Schoß auf die Bettkante und sieht mir suchend in die Augen. Schüchtern erwidere ich seinen Blick.

So faszinierend dieser Mann auch sein mag, wie soll das jemals gut gehen? Er ist ein Raubtier und ich bin die Beute. Ich bin natürlich keine Naturexpertin, aber ich bin nicht blöd. Für gewöhnlich endet es immer damit, dass der Jäger die Beute erlegt und verschlingt ...

Leise knurrend beugt er sich zu mir runter, streicht mit seiner Nase durch meine Haare und saugt tief einatmend meinen Geruch in seine Lungen.

„Du riechst nach mir!"

An seiner Stimmlage kann ich erkennen, wie gut ihm diese Tatsache gefällt.

„Wie geht es jetzt weiter?"

Das Letzte, was ich will, ist, die entspannte Stimmung zwischen uns zu zerstören. Aber typisch ich kann ich mit dieser Ungewissheit einfach nicht leben.

„Ich werde für dich sorgen."

Vampir-Machoarsch!

„Ich dachte jetzt eher an: Lass uns doch mal was essen gehen."

Shit! Das war ja mal ein Schuss ins Schwarze!

„Sorry, ich habe ganz vergessen, dass ich ja deine Hauptspeise bin."

Kann es sein, dass er sich gerade über mich amüsiert? Sein Gesichtsausdruck ist so finster wie immer, aber seine Lippen sehen nicht mehr ganz so verkniffen aus.

„Was ich damit sagen wollte, ist, dass es wirklich das Beste wäre, wenn ich mich jetzt anziehen und dann nach Hause gehen würde."

Also falls sich der große, böse Blutsauger gerade eben noch über mich amüsiert hat, ist das dank meiner Worte schlagartig vorbei.

„Du bist zu Hause! Es wäre für uns alle leichter, wenn du das endlich einsehen würdest!"

Wütend mache ich mich los, stehe auf und funkle ihn wütend an.

„Wie stellst du dir das denn bitte schön vor? Du kannst doch nicht einfach durch die Weltgeschichte laufen und dir aussuchen, welche Frau du gerne behalten möchtest. Seattle ist doch kein überdimensionaler McDrive! Ich habe ein Leben, ein Studium und eine eigene Wohnung."

Schlauerweise verheimliche ich ihm lieber, dass ich mir mein Studium zukünftig nicht mehr leisten kann, mein Leben eine einzige Katastrophe ist und meine Wohnung ein kleines, renovierungsbedürftiges Ein-Zimmer-Apartment.

Vor Wut schnaubend sehe ich ihn an.

Gierig wandern seine Augen über meinen Körper. *Shit.* Vor lauter Wut habe ich ganz vergessen, dass ich komplett nackt bin.

Mit einer großen Portion vorgetäuschtem Mut hebe ich mein Kinn an und suche seinen Blick.

Sein Mund öffnet sich ein Stückchen und ich sehe, dass sich seine Fänge ausfahren, das Eisblau seiner Augen wird dunkler und seine Atmung kommt immer schneller.

Vorsichtshalber weiche ich einen Schritt zurück, sehe mich nach der Zimmertüre um und schaffe etwas Sicherheitsabstand zwischen ihm und mir.

Gerade eben sitzt er noch auf dem Bett, und einmal blinzeln später steht er direkt hinter mir. Seine Hände legen sich besitzergreifend um meinen Körper, pressen mich an seine Muskeln, während die scharfen Spitzen seiner Eckzähne drohend über meinen Hals streichen.

„Du kannst mir nicht entkommen. Wir haben uns vereinigt – das Ritual ist vollzogen. Dein Blut fließt durch meinen Körper, während mein Speichel durch den deinen fließt. Wir sind miteinander verbunden, und das um einiges stärker, als ich anfangs dachte.“

Dieser Kerl spricht in Rätseln.

In trügerisch leiser Stimme redet er weiter, während ich verzweifelt versuche mich aus seinem Griff zu befreien.

„Bisher war ich sehr nachsichtig mit dir, doch das ist jetzt vorbei!“

Der Druck, den er mit seinen Zähnen auf meine Haut ausübt, wird stärker.

Wie kann es sein, dass ich seine Dominanz unheimlich anziehend und dennoch völlig angsteinflößend finde?

Vielleicht muss ich wirklich so tun, als würde ich mich ihm ergeben, nur um den passenden Augenblick für meine Flucht abzupassen. Wenn Darkon denkt, dass ich mich ihm unterworfen habe, wird er mit der Zeit ganz bestimmt nachlässiger.

Unsicher, ob mein Plan aufgehen wird, schlucke ich meine Widerworte runter und entspanne meine Muskeln. Vampir hin oder her, Frauen ist es schon immer gelungen, Männern etwas vorzuspielen, also warum sollte es dann jetzt nicht funktionieren?

Darkon

Mein Verlangen nach ihrem Blut ist geradezu übermächtig. Mit jedem Biss injiziere ich ihr mehr von meinem Speichel. Und je mehr davon in ihrem Kreislauf ist, umso leichter wird es ihr fallen, sich an mich zu gewöhnen.

Man kann es mit einer Droge vergleichen, ihr Gehirn wird sich an mich gewöhnen, ihr Körper wird mich brauchen und sie wird unbewusst meine Nähe suchen. Ein wundervoller Trick der Evolution. Der Jäger, also ich, bekommt, was er sich so sehr herbeisehnt. Und die Beute wird mit jedem Mal abhängiger von ihrem Jäger.

„Du bist mein Besitz, mein Eigentum und meine Frau und ich werde den Teufel tun, dich wieder gehen zu lassen.“

Alyssa

Sanft streicht sein Finger über meinen Bauch, ehe sich seine Hand besitzergreifend darauf legt. Die Größe seiner Handfläche ist gigantisch. Die Spitze seines kleinen Fingers berührt meinen Venushügel, während sein Daumen die Unterseite meiner Brüste streift.

Seine Worte bringen meine Schutzmauern ins Wanken. Seit Jahren bin ich alleine, regelrecht einsam. Das erste Mal, seit ich denken kann, will mich jemand wirklich haben. Ich werde begehrt und gewollt. Wie soll ich es da schaffen, standhaft zu bleiben?

Ergeben schließe ich meine Augen, warum muss nur immer alles so verdammt kompliziert sein?

Darkon

In dem Augenblick, in dem sie nachgibt, umfasse ich ihren noch flachen Bauch. Bisher weiß nur ich, dass sie meinen Erben in sich trägt. Doch es wird nicht mehr lange dauern, dann werde ich es ihr erzählen müssen.

Alyssa ist klein, zierlich und schmal. Also das ganz genaue Gegenteil von mir. Wie soll dieser kleine Körper meinen Sohn gebären?

Die Krieger unserer Familie sind weder klein noch leicht. Ihrem Körper wird diese Schwangerschaft alles andere als leichtfallen.

„Ich werde für dich sorgen und dich beschützen. Akzeptiere den Weg, den die Götter für dich bestimmt haben!"

Mit einer Hand umfasse ich ihren Hals, kippe ihren Kopf nach rechts und treibe meine Fänge langsam in ihr zartes Fleisch. Der süße Geschmack ihres Blutes fließt auf meine Zunge, ihr leises Wimmern verwandelt sich in ein Stöhnen und ich weiß, dass es nicht lange dauern wird, ehe sie wieder in einen tiefen Schlaf fällt.

Saugend labe ich mich an ihrem Körper, während ich mit meiner Zunge sanfte Kreise auf ihre Hauptschlagader zeichne.

Nach wenigen Sekunden entspannt sich ihr Körper, ihre Lider fallen zu und sie sinkt schutzlos in meine Arme. Für die nächsten Stunden wird sie außer Gefecht gesetzt sein. Und diese Zeit muss ich nutzen, um herauszufinden, was Tylon über sie in Erfahrung gebracht hat. Ich muss mich um die Sicherheitsvorkehrungen kümmern und meinen Kriegern Befehle für die kommende Nacht erteilen.

Die anstehende Zeit wird verdammt nervenaufreibend, es steht viel auf dem Spiel, doch wir können auch viel gewinnen ...

***

Es verwundert mich nicht, dass Tylon wieder da ist. Breitbeinig steht er vor der Scheibe, sein Blick ist konzentriert auf das nächtliche Seattle gerichtet und ich weiß, dass er sich gerade mit jemandem unterhält.

Die telepathischen Fähigkeiten unseres Volkes sind aus unserem Leben nicht mehr wegzudenken.

Völlig egal, wie weit sich die Technik noch entwickelt, kein Smartphone wird es jemals schaffen, uns zu begeistern.

Unruhig gehe ich auf ihn zu, mein Instinkt sagt mir, dass hier etwas im Busch ist.

„Du hattest recht, Bruder. Die Blutlosen wissen, was los ist. Meine Krieger sind in das Quartier der Blutlosen eingedrungen und haben zwei von ihnen zum Reden gebracht.“

Tylons Mimik sagt mehr als tausend Worte.

„Ein Orakel, den Namen habe ich noch nicht in Erfahrung bringen können, hat sich auf die Seite unserer Feinde gestellt. Sie hat Alyssa kommen sehen und die Blutlosen vorgewarnt.“

Fassungslos schüttle ich den Kopf. „Was bringt so ein hohes Lebewesen wie ein Orakel dazu, mit den Blutlosen zusammenzuarbeiten? Was verspricht sie sich davon?“

Seit Anbeginn der Zeit sind Orakel schon immer etwas schwer zu durchschauen. Was nicht verwunderlich ist. Diese Wesen kennen die Vergangenheit, die Gegenwart und die Zukunft. Doch eines stand schon immer außer Frage. Orakel schauen immer nur auf sich selbst. Sie würden nie etwas Selbstloses tun oder gar Informationen preisgeben, wenn sie dadurch keinen Vorteil für sich selbst sehen würden.

„Die kleine Schwester deiner Braut, Sarina, ist vor genau einem Jahr gestorben.“

Je mehr ich über Alyssa erfahre, umso erleichterter bin ich, dass ich sie endlich in Sicherheit gebracht habe.

„Der gestrige Tag scheint für deine Frau richtig heftig gewesen zu sein.“

Tylon hat recht, Alyssa scheint stärker zu sein, als ich sie eingeschätzt habe.

„Das Wichtigste ist jetzt, dass wir die nächsten zweiundneunzig Tage alles in unserer Macht Stehende tun müssen, um die Sicherheit meiner Braut zu gewährleisten.“

Tylon nickt mir zu.

„Seit der heutigen Nacht sind doppelt so viele Krieger wie sonst auf den Straßen unterwegs. Ihr Ziel ist es, so viele Blutlose wie nur irgend möglich auszuschalten. Drei meiner Männer habe ich auf die Mission geschickt, das Orakel zu finden. Die Vorstellung, dass unsere Feinde so eine mächtige Verbündete haben, behagt mir ganz und gar nicht.“

„Ich danke dir, Bruder.“

„Weiß sie schon Bescheid?“

Bei allen Monden ...

Daran habe ich noch gar nicht gedacht.

Alyssa denkt noch immer, dass ich sie als meine Sklavin behalten möchte. Wenn sie jetzt erfährt, dass ich sie zur Braut nehme und sie seit wenigen Stunden meinen Erben in ihrem Leib trägt, wird sie wahrscheinlich durchdrehen.

Über die Legende fluchend hadere ich mit den Göttern.

Warum zur Hölle muss immer alles so schrecklich kompliziert sein?

„Alyssa schläft gerade, begleite mich kurz zu den Kriegern, es wird Zeit, dass sie erfahren, was auf sie zukommt."

Auch wenn mir der Gedanke, sie kurz alleine zu lassen, nicht wirklich behagt, es muss einfach sein.

Alyssa

Habe ich schon wieder geschlafen?

Mal wieder krabble ich aus dem weichen Märchenbett und suche dieses Mal noch verzweifelter meine Kleidung. Als ich sie endlich wild verstreut auf dem Boden liegen sehe, fühle ich mich gleich um einiges besser. Das Letzte, was ich brauche, ist, nackt durch dieses Apartment zu laufen. Wer weiß, wie viele Vampire sich hier aufhalten. Nachdem ich mit meinen Fingern ein paar Mal fahrig durch meine Haare gestrichen bin, schüttle ich diese noch etwas aus und öffne vorsichtig die Türe.

Dieses Mal höre ich keine Stimmen. Unsicher gehe ich weiter und schaue in das gigantische Wohnzimmer, doch auch das ist leer.

Aufgeregt beschleunigt sich mein Herzschlag, vielleicht ist das meine Chance, hier rauszukommen?

Gerade als ich kurz davor bin, den Aufzug zu erreichen, höre ich, dass er leise surrt. Schnell schlüpfe ich um die Ecke. Keine Sekunde später öffnet sich die Lifttüre mit einem leisen *Ping*.

Ein älterer Mann steigt aus, in seinen Händen befindet sich eine große Reisetasche. Natürlich bin ich keine Expertin darin, Vampire zu erkennen. Aber wenn mich nicht alles täuscht, ist dieser Mann ein Mensch.

Im Grunde ist es völlig egal, zu welcher Spezies er gehört. Wenn er hier ein- und ausgeht, ist er ein Angestellter von Darkon und somit darf er mich nicht entdecken. Schnell husche ich in den

Lift, drücke auf das E für Erdgeschoss und bete inständig, dass ich nicht bemerkt werde.

Als die Aufzugtüren leise zugleiten, murmle ich ein leises Danke. Dieser Herr war ein Wink des Schicksals, ohne ihn hätte ich keine Chance gehabt, den Aufzug zu öffnen. Denn direkt neben dem Lift hat sich ein großes Touchpad befunden, in das anscheinend erst eine Zahlenkombination eingegeben werden muss, damit sich der Aufzug öffnet.

Mein schnell schlagender Puls dröhnt in meinen Ohren. Meine Handflächen sind kalt und verschwitzt – ich muss es einfach schaffen.

Gerade als ich denke, dass ich mich vor Panik übergeben muss, öffnet sich die Türe erneut und ich steige aus. Jetzt stehe ich in einer wahnsinnig großen Aula.

Ich weiß nicht genau, wie spät es ist, aber es muss irgendwann zwischen drei und vier Uhr in der Früh sein.

Warum ist um diese Uhrzeit nur so viel los? Wo kommen all diese Leute her?

Der Boden ist aus hochglänzendem Granit, die Wände bestehen fast nur aus Fenstern und in den Ecken befinden sich gigantische Topfpflanzen, die den Hauch von Natur vermitteln. Links von mir befindet sich eine Eingangstüre, vor der zwei Securitys stehen. Ein paar Sekunden nehme ich mir Zeit, um ihr Tun zu beobachten, damit ich das Risiko, das ich eingehe, abschätzen kann. Bis jetzt scheinen sie nur die Leute zu kontrollieren, die das Haus betreten, und nicht die, die es verlassen wollen.

Scheiße!

Vor lauter Schnellschnell habe ich gar nicht darauf geachtet, dass ich barfuß bin.

Was soll ich denn jetzt machen?

Wir haben Oktober, es ist kalter Herbst. Kein Mensch, geschweige denn Vampir wird mir glauben, dass ich freiwillig ohne Schuhe unterwegs bin, noch dazu um diese unchristliche Tageszeit.

Augen zu und durch!

Völlig egal, wie dumm das jetzt aussehen mag, ändern kann ich daran jetzt auch nichts mehr. Tief durchatmend bemühe ich mich um eine entspannte Mimik.

Jetzt oder nie!

Mit hoch erhobenem Kopf gehe ich auf die Türe zu, und so unglaublich das jetzt auch sein mag, ich stehe in der eiskalten Luft. Der Beton unter meinen Füßen ist kalt, dreckig und sticht mir in die Fußsohlen. Aber was soll's, ich habe es tatsächlich geschafft.

Da hat sich der Herr Vampir wohl etwas zu wichtig genommen. Von wegen ich kann ihm nicht entkommen. Davon träumt er wohl!

Möglichst schnell tauche ich in die Stadt ein, laufe ein paar Blocks die Straße lang und verstecke mich hinter einem Café.

Angst macht sich in mir breit. Die Erinnerung an den Blutlosen, der mich umbringen wollte, lässt mich erschaudern. Ich muss ganz dringend nach Hause ...

Nicht sicher, in welchem Viertel der Stadt ich mich gerade befinde, versuche ich ein paar Straßenschilder zu lesen. Da ich meine Handtasche seit dem Überfall auf mich nicht mehr gesehen habe, bin ich nicht in der Lage, mir ein Taxi zu rufen, ganz davon abgesehen, dass ich nicht mal ein Handy habe.

So ein Mist ... Meine finanzielle Lage ist so richtig armselig und ausgerechnet jetzt sind mein Handy, mein Portemonnaie mit allen Papieren und mein letztes Geld auch noch weg. Ganz zu schweigen von meinem Haustürschlüssel, der sich ebenfalls in der Tasche befunden hat.

Kann es sein, dass sich das Leben gegen mich verschworen hat? War ich in meinem vorherigen Leben so eine böse Hexe, dass ich jetzt noch dafür büßen muss? Oder warum scheint sich gerade alles und jeder gegen mich verschworen zu haben?

Langsam, aber sicher glaube ich, dass ich einfach nicht in der Lage bin, mein Leben zu ordnen, aber wie soll mir das denn auch gelingen, wenn mir dauernd so eine Scheiße passiert?

Es gibt so viele Menschen, die sich über ihr langweiliges, perfekt sortiertes Leben beschweren. Gott, ich wäre heilfroh, wenn ich nur etwas Langweile und Routine in mein Leben bringen könnte.

Tränen der Frustration sammeln sich in meinen Augenwinkeln, doch ich wische sie wütend mit dem Handrücken weg.

Ich habe jetzt verdammich noch mal keine Zeit, um in meinem Selbstmitleid zu versinken!

Darkon

Irgendetwas stimmt nicht. Ich kann zwar nicht genau bestimmen, was es ist, das mir Sorge bereitet, aber das ist auch nicht notwendig, denn meine größte Sorge gilt Alyssa.

Das kann ja heiter werden, seit nicht mal zwölf Stunden ist sie in meiner Obhut, und dennoch hat sie meine ganze Existenz auf den Kopf gestellt.

Nachdem ich meine Krieger über die neue Situation aufgeklärt habe, ist eine ausgelassene Stimmung ausgebrochen. Dank meiner gefundenen Braut wird uns noch mehr Kraft zuteil, unsere Herrschaft wird sich ausbauen und unsere Geschichte wird in die nächste Generation kommen.

Mit einem Nicken gebe ich meinem Bruder zu verstehen, dass ich hier fertig bin. Unter anderen Umständen hätte ich an der jetzt anstehenden Feier teilgenommen – Sex, Blut und das Spiel mit dem Schmerz ...

Doch es wäre ein großer Fehler, meinen Instinkt zu ignorieren. Konzentriert versuche ich mich in Alyssas Kopf zu schleichen, ihre Abwehrkräfte sind stark, doch mein Wille ist stärker. In ihren Gedanken ist sie verängstigt und durcheinander. Etwas, das ich völlig verstehen kann, doch was ich jetzt sehe, lässt mich erstarren. Sie liest gerade ein Straßenschild: Booksstreet.

Fauchend entmaterialisiere ich mich, zur Hölle mit eigensinnigen Frauen – dafür wird sie büßen.

Wie kann sie es wagen, sich in so eine Gefahr zu bringen?

Und wie zur Hölle ist es ihr gelungen, das Apartment zu verlassen?

Keine zwei Sekunden später komme ich an genau der Stelle an, an der bis gerade eben noch Alyssa gewesen sein muss. Doch da ist sie nicht. Ihr süßer Geruch liegt in der Luft, doch er wird von einem schwefelähnlichen Gestank überdeckt.

Dämonen werden von Schwefel umgeben, da sie jedes Mal direkt aus den Feuern der Hölle kommen, umgibt sie der Schwefel wie eine Art Wolke.

Knurrend fahren meine Fänge aus, meine Muskeln spannen sich an und ich rufe meine Krieger herbei ...

Anscheinend haben es nicht nur die Blutlosen auf meine Braut abgesehen. In der Unterwelt scheint irgendetwas vorzugehen, eine Bedrohung liegt in der Luft, die ich unbedingt eliminieren muss. Doch als Erstes muss ich in Erfahrung bringen, wer es gewagt hat, Hand an meine Braut zu legen ...

Kaum habe ich diesen Gedanken zu Ende gedacht, stehen auch schon vierzig meiner besten Krieger vor mir. Ihre Gesichter sind angespannt, ihre Hände bewaffnet.

„Unsere Feinde haben unsere einzige Schwäche entdeckt. Meine Braut. Es bleiben uns nur wenige Stunden Zeit, sie zu finden. Das Ritual muss erneut vollzogen werden. Bildet Teams und durchkämmt die Stadt. Sucht alle bekannten Dämonenhöhlen auf. Der Schwefelgeruch hat sie verraten."

Besorgt beobachte ich, wie sie in der Dämmerung des anstehenden Tages verschwinden. Alyssas Gesundheit ist in Gefahr. Wenn ich sie nicht regelmäßig beiße, um meinen Speichel in ihren Kreislauf zu bringen, wird sie schwächer.

Ihr menschlicher Körper braucht meine Unterstützung, um die Anforderungen, die mein Nachkomme an ihren Körper stellt, zu erfüllen.

Fest entschlossen, sie zurückzuholen, ziehe ich durch die Stadt, ihre Fährte wird schwächer und meine Angst, sie zu verlieren, verwandelt sich in den Wunsch, jemanden zu töten.

Mein über Jahrhunderte trainierter Killerinstinkt erwacht zum Leben, nichts und niemand kann mich jetzt noch aufhalten.

Alyssa

Das darf doch alles nicht wahr sein. Mein ganzes Leben ist es mir gelungen, mich von übernatürlichen Wesen fernzuhalten. Zumindest bis vor wenigen Stunden, denn kaum ist es mir gelungen, meine Freiheit zurückzubekommen, sitze ich in einer noch viel größeren Zwickmühle. Wobei das Wort Zwickmühle nicht wirklich dafür geeignet ist, meine derzeitige Situation zu beschreiben.

Bis vor fünf Minuten bin ich noch barfuß in Seattle gestanden, verzweifelt bemüht, meinen Aufenthaltsort zu ermitteln. Da passiert auch schon das Unglaubliche. Vielleicht bilde ich mir das ja alles auch nur ein. Aber ich bin dagestanden und wie aus dem Nichts ist vor mir ein Wesen erschienen, das die Größe eines Bären hat, jedoch aussieht wie ein Mensch. Na ja, nicht wirklich wie ein Mensch. Die Anatomie mag vielleicht stimmen, aber der Rest dieser Kreatur ist verdammt angsteinflößend. Die Tätowierungen, die den Großteil seiner Haut einnehmen, scheinen sich zu bewegen. Tribals verändern ihre Zusammensetzung. Die Augen des schwarzen Raben, der auf der rechten Brust des Dämons sitzt, richten sich auf mich. Sie taxieren mein Aussehen, ehe er leicht den Kopf schräg legt. Die enge, völlig zerrissene Lederhose, die der Dämon trägt, ist sein einziges Kleidungsstück, denn seine großen, völlig behaarten Füße sind genauso nackt wie die meinen.

Ein bitterer, sehr intensiver Gestank umgibt ihn, er erinnert mich an Schwefel, wobei das ja eigentlich nicht sein kann, oder?

Entweder bin ich in ein Märchenbuch gefallen und all die Monster, die sich in letzter Zeit für mich interessieren, halten mich für die moderne Version von Rotkäppchen, oder ich verliere wirklich meinen Verstand. Die orange glühenden Augen des Dämons sehen mich abschätzend an, ehe er sich zu mir nach unten beugt und an mir schnuppert.

„Du bist die Braut des Herrschers. Ich kann ihn an dir riechen."

Überrascht schlucke ich mein Entsetzen hinunter.

„Die Braut? Oh nein, ganz bestimmt nicht. Er will, dass ich seine Sklavin werde. Doch die bin ich auch nicht! Ich bin ein freier Mensch!"

Seine Augen werden zu schmalen Schlitzen, was ihn noch aggressiver und bedrohlicher aussehen lässt.

Scheiße, der Kerl ist so groß, dass er mich mit bloßen Händen zerdrücken könnte.

Jetzt, wo ich hier stehe, wäre mir die Gesellschaft des Vampirs um einiges lieber.

Tief in meinem Herzen weiß ich, dass ich mir etwas vormache. Ich bin keine Frau, die einfach so mit einem Mann ins Bett steigt. Und da Darkon mich nicht wirklich gezwungen hat, kann ich mir selber gegenüber ja eigentlich eingestehen, dass ich mit ihm schlafen wollte, um die endlose Einsamkeit in meiner Seele zu vertreiben.

Scheiße, ist das alles erbärmlich!

„Was du sagst, ist nicht wichtig, alles, was zählt, ist, dass das Orakel dich will. Also soll sie dich bekommen."

Sein Akzent klingt hart, das R rollt sich lange durch seinen Brustkorb, woher kommen nur all diese Monster?

Als er nach mir greifen will, schlage ich gegen seine Hand.

„Lass mich in Ruhe!“

Mir ist kalt, meine Füße werden taub und mein Herz scheint nicht zu wissen, was es will. Ganz davon abgesehen hat mich der Sex mit dem Vampir völlig geschlaucht.

Beinahe gelangweilt packt er mich, wirft mich über seine Schulter und bevor ich auch nur zu strampeln anfangen kann, sind wir verschwunden. Vor meinen Augen wird alles schwarz, die Welt um mich herum beginnt sich zu drehen. Und das nächste Mal, als ich einen festen Untergrund unter meinen Fußsohlen spüre, sind wir an einem anderen Ort.

Okay, ich verliere wirklich meinen Verstand!

Eine Frau kommt auf mich zu, ihr Gesicht wirkt auf eine merkwürdige Art neutral. So als hätte sie kein Alter. Ihre Augen sind weiß, die Pupillen schwarz und die Iris wechselt ständig ihre Farbe. Ohne unhöflich sein zu wollen, muss ich den Blickkontakt unterbrechen, ansonsten wird mir schlecht.

Scheiß auf Höflichkeiten, Alyssa, du bist nicht freiwillig hier.

„Da haben wir also die Braut der Schatten.“

Ihre Stimme wird von einem leichten Echo begleitet. Neugierig streift sie mit ihren Augen über meinen Körper. Ihre Finger bewegen sich kreisend in der Luft und aus ihrem Mund kommen leise, unverständliche Worte.

Die spinnt, die Alte, alle hier spinnen. Haben wir Vollmond?

Mein Gehirn versucht es jetzt anscheinend mit Humor, da mein Verstand mit den Geschehnissen der vergangenen Stunden einfach überfordert ist.

„Was wollen Sie von mir? Warum hat mich der da hierher gebracht?“

Mit dem Kopf nicke ich in die Richtung des Dämons, der mich entführt hat.

STOPP! Mein Erinnerungsvermögen beginnt zu arbeiten. Hatte der Blutlose nicht auch etwas von Braut der Schatten geschwafelt?

Na super – ich wurde schon wieder verwechselt!

„Hören Sie mal. Das ist ein Missverständnis ... ich bin keine Braut und auch nicht der Schatten. Ich bin Alyssa. Sie haben die Falsche!“

Die schmalen Lippen der Frau zucken kurz, ehe sie sich zu mir beugt und ebenfalls an mir riecht.

Was haben die nur alle heute?

Ich muss den Drang, an mir selber zu riechen, unterdrücken. Stinke ich?

Also um ehrlich zu sein, wahrscheinlich kann ich eine Woche lang nicht duschen und rieche noch immer besser als der Riese neben mir. Der andauernde Schwefelgeruch lässt mich beinahe würgen.

„Vergiss es, Menschenfrau. Ich kann Darkon, den Vampir, an dir riechen. Ich sehe die Bissspuren an deinem Hals und weiß, dass der erste Teil des Rituals schon vollzogen wurde.“

„Welches Ritual?“

Unsicher, ob sie gerade von Sex spricht, warte ich verängstigt, was jetzt noch kommen mag. Eigentlich ist dieser Abend nicht mehr zu toppen.

„Du trägst sein Kind in dir – die Zukunft aller Vampire.“

Erschrocken legt sich meine Hand wie automatisch auf meinen Bauch. Ich glaube, mich erinnern zu können, dass Darkon nicht verhütet hat, allerdings bin ich mir auch nicht sicher, ob Vampire Kondome benutzen ...

„Du irrst dich!“

Meine Stimme zittert, und das liegt nicht nur an der eisigen Temperatur in dieser Höhle. Es liegt an meiner Angst. Was passiert mit mir? Hat die verrückte alte Frau recht und ich bin von einem Vampir schwanger? Und warum denken alle, dass ich eine Braut bin?

„Versuch nicht mich zu täuschen, ich kenne deine Vergangenheit, deine Gegenwart und deine Zukunft.“

Ihre Hand legt sich auf meinen Bauch, ich versuche einen Schritt zurückzuweichen, doch hinter mir steht plötzlich der Dämon mit den magischen Tattoos. Ein stechender Schmerz schießt in meine Körpermitte, meine Beine beginnen zu zittern und die Umgebung beginnt sich zu drehen.

Wie aus weiter Ferne höre ich Darkons dunkle Stimme.

„Bleib stark, Alyssa, ich werde dich finden."

Eine allumfassende Dunkelheit legt sich auf meine Augen und ich spüre, wie die Magie der Frau wie Gift durch meine Adern fließt.

„Sie ist stark, sie wird es schaffen und uns an die Macht bringen ..."

Ich versuche wirklich bei Bewusstsein zu bleiben, ich will wissen, was sie sagt, doch ich schaffe es nicht. Um mich herum lodern grelle Flammen, während die Kälte in meinem Herzen immer stärker wird ...

Das Letzte, woran ich denken kann, ist Darkon, ich sehe seine Augen und spüre die Kraft seiner Gedanken, ehe ich immer mehr abdrifte.

Darkon

Durch unsere Verbindung spüre ich, wie aus Alyssa alle Kraft und Energie weicht. Ihr Herzschlag wird immer langsamer und ihre Augen schließen sich. Doch was ich durch sie sehen konnte, hat völlig ausgereicht. Myriella hat sich Alyssa geschnappt. Doch warum? Was will ein Orakel mit meiner Braut?

Die Antwort auf diese Frage werde ich nur erfahren, wenn ich sie finde.

„Sie sind in einer unterirdischen Höhle des Schattenbergs!"

Schnell schicke ich die Information mental an alle meine Krieger weiter.

Keiner von uns wird ruhen, bis wir Alyssa wieder in Sicherheit gebracht haben. Die Zukunft unseres Volkes hängt von dieser Frau ab, bis zum nächsten Mond wird eine Menge Blut fließen. Niemand legt sich mit dem Volk der Schatten an, und niemand stiehlt mir meine Frau.

Fauchend lasse ich all meine Muskeln knacken, ich verwandle mich in einen Krieger und beginne meine Suche.

***

Myriella

Seit Genarationen werden die Frauen unserer Familie als Hexen verbrannt oder als Orakel gefangen gehalten. Die Vampire sind ein grausames, blutrünstiges Volk. Sie kennen kein Mitgefühl, kein Erbarmen und keine Liebe. In ihrer Welt geht es um Krieg, Macht und den Tod.

Hoffnungsvoll sehe ich auf Darkons Frau hinunter. Ihr Gesicht wirkt angespannt, ihre Hände hat sie schützend auf ihren Leib gelegt, so als würde sie instinktiv ihr Ungeborenes schützen wollen. Dieses Kind, der neue Herrscher über das Reich der Schatten, wird uns Wahrsagerinnen genug Macht geben, um ein selbstbestimmtes und freies Leben zu führen. Dieses Kind wird stärker sein als sein Vater und seine Ahnen, es wird an meiner Seite stehen, denn der richtige Zeitpunkt für einen alles verändernden Krieg ist gekommen.

Der einzige Nachteil an der Sache ist der Tod dieser unschuldigen Frau. Denn sobald ich das Kind in den Händen halte, werde ich ihr Blut an meine Dämonen weiterreichen.

Wir Seherinnen töten nicht gerne, denn das Blut der Opfer verfolgt einen weit in die nächsten Leben ...

Doch dieses eine Mal werde ich um das Töten nicht herumkommen. Zu groß ist die Verlockung der Macht, der Freiheit und der Selbstbestimmung.

Kuss der Dunkelheit

Darkon

In einer Welt, in der kein Blut fließt, gibt es keine Hoffnung. Der Krieg ist ein ewiger Begleiter der Evolution. Ohne ihn wären viele Mächte nie entstanden, die wirren Verästelungen der Macht hätten sich nicht binden können und Vampire wären von der Erde verschwunden.

Doch was dann?

Wer soll die verschiedenen Wesen dieser Welt zu einer mehr oder weniger friedlichen Koexistenz bewegen, wenn das Machtverhältnis aus dem Gleichgewicht geraten ist?

Eine Frage, die sich untergeordnete Geschöpfe nicht stellen, denn sie haben ihre Zukunftsgedanken nicht auf der Realität aufgebaut, sondern auf Träumen. Als Herrscher über das Reich der Schatten ist es meine Aufgabe, das Gleichgewicht von Gut und Böse im Einklang zu halten. Und dieses Gleichgewicht ist gerade gehörig aus den Fugen geraten.

Bei allen Höllenwesen!

Es wird Zeit, dieses Gleichgewicht mit dem Blut meiner Feinde wiederherzustellen. Seit Alyssa in den Händen meiner Feinde ist, kann ich an nichts anderes mehr denken, als alle Orakel und Dämonen auszulöschen. Meine Blutgier hat ein gefährliches Maß erreicht, und es wird nicht mehr lange dauern, da werden die Straßen Seattles von Leichen gepflastert sein.

An der Seite meiner Krieger durchstreife ich den Schattenberg. Jede noch so kleine Höhle wird durchsucht, doch bisher haben wir keine Spur von meiner Braut gefunden.

Halb verweste Skelette liegen in dunklen Ecken, während alte Schutzzauber noch immer wirre Bilder an die nackten Höhlenwände projizieren.

Mein Instinkt spürt deutlich, dass ich nicht weit von ihr entfernt bin, und dennoch kann ich sie einfach nicht aufspüren. Mein Bruder Tylon, der Anführer der unteren Legionen, deckt meine rechte Seite. Wir dürfen die Chance, dass Alyssas Entführung gleichzeitig eine Falle ist, nicht außer Acht lassen.

Das Orakel und ihre Verbündeten wissen, dass sie mit dieser Aktion einen nie endenden Krieg angefangen haben. Dementsprechend werden ihre Schutzmaßnahmen mehr als gut sein. Es wird Zeit für ein Exempel. In der Geschichte unserer Existenz wird es nie wieder so einen Zwischenfall geben. Jedes Lebewesen auf diesem Planeten wird lernen, dass es sich nicht mit Vampiren anlegen sollte. Und schon gar nicht mit der Frau eines Vampirs . Verflucht noch mal. Es ist meine Aufgabe, mich um meine Braut zu kümmern. Ich muss sie beschützen und für ihre Sicherheit sorgen. Und innerhalb weniger Stunden, nachdem sie die Götter zu mir geschickt haben, habe ich aufs Schwerste versagt.

Nur das Wissen, dass ich heute Nacht noch viele Knochen brechen werde, lässt mich einigermaßen ruhig bleiben.

Meine Sinne sind hoch konzentriert, und gerade als wir in die nächste Grotte eindringen, bereit, alles und jeden zu töten, der sich uns in den Weg stellt, höre ich ein langsames, viel zu leises Pochen. Der Takt von Alyssas Herzschlag hat sich leicht verändert, jedoch erkenne ich ihn sofort. Bei allen Dämonen, sie muss ganz in meiner Nähe sein.

Mit einem schnellen Handzeichen gebe ich Tylon Bescheid, dass er anhalten soll, wir müssen unsere Suche verändern. Jetzt, wo wir meiner Braut so nah sind, müssen wir nicht unsere Geschwindigkeit und unsere Kraft einsetzen, sondern unser Gespür und unsere Sinne.

Verdammt, uns darf einfach kein Fehler unterlaufen ...

„Ich kann ihren Herzschlag hören, jedoch kann ich sie nicht riechen. Sag unseren Kriegern Bescheid, sie sollen sich alle auf die vier innersten Höhlen des Schattenbergs konzentrieren."

Tylon sieht mich angespannt an.

„Es muss einen sehr starken Schutzzauber geben. Ansonsten hätten wir sie bereits gefunden."

Langsam und konzentriert gehe ich an den feuchten Steinwänden des Berges entlang, mit geschlossenen Augen lausche ich in die modrige Dunkelheit. Ich spüre, dass sie in meiner Nähe ist. Unsere Verbindung ist zwar noch schwach, da wir das Ritual erst zur Hälfte vollzogen haben, aber dennoch kann ich sie spüren. Ihre panische Angst lässt meine Kontrolle beinahe die weiße Fahne schwenken. Von mir aus können alle Dämonen dieser Unterwelt auf der Seite des Orakels stehen. Durch diese Aktion haben sie ihr eigenes Todesurteil unterschrieben. Ihr Leben ist verwirkt und ich werde mir sehr viel Zeit dabei lassen, wenn ich sie in tausend Stücke zerreiße.

„Ich will, dass du eine Hexe herholst, es ist mir scheißegal, wo du sie auftreibst. Aber sie muss mächtig genug sein, um diesen Schutzzauber zu brechen.“

In der Sekunde, in der mir mein Bruder ernst zunickt und sich entmaterialisiert, um meinen Auftrag durchzuführen, erscheinen ein Dutzend seiner Krieger an meiner Seite.

„Haltet euch still, wir sind unserem Ziel verdammt nah.“

Angestrengt lausche ich Alyssas Herzschlag, der sich stetig verlangsamt. Meine Logik weiß, dass es nicht im Sinne des Orakels sein kann, meine Braut zu töten. Denn am meisten Macht erreicht es erst, wenn es meinen Erben in den Händen hält. Mein Erstgeborener wird mehr Kraft haben als alle Dämonen zusammen.

Und dennoch ziehen sich alle meine Eingeweide vor Sorge schmerzhaft zusammen.

Die Minuten vergehen und ich spüre die Gewaltbereitschaft der Krieger. Jeder Einzelne von ihnen weiß, was alles auf dem Spiel steht und dass wir es uns nicht leisten können zu versagen.

Gerade als meine Ungeduld die Oberhand gewinnt, erscheint Tylon neben mir. Seine Hand ist um den Nacken einer kleinen Frau geschlungen, die, wenn ich es nicht besser wüsste, wie ein kleines Mädchen aussieht.

„Saharah ist eine der mächtigsten Hexen Seattles, ihre Macht ist stark genug, um den Zauber zu lösen.“

In ihren violetten Augen sehe ich ihre Wut, anscheinend ist sie nicht freiwillig mit Tylon mitgegangen.

„Spar dir deine Worte, Zauberin. Wenn du mir in dieser Sache hilfst, werde ich dir das nie vergessen.“

Ich lasse ihr eine kurze Pause, sehe, wie sie reagiert, ehe ich weiterspreche.

„Falls du dich aber weigerst, werde ich dich töten und jedes lebende Familienmitglied bis zur letzten Generation auslöschen ...“

Das eindringliche Violett ihrer Augen wird immer dunkler, gelbe Sprenkel tanzen um die schwarze Iris, während sie ihre

Hände mit den Handflächen Richtung Mauer hochhebt. Dunkle Worte, geheimnisvolle Geräusche und ein leiser Schrei hallen durch die Höhle. Die Temperatur sinkt rasant und der Zauber explodiert in einem grellen Blitz.

Tylon dreht sich zu einem seiner Krieger um, überreicht ihm die Hexe.

„Bring sie hier weg. Das Letzte, was ich brauchen kann, ist ein Feind auf unserer Seite."

Und genauso schnell, wie die Hexe aufgetaucht ist, ist sie auch wieder verschwunden.

„Krieger, hört mir zu. Jeder von euch weiß, was auf dem Spiel steht. Oberste Priorität hat die Rettung meiner Braut. Das Orakel gehört mir. Aber jedes andere Lebewesen, was sich auf der anderen Seite dieser Steinwand befindet, muss ausgelöscht werden. Die Welt muss wissen, was passiert, wenn sie sich mit uns anlegt!"

Brüllend und fauchend entmaterialisiert sich ein Krieger nach dem anderen auf die andere Seite der Steinmauer. Blutgier liegt in der Luft und ich weiß jetzt schon, dass diese Nacht in der Geschichte der Vampire als eine der blutigsten niedergeschrieben werden wird.

***

Blut und Asche verteilen sich in einer klebrigen Mischung an den kalten Steinwänden.

Wildes Brüllen, leises Wimmern und die Anwesenheit des Todes lassen die Luft um mich herum surren. An meinen Schuhsohlen klebt der Rest eines Dämons, während das laute, panische Gekreische des Orakels in meinen Ohren widerhallt.

Doch das alles interessiert mich nicht im Geringsten. Auf einer Art steinernem Altar liegt meine bewusstlose Frau. Ihre Haut ist kalt, zu kalt, und weiß wie Schnee. Einzelne Blutspritzer verteilen sich auf ihrer Kleidung.

Tylon erscheint neben mir, mit einem harten Blick sieht er auf Alyssa herab, ehe er mir das Orakel gegenüberstellt.

„Erweise mir die Ehre, sie vernichten zu dürfen."

Tylon bebt geradezu vor Zorn und Mordlust.

„Diese Bitte muss ich dir verwehren, Bruder. Sie gehört mir, sie wird durch meine Hand sterben! Bring sie in den Bunker, ich kümmere mich später um sie.“

Ohne das Orakel eines Blickes zu würdigen, wende ich mich wieder Alyssa zu. Ich kann das Orakel jetzt nicht ansehen, meine Beherrschung ist absolut an ihre Grenzen angekommen. Ein Blick auf dieses Miststück und ich reiße ihr auf der Stelle den Kopf von den Schultern. Der Krieger in mir ist so gut wie außer Kontrolle. Und diese Art von Tod gönne ich dem Orakel nicht. Sie wird leiden für das, was sie getan hat. Sie verdient einen langsamen Tod, einen Tod, der alle anderen Orakel, Hexen und Dämonen auf Jahre in ihren Träumen verfolgt.

Alyssas Anblick lässt mich vor Sorge erschauern.

Während um sie herum ein endloses Blutvergießen stattfindet, liegt sie reglos auf dem kalten Stein.

Ihr Herzschlag ist immer noch beängstigend langsam. Mit Zauberei kenne ich mich nicht wirklich gut aus. Ich halte einfach nicht viel von Formeln und Kräutern. Ich verlasse mich lieber auf mein Schwert und meine Muskelkraft. Aber wenn ich richtigliege, wurde Alyssa mit einem Schlafzauber versehen. Nur so konnte das Orakel sichergehen, dass Alyssa keine Probleme macht, und ihre Gesundheit nicht noch mehr gefährden, als sie es eh schon getan hat.

Das laute Brüllen der sterbenden Dämonen wird immer leiser und das einzige Geräusch, das übrig bleibt, ist das zufriedene Fauchen meiner Krieger. Der metallene Geruch von Asche und die letzten Reste von Schwefel durchsetzen die Luft. Doch das alles ist nebensächlich. In meinem Inneren herrscht ein heilloses Durcheinander. Ohne es zu wissen, bin ich auf meine Braut gestoßen, dann ist sie mir entwischt und nun liegt sie wie tot vor mir.

Verdammt!

Ich bin so verflucht wütend auf mich selber, dass ich am liebsten einen weiteren Krieg anzetteln würde, nur um meinen Frust abzubauen.

In der Zukunft muss ich mich mehr um ihre Sicherheit kümmern.

Aber im Moment ist es das Wichtigste, dass ich sie in Sicherheit bringe, ihre Gesundheit wiederherstelle und sie aufwärme. Der menschliche Kreislauf kommt mit Unterkühlungen nicht besonders gut zurecht.

Bei meinem Blut!

Sobald meine Frau wieder gesund ist, werde ich das Ritual ein zweites Mal vollziehen und somit beenden. Unsere Verbindung wird dann stark und unzertrennbar sein. Und mit ein bisschen Glück kann sie mich dann nicht mehr aus ihrem Kopf aussperren.

Es treibt mich in den Wahnsinn, nicht zu wissen, was sie denkt oder fühlt. Wie soll ich sie beschützen, wenn ich nicht rechtzeitig erkenne, wann sie wieder eine ihrer dummen Ideen hat?

Wütend auf mich und die gesamte Situation, hebe ich sie vorsichtig in meine Arme.

Alyssa kann verdammt froh sein, dass sie ohnmächtig ist.

Trotz meiner Sorge bin ich verdammt wütend auf sie!

Wie konnte sie nur die Sicherheit meines Hauses verlassen, um in der kalten Nacht barfuß durch Seattle zu spazieren? Ihr übereilter und völlig sinnloser Fluchtversuch hat meinen Kriegern eine ziemlich lange Nacht beschert. Ganz davon abgesehen, dass sie ihre und die Gesundheit unseres Kindes riskiert hat.

Dieser sturen und eigensinnigen Frau gehört anständig der Hintern versohlt.

Ihr Gewicht in meinen Armen, ihre sanften Atemzüge, die meinen Hals streifen, und ihr süßer Geruch lassen meine innere Bestie wieder etwas ruhiger werden. Diese kleine Menschenfrau gehört nur mir. Das war so, bevor ich wusste, dass sie meine Braut ist, und das wird für alle Ewigkeit so sein. Gnade demjenigen, der sich noch ein einziges Mal an meiner Frau vergreift.

Meine Besitzgier ihr gegenüber ist mit nichts auf der Welt zu vergleichen und in keiner Sprache dieser Welt zu erklären. So sicher, wie die Erde rund ist, weiß ich, dass Alyssa nur auf dieser Welt ist, um zu mir zu gehören. Jetzt muss es mir nur noch gelingen, ihr das begreiflich zu machen.

Ohne einen Blick auf das Schlachtfeld des Todes, das mich umgibt, zu werfen, bringe ich meine Frau nach Hause. Ihr geschwächter Körper braucht dringend die Kraft meines Blutes, um wieder aufzuwachen.

***

Was für ein skurriler Moment. Vor nicht ganz zwölf Stunden habe ich genau in diesem Bett meinen Nachkommen gezeugt und jetzt lege ich meine bewusstlose Frau auf die noch immer nach uns riechenden Laken meines Bettes.

Vorsichtig schäle ich sie aus den mit Blut und Asche beschmutzten Klamotten. Der würzige Schwefelgeruch der Dämonen hängt an ihr, eine Tatsache, die mir so gar nicht in den Kram passt. Alyssa ist mein Eigentum und sie hat verdammt noch mal nach mir zu riechen. Ich dachte bisher immer, dass ich meine Braut finden und akzeptieren werde. Niemals hätte ich die Möglichkeit, dass ich geradezu süchtig nach meiner Braut sein werde, in Betracht gezogen.

Kurzerhand lasse ich ihre Kleidung verschwinden und nehme mir eine Minute Zeit, um ihren wundervollen Körper zu betrachten.

Zu meiner grenzenlosen Erleichterung sehe ich auf ihrer makellosen Haut keine Verletzungen. Süchtig nach ihr fahren meine Fangzähne aus, mein leises Fauchen erfüllt das Schlafzimmer. In ihrer Nähe beginnt mein Körper ein Eigenleben zu führen, mein Schwanz wird hart und meine Kehle sehnt sich nach ihrem köstlichen, reinen Blut. Doch dafür ist jetzt nicht gerade der richtige Moment. Bevor ich sie endlich wieder nehmen kann, ist es das Wichtigste, dass ich sie wieder wach bekomme, indem ich den Schlafzauber löse. Ihr Körper braucht mein Blut, um aus dem Zauber aufzuwachen und um wieder zu Kräften zu kommen.

Shit!

Mit einem schnellen Griff in meinen Schritt versuche ich, meine schmerzende Erektion etwas anders zu positionieren. Das Leben mit einer eigenen Frau kann verdammt anstrengend sein!

Um ihre Körpertemperatur etwas zu stabilisieren, decke ich sie mit einer dicken Wolldecke zu, und lasse die Zimmertemperatur etwas ansteigen. Vorsichtig setze ich mich neben ihr auf die Bettkante und schneide mit der rasiermesserscharfen Klinge meines Fangzahnes einen Schlitz in mein Handgelenk. Rot und kalt, da wir Vampire keine Körpertemperatur haben, tropft mein Blut auf Alyssas Lippen. Behutsam öffne ich ihren Mund und sorge dafür, dass mein Blut auch wirklich schnellstmöglich in ihrem Kreislauf ankommt.

Die Stille, die sich über uns legt, fühlt sich drückend an. Einzig ihre seichten Atemzüge lassen meine Hoffnung noch nicht ganz schwinden. Tropfen für Tropfen gelangt mein Blut in ihren Körper, stärkt ihren Kreislauf.

Wenige Augenblicke später beginnt ihr Herz wieder kräftiger zu schlagen. Rhythmisch verteilt es frischen Sauerstoff in ihren Zellen. Ihre Wangen werden wieder rosig und ihre Atemzüge kräftiger. Jetzt kann es nicht mehr allzu lange dauern, bis sie wieder aufwacht.

Ungeduldig fahre ich mir mit meiner Hand durch die Haare.

Am liebsten würde ich sie schütteln und anschreien. Ihr sagen, dass sie so einen Scheiß nie, nie wieder machen soll.

Doch in Wirklichkeit will ich sie einfach nur in den Arm nehmen und sie vor allen Gefahren dieser Welt beschützen.

Verflucht!

Wenn das so weitergeht, verwandle ausgerechnet ich, tödlichster Krieger dieser Welt und der Herrscher über das Reich der Schatten, mich in einen bluttrinkenden Softie-Vampir.

Wütend über meine nicht existente Fähigkeit, dieser Frau zu widerstehen, warte ich noch ein paar Sekunden, bis ich denke, dass sie genug meines Blutes in sich aufgenommen hat, ehe ich vom Bett aufstehe und Abstand zu ihr schaffe.

Durch ihre völlig bescheuerte Flucht hat sie nicht nur sich in Gefahr gebracht, sondern auch mir deutlich zu verstehen gegeben, dass sie mich nicht will. Sie will weder unter meinem Schutz stehen noch sich mit der Tatsache abfinden, dass sie von den Göttern als meine Braut auserwählt wurde.

Wie soll ich eine Frau beschützen, wenn sie sich bis zum Tod gegen mich wehrt?

Wütend auf die Götter, streiche ich ein letztes Mal über Alyssas weiche Haut, ehe ich das Schlafzimmer verlasse.

Scheiß auf die Legende, das Schicksal und den Willen der Götter.

Ich bin Darkon, einziger Nachkomme König Aramons und Herrscher über das Reich des Blutes und der Dunkelheit.

Und ich werde mich nicht von einer kleinen Menschenfrau verarschen lassen!

Wütend auf mich und meine Unfähigkeit, von ihr fernzubleiben, knalle ich die Türe hinter mir zu und schenke mir an der Bar einen Whisky ein.

Verflucht ... Warum hat mir keiner gesagt, dass diese Legende so verdammt anstrengend ist?

Alyssa

Zitternd versuche ich die Kälte loszuwerden, die sich um mein Herz gelegt hat. Ich spüre Wut und Schmerz und das bittere Gefühl von Zurückweisung, doch ich verstehe irgendwie nicht, wo diese Emotionen herkommen. Noch immer bin ich in einer Art Schlafzustand gefangen, doch ich spüre, dass ich langsam wieder daraus auftauche.

Der metallene Geschmack von Blut benetzt meine Kehle, weicher Stoff streicht über meine Haut, und ich spüre instinktiv, dass ich in Sicherheit bin.

Darkon hat es also wirklich geschafft, mich zu retten. Er hat mich aus den Fängen des Orakels und ihrer teuflisch aussehenden Dämonen gerettet. Mit aller Kraft versuche ich meine Augen zu öffnen, doch meine Lider sind zu schwer.

Verwirrung mischt sich zu dem Emotionscocktail, der in meinem Inneren tobt.

Eine unfassbare Tatsache kommt in meinen Verstand geschossen und lässt eine Bombe der Erinnerung platzen.

Ich bin schwanger!

Wenn das Orakel recht hat, erwarte ich Darkons Kind.

Aber ist das überhaupt möglich?

Kann ein Vampir eine menschliche, sterbliche Frau schwängern?

Und wenn es tatsächlich biologisch gehen würde, ist das doch alles total verrückt und surreal. Verflucht noch mal, wir hatten nur ein einziges Mal Sex ...

In den letzten vierundzwanzig Stunden sind so viele verrückte Dinge in meinem Leben passiert, dass mich selbst meine unerwartete Schwangerschaft nicht mehr überraschen würde.

Die Vorstellung, dass in genau diesem Augenblick ein kleines Baby in meinem Bauch heranwächst, lässt mich tief einatmen.

Ein eignes Kind, eine Familie – meine Familie.

Vielleicht hatte der Blutlose, der mich töten wollte, ja doch recht und ich bin tatsächlich die Braut der Schatten ...

Wie durch Zauberei sehe ich Darkons Gesicht deutlich vor mir. Seine eisblauen Augen, die mich eindringlich ansehen, während er tief in meinen Körper eindringt.

Alleine die Erinnerung reicht aus, um mich zutiefst zu verwirren.

Ich spüre seine Kraft, seine Wärme und seinen unverkennbaren Geruch.

Seit ich diesem Vampir begegnet bin, hat er sich um mich gekümmert. Die Tatsache, dass er ein heroischer Hedonist ist, lässt sich wahrlich nicht leugnen. Aber was soll ich auch anderes von einem Kerl erwarten, der der König eines uralten, mächtigen Volks ist?

Darkon ist der Alpha der Vampire und er hat mich als seine Braut auserwählt.

Diese Erkenntnis gibt mir genug Kraft, um endlich aus dem tranceartigen Zustand, in den mich das Orakel versetzt hat, aufzuwachen.

Mein Instinkt hat mich nicht getäuscht. Ich liege tatsächlich in Darkons Bett, und wie nicht anders zu erwarten bin ich dieses Mal natürlich auch wieder nackt.

Das scheint wirklich zur Gewohnheit zu werden. Erst rettet er mir das Leben, um mich dann nackt in sein Bett zu legen!

Suchend sehe ich mich um. Und in der Sekunde, in der ich feststelle, dass ich alleine bin, wird mein Herz von einer enormen Traurigkeit geflutet. Jetzt weiß ich auch, zu wem die verwirrenden Emotionen gehören, die ich vorhin gespürt habe. Darkon hatte recht, wir sind miteinander verbunden. Ich spüre, was er spürt, ich kann fühlen, wie es ihm geht und dass er höllisch wütend auf mich ist.

Fuck! Fuck! Fuck!

Jetzt, wo ich langsam endlich verstehe, dass ich nicht verrückt bin, sondern dass sich meine Realität für immer verändert hat, scheine ich meinen Vampir verloren zu haben.

Tief in meinem Herzen spüre ich, wie er sich mir gegenüber immer mehr verschließt. Er hat eine Mauer zwischen uns aufgebaut. Und die Tatsache, dass er jetzt nicht an meiner Seite ist, sagt mir mehr als tausend Worte.

Es war mein gutes Recht zu gehen! Ich bin eine freie Frau und ich kann tun und lassen, was immer ich will!

Mein Unterbewusstsein hat sich an Alice Schwarzer orientiert, doch was hilft mir das, wenn ich tief in mir spüre, dass es nicht um meine Rechte geht. Sondern dass es hier um etwas viel Wichtigeres und viel Bedeutsameres geht. Nämlich um mein Schicksal und um meine Bestimmung.

Kann es sein, dass ich mit meiner nicht wirklich gut geplanten Flucht alles ruiniert habe?

Was ist, wenn Darkon recht hat und ich wirklich die Frau aus der Legende bin, habe ich ihn dann mit meiner Tat so verletzt, dass er mich nicht mehr will?

Oder wird er mich zwar weiterhin behalten, mich allerdings nicht mehr mit derselben Glut und derselben intensiven Besitzgier ansehen?

Shit! Um ehrlich zu sein, habe ich gerade nicht die geringste Ahnung, was ich denken oder empfinden soll ...

Wie auch?

Ich sitze zum zweiten Mal innerhalb kürzester Zeit im Bett eines unsterblichen Königs. Jedes Mal wurde ich vorher entführt oder angegriffen. Nur dieses Mal scheint das liebe Schicksal noch einen obendrauf zu setzen. Denn ich bin von einem Vampir schwanger, der sich innerlich gegen mich abschirmt.

Liebes Schicksal: Geht es eigentlich noch ein bisschen beschissener?

Also entweder erscheint jetzt ein Drachen vor meinem Bett, der mich mit einem heißen Feuerstrahl abfackelt, oder ein Frosch setzt sich zu mir ins Bett, der laut „Küss mich“ schreit.

Denn etwas anderes kann mir ja jetzt eigentlich nicht mehr passieren.

In der Sekunde, in der sich Darkon aus meiner Nähe entmaterialisiert und somit sein Loft verlassen hat, gefror mein Herz zu einem Eisklumpen, der groß genug ist, um die Titanic ein weiteres Mal zu versenken.

Seit meine kleine Schwester gestorben ist, bin ich es gewohnt, alleine zu sein, aber die Einsamkeit, die sich jetzt in mir ausbreitet, ist beinahe schon körperlich schmerzhaft.

Verdammt noch mal, dieser Kerl hat kein einziges Mal nach mir gesehen.

Interessiert es ihn etwa gar nicht, wie es mir geht?

Müde und erschöpft stehe ich auf, meine Beine fühlen sich zwar noch immer ziemlich wackelig an, aber das kann ich jetzt auch nicht ändern. Gerade als ich ins anliegende Badezimmer gehen will, entdecke ich im Augenwinkel ein Glas voller Orangensaft und eine Packung Traubenzucker.

An dem Glas O-Saft hängt ein kleines Zettelchen, auf dem „trink mich" steht, und neben dem Traubenzucker liegt ebenfalls ein kleines Stückchen Papier, auf dem „iss mich" in einer sehr aristokratisch wirkenden Handschrift aufgeschrieben wurde.

Soll das ein Scherz sein?

Nicht sicher, was ich von dieser Geste halten soll, setze ich mich auf den Bettrand und nippe an dem Orangensaft. Die köstliche Fruchtsäure flutet meinen trockenen Gaumen, während der Fruchtzucker meinen Kreislauf erleichtert aufatmen lässt. Das Vitamin C dringt in jeden kleinen Winkel meines Körpers ein und lässt mich beinahe wohlig aufstöhnen. Es ist viel zu lange her, dass ich etwas gegessen oder getrunken habe. Der Saft muss frisch gepresst sein, anders kann ich mir diesen intensiven Geschmack nach frischen Orangen einfach nicht erklären. Ein kleiner Teil von mir ist beeindruckt. Doch meine realistische Seite schüttelt nur unbeeindruckt den Kopf:

Dieser Mann ist ein König, er hat wahrscheinlich eine ganze Heerschar an Bediensteten, die nur darauf warten, seine Befehle auszuführen.

Da mag zwar etwas dran sein, und dennoch war es seine Fürsorge, die ausschlaggebend war, dass dieses Glas extra für mich hier steht.

Ein winziger Funke Hoffnung keimt in mir auf. Vielleicht hat er sich ja noch nicht ganz von mir abgewendet. Dass er wütend auf mich ist, kann ich ja noch irgendwie verstehen. Aus seiner männlichen, ziemlich unverständlichen Sicht der Dinge habe ich ihn wahrscheinlich verraten und hintergangen, als ich abgehauen bin.

Aber in meiner Welt kann ich gehen und kommen, wann, wo und wie ich will. Also zumindest war das bisher so ...

Nachdem ich das komplette Glas Saft ausgetrunken und mir zwei Traubenzucker gegönnt habe, spüre ich, wie sich mein Kreislauf etwas stabilisiert hat und es mir zumindest körperlich wieder etwas besser geht.

Jetzt, wo Darkon nicht mehr in meiner unmittelbaren Nähe ist, spüre ich seine finsteren Emotionen nicht mehr ganz so intensiv.

Was zur Hölle soll ich denn jetzt nur tun?

Wie soll ich mich verhalten und wie geht es jetzt weiter?

Soll ich gehen? Oder bleiben? Will ich um diesen Mann oder um meine Freiheit kämpfen? Ach was heißt da kämpfen? In Wirklichkeit muss ich mich für eines der beiden Dinge entscheiden. An Darkons Seite werde ich nie frei sein.

Mein Verstand ist so damit beschäftigt, all meine Fragen und Gefühle zu analysieren, dass ich wie ferngesteuert ins Badezimmer und aufs Klo gehe.

Was ist Freiheit und wie wird sie analysiert?

Gibt es so etwas wie das Schicksal oder die Vorherbestimmung?

Doch die wichtigste Frage ist eine ganz andere. Nämlich die, in der es darum geht, was ich persönlich wirklich will ...

***

Darkon

Wut? Oh nein, dieses Wort kann nicht mal ansatzweise beschreiben, was ich gerade empfinde.

Das Orakel hat sich einen wirklich ungünstigen Zeitpunkt für ihre Revolution ausgesucht. Das Einzige, was mich jetzt noch beruhigen kann, ist die unendliche Stille eines sterbendes Gegners. Bei allen Göttern, ich habe mir geschworen, dieses Miststück langsam und qualvoll sterben zu lassen. Doch dafür bin ich einfach viel zu aufgewühlt und zu wütend.

Was denkt sich diese naive Frau eigentlich?

Unter allen Frauen auf diesem ganzen Planeten hat sie die Ehre, von den Göttern als meine Braut auserwählt zu werden. Weiß sie denn nicht, was das für eine Ehre ist?

Anscheinend nicht! Jedes Mal, wenn ich daran denke, dass sie aus der Sicherheit meines Hauses geflüchtet ist, nur um schutzlos, mitten in der Nacht, in Seattle zu stehen, sehe ich vor lauter Blutgier nur noch rot.

Fauchend drehe ich mich um, ich kann den Anblick dieses Orakels einfach nicht länger ertragen. Der saure Geruch ihres Blutes lässt mich beinahe würgen. Wenn ich auch nur eine Sekunde länger in diesem Raum bleibe, findet das Orakel einen viel zu schnellen Tod.

Angespannt bewege ich meinen Kopf ruckartig nach links und rechts. Das laute Knacken meines Knochens lässt mich schmerzlich knurren. *Verdammt!* Ich habe meine Braut noch keine achtundvierzig Stunden an meiner Seite und ich habe jetzt schon genug von dieser beschissenen Legende. Langsam, aber sicher beginne ich zu glauben, dass auch die unfehlbaren Götter nicht immer wissen, was sie tun.

Trotz meiner unbändigen Wut auf Alyssa bebt mein Körper von unterdrückter Gier nach ihrem Körper. Meine komplette Muskulatur ist angespannt und mehr als bereit, den zweiten und letzten Teil des uralten Rituals zu vollziehen. Die Bestie in mir weiß ganz genau, dass Alyssa die richtige Frau an meiner Seite ist. Aber verdammt noch mal – kann das alles denn nicht etwas leichter sein? Eine ein wenig unkompliziertere Frau wäre wirklich äußerst angenehm gewesen.

Es ist echt unglaublich, aber diese sture Frau will sich einfach nicht domestizieren lassen.

Wie kann es sein, dass sich das Ritual als eine verdammt anstrengende Angelegenheit entwickelt?

Vor Hunderten von Jahren haben wir ganze Länder erobert, wie kann es dann sein, dass ich an einer wehrlosen Frau scheitere?

Unfassbar wütend verlasse ich den Bunker, in dem sich das Orakel befindet, und mache mich auf den Weg zu meinen Kriegern. Es wird Zeit für etwas Ablenkung, harten Sex und einen ordentlichen Kampf.

***

„Es ist mir eine Freude, dich hier zu sehen, Bruder.“

Tylon klopft mir zwinkernd auf die Schulter, seine ausgefahrenen Fänge sind mit frischem Blut benetzt und seine Augen glühen grell. Ich mache mir erst gar nicht die Mühe, seinen Geruch zu analysieren. Ich weiß auch so, dass er sich gerade mit einer Frau unserer Spezies vergnügt hat.

„Ich will doch hoffen, dass meine Schwägerin nicht wieder die Möglichkeit hat, sich davonzustehlen?“

Na super – diesen Fehler werde ich mir die nächsten tausend Jahre anhören müssen ...

„Vor der Schlafzimmertüre befinden sich zwei meiner zuverlässigsten Krieger. Der Aufzug ist abgeschaltet und das Foyer ist gesperrt.“ *Scheiße!* Mein Haus ist sicherer als Alcatraz in seinen schlimmsten Zeiten. Ein Dutzend Krieger stehen in dieser Sekunde in Rufbereitschaft. Ganz davon abgesehen, dass ich ihr ein starkes Beruhigungsmittel in den Saft gemischt habe.

„Wir werden sehen, du hast dir da ein ziemlich widerspenstiges Frauchen ausgesucht.“

Kann es sein, dass sich mein Bruder etwas zu sehr über meine missliche Lage erfreut?

„Ausgesucht? Das waren die Götter! Und wenn sie weiter so herumzickt, werde ich sie auf unser Familienanwesen in Transsylvanien bringen, einer der freistehenden Kerker wird ihren Fluchtinstinkt sehr konsequent austreiben.“

Laut lachend läuft Tylon hinter mir her, vielleicht war es doch keine so gute Idee, hier aufzutauchen ...

„Komm schon, Bruderherz, schau nicht so grimmig. Nimm dir eine der Sklavinnen und amüsiere dich.“

Tylons Krieger scheinen sich zu entspannen und unseren Sieg zu feiern, es herrscht eine gelassene Stimmung. Halbnackte Frauen rekeln sich auf den starken Oberschenkeln der Männer. Ihre zierlichen, menschlichen Hälse werden von Bisswunden geziert, während sich raue Hände an ihren Rundungen laben. Der Geruch von Sex und Blut hängt in der Luft. Vor dem großen Flachbildfernseher, der direkt gegenüber der Bar hängt, sitzt Saares, der Kommandant der Höllenjäger. Und während sein Blick auf das gerade laufende Footballspiel gerichtet ist, kniet eine junge, komplett nackte Blondine zwischen seinen Beinen. Langsam und verspielt bewegt sie ihren Kopf auf und ab, während sie mit ihrem Mund seinen Schwanz bearbeitet.

Die große Hand des Kriegers liegt in ihrem Nacken, und immer wenn sie ihren Kopf nach unten gleiten lässt, presst er sie noch tiefer in seinen Schoß.

Fuck! Wenn man den kleinen Körper dieser Frau mit der Größe eines durchschnittlichen Vampirschwanzes vergleicht, ist diese Sklavin nach diesem Blowjob für die nächsten Tage zu nichts mehr zu gebrauchen.

Entspannt nickt er mir respektvoll zu, ehe er sich wieder dem Spiel im Fernsehen widmet.

Oh ja, ich sollte mir heute Abend auch eine kleine Blonde gönnen, vielleicht hilft mir das, Alyssa mit ihren rotbraunen Haaren aus dem Kopf zu bekommen.

Bei allen Dämonen! Eigentlich sollte ich jetzt bei ihr sein und sie so lange ficken, bis sie nicht mehr in der Lage ist, von mir davonzulaufen. Es wird verdammt noch mal höchste Zeit, das Ritual endlich zu wiederholen und es somit zum Ende zu bringen. Alleine der Gedanke, ihren kleinen Körper erneut zu spüren und zu schmecken, beschert mir einen verdammten Harten.

Aber ganz genau darin liegt das Problem. Die Intensität, mit der ich meine Braut begehre, hat eine Stärke angenommen, die für keinen von uns gesund ist. Alyssa hat sich wie eine Bombe in mein Leben gesetzt und alles durcheinandergebracht. Irgendwie muss es mir gelingen, eine gesunde emotionale Distanz zu dieser Frau zu schaffen, besonders wenn man bedenkt, wie dringend sie aus meiner Reichweite verschwinden will ...

Genervt, erschöpft und mit der Gesamtsituation maßlos unzufrieden, lasse ich meinen Blick durch den großen Raum schweifen. Das weibliche Angebot ist absolut exquisit, doch keine der Frauen reizt mich wirklich. Wahllos winke ich eine der Sklavinnen zu mir her. Ein blutroter Stringtanga umschließt ihre schmale Taille. Gespannt sieht sie mich an, während ich sie zwischen meine Beine schiebe. Ihre Haut ist weiß, bräunliche Brustwarzen zieren ihre vollen Brüste, während ihr Blut warm und köstlich unter ihrer Haut durch die Venen rauscht.

Die schwarze Tinte, die sich auf ihrer Haut für immer verewigt hat, zeichnet sie für alle sichtbar als Sklavin. Und bei allen Herren dieser Welt. Diese Frau könnte selbst einen Toten wieder zum Leben erwecken.

Warum konnten mir die Götter nicht sie als Braut auswählen? In ihren funkelnden Augen, die sie devot gesenkt hat, kann ich erkennen, dass sie mich will, dass sie es kaum erwarten kann, mich zu befriedigen. Die meisten der Frauen, die sich auf mich einlassen, erhoffen sich Vergünstigungen wie eine bessere Unterbringung oder ein paar freie Abende die Woche.

Bisher habe ich mir nicht die Mühe gemacht, mich für eine unserer Leibeigenen starkzumachen, aber diese Kleine hier könnte es wert sein, sie mehr als nur einmal zu benutzen.

Ohne mich vorher um ihre Belange zu kümmern, ziehe ich sie auf meinen Schoß, spreize ihre Schenkel und sauge ihre Brustwarze in den Mund. Das weiche Fleisch legt sich köstlich zwischen meine ausgefahrenen Fänge. Der süße Geruch nach Mensch, Frau, Blut und Fleisch lässt meinen Hunger ins Unermessliche steigen. Mit meinen Händen presse ich sie auf meinen harten Schwanz, und verfluche den störenden Stoff, der mein Eindringen verhindert. Meine Finger graben sich noch tiefer in ihre weiche Haut, mit Sicherheit wird sie morgen blaue Flecken tragen, die ganz genau meinen Fingerabdrücken entsprechen werden. Doch das alles ist mir völlig einerlei. Genussvoll treibe ich die Spitzen meiner Fänge in ihre Haut, koste die ersten Tropfen der fantastischen roten Flüssigkeit, die sich auf meine Zunge legt, und sauge ihr Blut tief in meine Kehle.

Ihr Geschmack ist dekadent und ihr leiser Schmerzensschrei lässt mich noch hungriger an ihrem Körper saugen.

Was soll ich mehr wollen als eine geile Frau, die sich auf meinem Schwanz reibt, mich nährt und dabei leise vor Schmerz wimmert?

Ganz einfach, eine willige Braut und keine willenlose Sklavin!

Mein Kopf versucht mir diesen Moment zu verderben, doch das lasse ich nicht zu. Saugend presse ich die Brust noch tiefer in meinen Mund, züngle kurz über die bereits angeschwollene Brustwarze und nehme mir alles, was ich kriegen kann.

Erst als ich an eine gefährliche Grenze komme, höre ich mit dem Saugen auf, zerreiße ihren Slip und werfe sie rücklings auf die Couch.

Wenn ich mir noch mehr von ihrem Blut gönne, wird sie ohnmächtig, und das kann ich jetzt wirklich nicht gebrauchen. Ich stehe nicht auf Nekrophilie, ich mag es, wenn die Frauen unter mir stöhnen, sich räkeln und nach mehr betteln. Benommen und erregt sieht sie mich an, während sie langsam ihre Beine für mich spreizt.

Keine Sekunde später sind meine störenden Klamotten beseitigt, dass meine Krieger anwesend sind und uns beim Sex sehen können, stört mich nicht im Geringsten. Das hier ist einfach nur Sex, ein Akt, um biologische Bedürfnisse abzubauen, nicht mehr und nicht weniger.

Das wäre bei Alyssa hingegen etwas ganz anderes. Alleine die Vorstellung, dass ein anderer Mann sie nackt sieht oder ihre unheimlich süßen Geräusche hört, die sie beim Sex macht, lässt mich tief knurren.

Holy Fuck!

Wie soll ich jemals abschalten und meinen Ärger vergessen, wenn mir Alyssa einfach nicht mehr aus dem Kopf gehen will?

Unter mir liegt eine willige, leicht benommene Sklavin, deren Pussy mich feucht erwartet. Warum zum Teufel muss ich jetzt an die widerspenstigste Braut in der Geschichte der Vampire denken?

Ganz einfach, weil wir miteinander verbunden sind. Diese Tatsache mag mir zwar im Moment nicht gefallen, dennoch ist sie unabdingbar.

Knurrend positioniere ich mich über dem feuchten Eingang der Sklavin und ramme mich tief in ihren willigen Körper, in der Hoffnung, zumindest auf diesem Weg meine Braut für ein paar kostbare Sekunden vergessen zu können.

Bei allem, was heilig ist, ich habe es nicht nötig, einer Frau hinterherzulaufen. Ich bin Darkon, König der Unsterblichen und Herrscher über das Reich der Schatten.

Scheiß auf die Legende, die Götter und die Vorsehung ...

Alyssa

Wabernder Wasserdampf erfüllt das noble Badezimmer wie der dicke Nebel Englands, der sich wie ein Teppich über die feuchten Gassen Londons legt. Mein Haar riecht nach Vanille, und dank des sauteuren Shampoos fühlt es sich weich und geschmeidig an. Das heiße Wasser, das wie ein Tropenregen auf meine Haut prasselt, entspannt meine düstere Stimmung etwas. Und da ich nicht sicher bin, was mich vor der Schlafzimmertüre erwartet, lasse ich mir unendlich viel Zeit in der Dusche. Es fühlt sich so an, als könnte ich für einen kleinen Moment dieser verkorksten Realität ausweichen. Müde und erschöpft schließe ich meine Augen und lehne mich mit der Stirn an die weiß geflieste Wand. Liter für Liter perlt das Wasser über meinen Rücken, ehe es auf Nimmerwiedersehen im Abfluss verschwindet.

Das ist wahrscheinlich die einzige Möglichkeit, dieses Loft zu verlassen. Denn Darkon wird nicht so dumm sein und mir auch nur einen winzigen Fluchtweg überlassen.

Und zack, bin ich gedanklich wieder an derselben Stelle wie vorhin.

Vielleicht sollte ich meinen Stolz kurzerhand über Bord werfen und mich einfach mal auf diese ganze Bestimmungs-Legenden-Braut-Vampir-Sache einlassen.

Ich meine, was kann ich denn schon verlieren?

Was habe ich denn noch zu verlieren?

Nichts außer mein Leben!

Und anscheinend ist nur Darkon in der Lage, mir dieses immer wieder in letzter Sekunde zu retten.

Tief einatmend stemme ich mich von der Wand ab, schalte das Wasser aus und drücke das überschüssige Wasser aus meinen Haaren.

Dann soll es also so sein: ich und der Vampir!

Fest entschlossen, mein Leben endlich wieder in die Hand zu nehmen, hülle ich mich in eines der großen weißen Handtücher, die sich so anfühlen, als wären sie aus Wolken gefertigt worden, und tapse zurück ins Schlafzimmer.

Perplex bleibe ich vor dem antiken Märchenbett stehen.

In der Zeit, während ich im Bad war, wurde es frisch bezogen, aufgeschüttelt und mit einer wundervollen, mit Stickereien verzierten Tagesdecke versehen, auf der eine Handvoll schwarze, rote und goldene Kissen liegen. Und als Krönung des Ganzen ist auf jedem der Kissen das Zeichen des Wächters zu sehen.

Wow!

Mein leeres Orangensaftglas ist verschwunden, und ein Stapel neuer Klamotten liegt für mich auf dem Stuhl neben dem Bett bereit.

Auch wenn ich das Ganze ein wenig unheimlich finde, muss ich ehrlicherweise zugeben, dass dieser Service definitiv toll ist. Daran könnte ich mich durchaus gewöhnen.

Frisch geduscht, mit neuen Klamotten, die wie angegossen passen, und einer endgültigen Entscheidung, nämlich der, dass ich dem Vampir eine wirkliche Chance gebe, mache ich die Türe des Schlafzimmers auf. Mein Herzschlag dröhnt mir vor Aufregung in den Ohren und meine Handflächen sind schwitzig vor Nervosität. Mein Instinkt sagt mir zwar, dass Darkon noch immer nicht wieder zurückgekommen ist. Ich bin allerdings der Meinung, dass es nicht schaden kann, das Schlafzimmer zu verlassen. Wie soll ich mich in seiner Nähe konzentrieren können, wenn ich immer daran denken muss, was wir auf diesem Bett alles getan haben?

Mutig öffne ich die Türe und hätte sie eine Sekunde später beinahe wieder zugeknallt.

Zwei große, verdammt muskulöse Vampire stehen direkt vor meiner Türe. Ihrem Aufzug nach handelt es sich bei den beiden um zwei von Darkons Kriegern. Ihre Mimik ist verschlossen und ihre Gestik wirkt bedrohlich.

Am liebsten würde ich sie fragen, ob sie zu meinem Schutz oder zu meiner Bewachung da sind. Doch um ehrlich zu sein, fehlt mir dafür der Mut.

Als die beiden dann noch respektvoll ihren Kopf neigen und mich mit „Guten Abend, Herrin“ begrüßen, stolpere ich vor lauter Schreck beinahe über meine eigenen Füße.

Da ich nicht weiß, wie ich mich jetzt verhalten soll, lächle ich die beiden einfach unsicher an, ehe ich ihnen ebenfalls einen guten Abend wünsche.

Gott, komme ich mir gerade blöd vor!

Ohne sie weiter zu beachten, mache ich mich auf den Weg ins Wohnzimmer, und wie nicht anders zu erwarten ist Darkon noch nicht da.

Diese innere Verbindungssache ist anscheinend zuverlässiger, als ich dachte.

Vorsichtig sehe ich mich um, das ist das erste Mal, dass ich die Gelegenheit habe, das Wohnzimmer ungestört zu betrachten. Luxus, moderne Technik und antike Möbel. Die Kombination aus diesen drei Dingen ist atemberaubend. Die überdimensionale Glasscheibe, die die komplette vordere Seite des Lofts einnimmt, bietet mir ganz genau wie im Badezimmer einen wundervollen Ausblick auf das nächtliche Seattle.

Von dem Anblick in den Bann gezogen gehe ich auf die Scheibe zu, lasse meinen Blick über die vielen einzelnen Lichter gleiten und beobachte die Autos, die sich auf dem Weg zu ihrem Ziel durch die vollen Straßen schlängeln. Hier oben wirkt die Stadt nicht annähernd so überfüllt, eng und bedrohlich, wie ich sie immer empfunden habe, als ich noch in meinem Apartment gelebt habe.

Ich spüre die Anwesenheit der Krieger und weiß, dass sie jetzt ebenfalls hier im Wohnzimmer sind.

Und wieder stellt sich die Frage, ob sie zu meinem Schutz oder als meine Wachhunde hier sind.

Was sie wohl tun würden, wenn ich sie wegschicke oder einfach gehe?

Würden sie mich aufhalten?

Unsicher verschränke ich meine Arme vor der Brust und ignoriere ihre Anwesenheit.

Ich kann es Darkon nicht verübeln, dass er mir nicht mehr traut.

Mein Entschluss, mich auf diesen Vampir einzulassen, steht noch immer, wobei ich mit jeder Minute, die vergeht, nervöser werde. Wie wird es wohl sein, ihm nach dieser ganzen Geschichte gegenüberzustehen?

Und was ist, wenn er mich nicht mehr will?

Immer mehr Lichter verschwinden und hinterlassen Dunkelheit in den Häusern, die ich beobachte.

Wie lange Darkon wohl weg sein wird?

Es ist ambivalent, einerseits möchte ich von ihm weg und andererseits stehe ich hier und mache mir Sorgen um ihn.

Die schweren Blicke der zwei Krieger lassen mich immer nervöser werden, und so langsam bereue ich, das sichere Schlafzimmer verlassen zu haben.

***

Darkon

Fauchend dränge ich mich noch ein letztes Mal in den engen Körper der Sklavin, ehe ich meinen Samen auf ihren Bauch spritze. Durch meine Unfähigkeit, Alyssa aus meinen Gedanken zu vertreiben, ist eine enorme Wut entstanden, die sich in der Heftigkeit der Stöße widergespiegelt hat. Tränenverschleiert liegt die kleine Sklavin vor mir, es stellt sich also nicht die Frage, ob sie ihren Spaß an der Nummer hatte.

Von mir selber angeekelt lasse ich sie liegen und begebe mich an dir Bar. Es wird Zeit für einen blutigen Whisky. Saares sitzt ebenfalls bereits an der Bar, anscheinend ist das Footballspiel beendet.

„Scheint heute nicht der beste Tag zu sein, um dir über den Weg zu laufen!"

Jeden anderen, der sich die Dreistigkeit herausgenommen hätte, so mit mir zu sprechen, hätte ich auf der Stelle getötet. Bei Saares verhält sich das allerdings etwas anders. Selbst wenn ich wollte, könnte ich nicht genau sagen, seit wie vielen Hunderten von Jahren wir befreundet sind. Er ist ein loyaler Krieger und ein genialer Kommandant der Höllenjäger. Und bei den Göttern, nicht jedem Kommandanten gelingt es, die Höllenjäger unter Kontrolle zu halten.

„Nicht nur heute, mein Freund."

Mittlerweile steht mein Drink vor mir. Die goldige Farbe des Whiskys harmoniert nicht nur geschmacklich mit dem Blut, das sich gerade mit dem Whisky im Glas vermischt.

In einvernehmlichem Schweigen genehmigen wir uns einen Schluck aus unseren Gläsern.

„Die Erfüllung der Legende scheint nicht einfach zu sein."

Einfach? Am liebsten hätte ich laut losgelacht!

„An der Frau, die meine Braut sein soll, ist leider so gar nichts einfach."

Wieder verfallen wir in Schweigen, der Drang, zurück zu Alyssa zu gehen, wird mit jeder Sekunde mächtiger. Die Götter wollen, dass wir das Ritual zu Ende bringen, damit die Bestimmung erfüllt wird.

„Ein weißer Freund hat mir einst vor vielen Jahrzehnten einen guten Rat gegeben: Die Lösung eines Problems liegt niemals im Schoß einer Frau oder am Boden eines Glases."

Knurrend trinke ich mein Glas aus, während sich Saares an meiner Seite entmaterialisiert.

Diesen Rat hätte er sich wirklich sparen können. Immerhin war ich es, der diese Worte damals an ihn gerichtet hat.

Schlecht gelaunt knalle ich das Glas auf die abgewetzte Theke, ehe ich seinem Ratschlag folge. Es wird verflucht noch mal Zeit, dieses vermaledeite Ritual zu vollziehen. Und weiß Gott, ich bin mehr als bereit, ihr so viel von meinem Speichel zu injizieren, bis sie jeglichen Gedanken an Gegenwehr vergessen hat.

***

Die tödliche Stille, die in meinem Zuhause herrscht, wird nur von dem gleichmäßigen Pochen eines menschlichen Herzens unterbrochen. Meine Krieger stehen direkt am Eingang zum Wohnzimmer, eine strategisch besonders günstige Stelle, da sie von dort alles im Blick haben und so die Sicherheit meiner Braut am besten gewährleisten können. Mit einem Nicken gebe ich ihnen zu verstehen, dass sie jetzt gehen können. Für den anstehenden Akt brauche ich keine Krieger in meiner Nähe.

Meine Braut steht in Gedanken versunken am Fenster, ihre Arme hat sie um sich selbst geschlungen. Die Einsamkeit, die sie wie ein Mantel umhüllt, erfüllt den Raum und flutet meine Sinne. Dieser Moment ist das erste Mal, dass ich sie nach dem Überfall bei Bewusstsein sehe. Körperlich scheint es ihr gut zu gehen, ob ihr bewusst ist, dass sie mein Kind, den Thronfolger des Schattenreichs, unter ihrem Herzen trägt?

Seit dem Anbeginn meiner Herrschaft war ich nicht mehr so nervös wie in genau diesem Moment. Durch unsere Verbindung kann ich ihre Unsicherheit, ihre Angst vor der Zukunft und vor einer Zurückweisung spüren.

Aber wie kommt sie nur darauf, dass ich sie jemals zurückweisen werde? Selbst wenn ich es wollte, sobald ich in ihrer Nähe bin, spüre ich, dass sie meine Frau ist. Meine Besitzgier schwillt an, meine Fänge sehnen sich nach ihrem Blut, während mein Schwanz steinhart wird. Gedanklich rufe ich ihren Namen, denn ich bin mir sicher, dass sie unsere Verbindung ebenfalls spürt. Langsam dreht sie sich zu mir um, ihre Augen suchen meinen Blick, während sie einen kleinen Schritt zurückweicht. Am Anfang wollte ich sie nur als meine Esclave, doch jetzt ist sie meine Braut und ich werde nicht zulassen, dass sie mir ausweicht.

„Wie geht es dir?“

Ich überwinde die Distanz zwischen uns. Und stoppe erst, als ich direkt vor ihr stehe.

„Wenn dich das wirklich interessieren würde, wärest du da gewesen, als ich zu mir gekommen bin.“

Meine Hoffnung, dass sie mittlerweile etwas zahmer ist, erweist sich hiermit als völlig falsch.

„Deine Gesundheit und deine Unversehrtheit sind für mich das Wichtigste. Wenn es anders wäre, wärest du jetzt nicht hier, sondern in einer Höhle im tiefsten Inneren des Schattenbergs.“

Alyssa

Mist verdammter!

Irgendwie läuft unser erstes Aufeinandertreffen völlig anders als geplant. Warum kann ich nicht einmal meine Klappe halten? Für eine Versöhnung ist es nicht gerade das Beste, wenn ich ungefiltert das ausspreche, was eine fiese kleine Stimme in meinem Kopf so herumflüstert.

Eigentlich habe ich gedacht, dass wir uns unterhalten und uns auf diese Weise vielleicht etwas näherkommen, aber das war ja dann dank mir nichts.

Aber wie heißt es so schön? Ehrlichkeit währt am längsten.

Entschlossen schmeiße ich meinen Stolz über Bord und sage, was an dieser Stelle angebracht ist.

„Es tut mir leid. So war das nicht gemeint!"

Überrascht weiten sich seine Pupillen, damit hat er anscheinend nicht gerechnet.

„Es war in letzter Zeit nur alles etwas zu viel für mich."

Mist!

Der Wunsch, mich an ihn anzulehnen, wird in dieser Sekunde geradezu übermächtig. Wie schön wäre es jetzt, noch einmal seine Arme um mich zu spüren, seine Kraft in mich aufzusaugen und das Gefühl von vollkommener Geborgenheit zu genießen.

Ich bin erschöpft und unendlich müde. Am liebsten würde ich mich für die nächste Woche in seinem Schlafzimmer einschließen und mich keinen Millimeter aus dem Bett bewegen.

Viel zu sanft streift er mit seinem kühlen Finger über meine Wange, sein Daumen legt sich auf meine Lippen, und ich muss mich beherrschen, um ihn nicht in meinen Mund einzusaugen.

Es ist faszinierend, aber ich kann geradezu beobachten, wie seine Erregung Besitz von ihm ergreift.

„Die nächsten Tage wirst du dich erholen. Keinen Stress, keine Angst und keinen Ärger. Ich werde jetzt unter die Dusche steigen, dein Abendessen dürfte jede Sekunde eintreffen."

Gerade als ich dachte, dass wir uns wieder etwas näherkommen, entfernt er sich wieder emotional von mir und lässt mich hier alleine stehen.

Kapiert er denn nicht, dass ich gerade völlig am Ende bin und seine Nähe brauche?

Der Ausdruck seiner Augen lässt mich erschaudern. Anscheinend habe ich doch recht und er versucht, mehr Abstand zwischen uns zu bekommen.

Habe ich ihn jetzt, wo ich mich für ihn entschieden habe, etwa verloren?

Alleine die Möglichkeit, dass es so ist, lässt mich frösteln.

Erschöpft sehe ich ihm nach, das wird ein verdammt langer Abend. Weder haben wir über meine Flucht noch über meine Entführung und, was am Wichtigsten gewesen wäre, über meine Schwangerschaft gesprochen. Vielleicht hat sich das Orakel ja geirrt und ich bin nicht schwanger?

Dieses gedankliche Hin und Her beschert mir Kopfschmerzen. Da ich nicht sicher bin, wie ich mich jetzt verhalten soll, drehe ich mich um und schaue wieder aus der Scheibe. Irgendwie beruhigt mich der Ausblick. Er zeigt mir, dass ich nicht alleine auf dieser Welt bin. Auch wenn ich mich manchmal unendlich einsam fühle.

Darkon

Urtümliche Lust lässt mich die Zähne zusammenbeißen. Alyssa steht erschöpft und verwirrt vor mir und ich kann an nichts anderes denken, als sie endlich wieder zu ficken. Und dabei geht es nicht um die Legende oder das Ritual. Es geht nur um die Art von Lust, die ein Mann empfindet, wenn er vor der Frau seines Lebens steht. Scheiß auf alle logischen und richtigen Gründe. Ich will sie besitzen, erobern und behalten.

Ihre weichen Lippen unter meiner Fingerspitze zu spüren grenzt beinahe an Folter.

Ich will diese perfekte Unterlippe zwischen meine Fänge saugen und sie beißen. Jeder Zentimeter ihres Körpers ist die pure Versuchung.

Um sicherzugehen, dass ich nicht über sie herfallen werde, muss ich Abstand zwischen uns schaffen. Körperlich und räumlich. Der Geruch der blonden Sklavin haftet noch immer an mir, es wird Zeit, ihn loszuwerden.

Shit! Es hilft meinem Körper nicht gerade, seine Selbstbeherrschung aufrechtzuerhalten, wenn jedes Zimmer nach Alyssas süßem Blut riecht.

Das Wasser läuft über meinen Körper, doch es bringt keine Linderung. Wenn ich sie nicht endlich wieder unter mir habe, verliere ich noch meinen Verstand. Mittlerweile müsste ihr Essen eingetroffen sein.

Sobald sie sich gestärkt hat, gibt es ein paar wichtige Dinge, die wir besprechen müssen.

Als Erstes muss sie einsehen, dass sie für immer mein Eigentum ist. Und je schneller sie das einsieht, umso besser. Ihre neue Stellung im Reich der Schatten, ihre Schwangerschaft und die Flucht!

Diese Frau muss endlich einsehen, dass ihre Zukunft an meiner Seite ist!

Als ich ins Wohnzimmer zurückkomme, sitzt Alyssa am Esstisch, den ich eigentlich nur für Besprechungen nutze. Er stammt aus dem sechzehnten Jahrhundert und wurde aus einer sehr alten Eiche hergestellt. Meine Braut widmet ihrem Essen all ihre Aufmerksamkeit. Sie scheint wirklich fast verhungert gewesen zu sein. Mein Fehler. Ich bin es nicht gewöhnt, mich um einen Menschen und dessen Nahrung zu kümmern. Regelmäßige Essenszeiten gibt es bei uns Vampiren einfach nicht.

Ohne sie beim Essen zu stören, gehe ich zur Bar und schenke mir ein Glas Whisky ein.

Die kommenden fünf Minuten werden verdammt kompliziert, und ich kann nur hoffen, dass ich erfolgreich sein werde. Das Letzte, was ich will, ist, Alyssa einzusperren, doch ganz genau das werde ich zum Schutz meiner Braut und meines ungeborenen Sohnes tun, falls sie sich querstellt.

So entspannt wie möglich lehne ich mich neben ihr an den Tisch und gönne mir noch einen Blick in ihre wunderschönen Augen, ehe ich zu sprechen anfange.

„Die letzten zwölf Stunden waren für mich die Hölle. Und das nicht nur, weil ich nicht wusste, wo du bist oder wie es dir geht. Sondern weil ich wusste, dass du dich freiwillig in Gefahr begeben hast, anstatt an meiner Seite zu bleiben.“

Ich gebe ihr einen Moment Zeit, um das Gehörte zu verarbeiten, ehe ich weiterspreche.

„Es ist mir völlig gleichgültig, welche Gründe du deiner Meinung dafür gehabt hast. Ich werde das nicht noch einmal tolerieren! Solltest du dich jemals wieder davonstehlen, werde ich dich finden und einsperren. Alyssa, an meiner Seite, als meine Braut kannst du ein wundervolles, erfülltes Leben haben, oder die Hölle auf Erden. Das ist ganz alleine deine Entscheidung.“

Ich kann beobachten, wie ihr Temperament mit ihr durchgeht, wie sie immer wütender wird und sich so manche Schimpfwörter auf ihrer Zunge sammeln. Doch ich lasse ihr gar nicht erst die Möglichkeit, mit mir eine Diskussion anzufangen.

Ab dieser Sekunde werde ich ihr zeigen, was es heißt, meine Braut zu sein, und am besten fangen wir damit an, das Ritual endlich zu vollenden. Niemand auf diesem Planeten soll auch nur die geringste Möglichkeit haben, daran zu zweifeln, dass Alyssa mir gehört. Kein Mensch, kein Vampir und auch keiner der Götter!

Mit einer schnellen Handbewegung schiebe ich ihren Stuhl zurück, lege meinen Arm unter ihre Knie und hebe sie in meine Arme: Endlich ist sie da, wo sie hingehört.

Noch in dem Augenblick, in dem sie ihren Mund öffnet, verschließe ich ihn mit dem meinen und dringe mit meiner Zunge in sie ein.

Ihr warmer Atem streift mein Gesicht, ihre Finger krallen sich in meine Schultern und ich spüre instinktiv, dass sie sich mir entziehen will. Doch das lasse ich nicht zu. Immer drängender erkunde ich ihren Mund, lasse sie die Spitzen meiner ausgefahrenen Fänge spüren und weiß, dass ich sie damit einschüchtere.

***

Alyssa

Darkons Kuss reißt mich in die Dunkelheit und lässt mich alle ungeklärten Fragen vergessen. Meine Zweifel werden durch seine Gier erstickt und meine Erregung fängt an wild um sich zu schlagen. Der logischen Seite meines Verstandes gehen die Lichter aus und zurück bleibt pure, ungezügelte Lust.

Was hat dieser Kerl nur an sich, dass ich in seinen Armen alles andere vergesse und nur noch wir beide zu existieren scheinen?

Ich beschließe, das mit dem Denken fürs Erste bleiben zu lassen und mich nur noch aufs Fühlen zu konzentrieren. Sachte stellt er mich vor sich ab, presst seine Nase in meine Haare und inhaliert meinen Geruch.

Dieses Mal will ich nicht von seiner Begierde überfahren werden, jetzt will ich mich beteiligen, ihn kosten, spüren und verschlingen.

Verspielt knabbere ich mit meinen Zähnen an seiner Unterlippe, ehe ich mit meiner Zungenspitze die Konturen seiner Lippen nachfahre. Die scharfen Spitzen seiner Fänge kratzen sacht über meine Zunge. Sein leises Fauchen und die Art und Weise, wie sich seine großen Handflächen besitzergreifend auf meine legen, lassen mich forscher werden. Sehnsüchtig, ja geradezu gierig erkunde ich seinen Mund, necke seine Zunge und reibe meinen bereits gierig pochenden Unterleib an seinem Bauch. Meine Gier nach diesem Vampir ist alles andere als logisch und dennoch kann ich nichts dagegen tun.

Wir sind wie Wasser und Feuer, wie Blitz und Donner, wie der Jäger und seine Beute.

Seine starken Muskeln zucken unter meinen Händen, und ich spüre, dass er kurz davor ist, die Kontrolle über seine Selbstbeherrschung zu verlieren. Besitzergreifend zieht er mich an sich, übernimmt die Führung des Kusses und lässt mich mit seiner primitiven Art meine Contenance verlieren. Aus meiner erst zögerlichen Verführung ist ein wilder Kampf um Hingabe und Besitz entstanden.

Grob schiebt er seine Hand in meine Haare, seine Faust umfasst meine Locken und zieht meinen Kopf immer weiter nach hinten. Intim und schutzlos entblöße ich ihm in dieser Position meine Halsschlagader, gefährlich, wenn man bedenkt, wie sehr es diesen Vampir nach meinem Blut dürstet.

Wimmernd vor Lust durchbricht meine Stimme die Stille, die uns umgibt. Hart und verdammt dick presst sich seine Erregung gegen meine Hüfte und ich weiß jetzt schon, dass ich sterben werde, wenn ich ihn nicht bald in mir spüren werde.

Und das erste Mal, seit ich in diesen Wahnsinn geraten bin, spüre ich intuitiv, dass ich die Braut dieses Mannes bin, die Braut der Schatten.

Mit der rauen Spitze seiner Zunge fährt er über die empfindliche Haut, unter der sich mein Blut rauschend Richtung Herz bewegt, seine eisblauen Pupillen beginnen im Schein des Mondlichts rötlich zu glühen.

„Vertraust du mir, Kleines?“

Hier geht es nicht nur um Vertrauen. Zwischen uns beiden geht es um alles oder nichts. Um Hingabe, Opfer, Leidenschaft und

Zusammengehörigkeit. Ein kleiner Teil meines Herzens spürt Zweifel an der Richtigkeit meiner Entscheidung.

Und dennoch kann ich nicht anders, ich muss Darkon die Wahrheit sagen.

„Ja, ja, ich vertraue dir."

Süchtig nach seiner Kraft und seiner Leidenschaft suche ich seinen Blick, und schließe unter der Intensität des Augenblicks die Augen.

Das Band, das zwischen uns existiert, knüpft sich neu, wird stärker und lässt mich endlich spüren, dass ich nicht mehr alleine bin.

In dieser Sekunde lege ich mein Leben in seine Hände.

„Du gehörst mir, du bist meine Braut und ich werde nicht zulassen, dass dir irgendwer zu nahe kommt. Ich schwöre dir bei allen Göttern, dass ich dich bis in die Ewigkeit beschützen werde. Dich und unser Kind."

Vorsichtig öffne ich meine Augen und suche seinen Blick.

Knurrend erobert er erneut meinen Mund, ehe er mich wie selbstverständlich in seine Arme hebt und in sein Bett trägt.

Nervös beobachte ich Darkon dabei, wie er mich auszieht. Der Ausdruck seiner Augen ist wild, animalisch und intensiv ... Gekonnt berührt er mich an sensiblen Stellen, küsst meine Brustwarzen und streicht mit seinem Daumen über meinen Venushügel, sodass ich immer feuchter für ihn werde. Das Blau seiner Augen wird immer dunkler, seine Muskeln immer härter und seine Fangzähne immer länger. Wenn das so weitergeht, werde ich diese Nacht ganz bestimmt nicht überleben.

Mein Herz beginnt immer schneller gegen meinen Brustkorb zu schlagen.

Süchtig nach seiner Nähe sehe ich ihm in die Augen; lecke mir über die Unterlippe und genieße das Gefühl, begehrt zu werden.

Die harten Konturen seiner Gesichtszüge und die übernatürliche Geschwindigkeit, mit der er sich seine Kleidung vom Leib reißt, lassen mich erschaudern.

Ob es wieder ganz genauso wird wie bei unserem ersten Mal?

Ich spüre intuitiv, dass Darkon kurz davor ist, seine Beherrschung zu verlieren, ich bin gespannt, wie lange es noch dauert.

Geschwollen und schmerzhaft erregt ziehen sich meine Brustwarzen zusammen, jeder Millimeter meines Körpers sehnt sich nach seiner Inbesitznahme. Zwischen meinen Beinen pulsiert es feucht, und ich weiß, dass es nicht mehr lange dauern wird.

Seine feuchte, raue Zunge gleitet langsam über meinen Oberschenkel und ohne dass ich es bewusst steuern kann, öffne ich meine Beine weiter für ihn.

Bestimmend legen sich seine Hände auf meine Knie und ziehen meine Knie weit auseinander. Jetzt liege ich weit geöffnet vor ihm. Der süße Geruch meiner Erregung breitet sich zwischen uns aus und ich weiß, dass er meine vor Leidenschaft nassen Schamlippen sehen kann.

Seine Nasenflügel blähen sich, und aus seiner Kehle grollt ein leises Knurren.

Langsam nimmt er mich immer mehr in Besitz, erkundet meine Haut und verwöhnt meine Brustwarzen.

Pulsierendes, viel zu intensives Verlangen lässt meinem Verstand die Lichter ausgehen und zurück bleiben nur meine Empfindungen und meine immer stärker werdenden Gefühle für diesen Vampir.

Seine langen Finger legen sich auf meine Schamlippen, reiben sachte über meine Klitoris und lassen meinem Nervensystem keine Sekunde Zeit, um sich zu regenerieren.

Stöhnend schließe ich meine Augen, presse meinen Kopf in das Kissen und versuche, meine Beherrschung noch eine Sekunde länger zu behalten.

Darkon kniet sich vor mir aufs Bett, mit seinem Blick verschlingt er meinen zuckenden Körper und treibt mich immer weiter in den Olymp der Lust.

Unter halb geschlossenen Lidern lasse ich meinen Blick gierig über seinen großen Körper gleiten. Das Zeichen des Wächters ist das Letzte, was ich sehe, ehe ich laut keuchend meine Augen schließe.

Bei allem, was mir heilig ist. Ist es möglich, beim Sex vor Lust zu sterben?

Violette Adern winden sich um seinen harten Schwanz, ehe sie in seiner dicken Eichel enden. Die Muskeln in seinen Oberschenkeln sind angespannt und hart wie Stahl, ungeduldig zuckend warten sie nur darauf, endlich ihre Kraft spielen lassen zu können, um in meinen Körper einzudringen.

„Bei allen Dämonen, Kleines, ich kann einfach nicht länger warten.“

Langsam streifen seine Fingerspitzen über meinen Venushügel, teilen meine feuchten Schamlippen und legen sich auf meinen Kitzler. Rhythmisch beginnt er über meine Lustperle zu reiben. Grelle Blitze zucken hinter meinen geschlossenen Lidern, als ich keuchend komme.

Dieser Orgasmus ist so intensiv, dass ich das Atmen vergesse, die Welt um mich herum hört auf zu existieren und alles, was ab jetzt für mich zählt, ist der Mann, dessen Finger meine Pussy massieren.

Fauchend senkt er seinen Kopf, streift mit seinen Lippen meinen Mund und beißt mir schmerzhaft in die Brustwarze. Bittersüßer Schmerz, Angst und Lust lassen mich leise aufschreien.

„Was machst du nur mit mir, Alyssa? Seit ich dir begegnet bin, stellst du meine gut organisierte Existenz auf den Kopf. Bei allen Höllenwesen, wenn ich nicht verdammt gut aufpasse, verliere ich meine eiserne Beherrschung und dann kann ich dir für nichts mehr garantieren!“

Seine Kraft lässt mich erschaudern, ich bin ein Mensch und er ein Vampir – mein Leben liegt in seinen Händen.

Sein Körper ist der eines Kriegers und wenn er es wollte, könnte er mich in der Mitte auseinanderbrechen. Mein Vampirkönig versucht sich zu beherrschen, er versucht es ruhig angehen zu lassen, und in Anbetracht dessen, dass er mich erst vor Kurzem sehr hart rangenommen hat, bin ich ihm wirklich dankbar dafür.

Fordernd und dick berührt seine Erektion meinen Bauch und ich weiß, dass ich wahnsinnig werde, wenn ich ihn nicht endlich in mir spüre.

„Bitte, Darkon. Mach mich endlich zu der deinen ...“

Stöhnend vergrabe ich meine Finger in seinen Schultern, verzweifelt versuche ich ihn zu mir runterzuziehen, doch das ist irgendwie nicht so einfach. Gegen seine Kraft habe ich nicht die geringste Chance.

„Sag es, Alyssa, sag, dass du dich mir hingibst. Dass du meine Braut bist und dich nie wieder aus meiner Nähe entfernst.“

Seine animalische, besitzergreifende Seite zieht mich magisch an. Wie soll ich einem Vampir widerstehen können, der mich immer süchtiger nach seiner Nähe macht?

„Ich will aus deinem Mund hören, dass du weißt, wem du gehörst! Ich muss verdammt noch mal wissen, dass ich das elementare Recht habe, dich vor der gesamten restlichen Welt zu beschützen. Niemand weiß besser als ich, wie gefährlich die heutige Zeit ist, und ich drehe durch, wenn ich dich nicht beschützen kann."

Oh mein Gott!

Diese Ansprache hat sich direkt in mein Herz geschlichen und all meine Zweifel in Asche verwandelt. Darkon hat es geschafft, mich davon zu überzeugen, dass es diese Legende gibt und dass er mich wirklich will.

„Ich gehöre zu dir und werde deine Braut."

„Dann lass uns das Ritual vollziehen, damit du auch vor den Göttern meine Braut bist. Ich schwöre dir bei meinen Ahnen, dass ich dich beschützen werde. Du bist das Kostbarste, was ich jemals besessen habe."

Während er mich mit seinen Worten regelrecht verführt, drückt er mich mit seinem Gewicht immer tiefer in die Matratze.

Erst als ich offen und wehrlos unter ihm liege, bringt er sich in Position. Seine Zähne streichen über meine Brüste, kosten mein Blut, lassen mich wimmernd immer feuchter werden.

Seine kühlen Hände rauben mir den letzten Rest meines Verstands. Besitzergreifend erkundet er meinen Körper, macht ihn zu dem seinen, nimmt mich mit auf die Reise in die Ewigkeit.

„Bitte, Darkon, ich kann nicht mehr!"

Dunkel und unheimlich gefährlich baut er sich vor mir auf, in diesem Augenblick ist er kein Mann und kein Liebhaber, sondern ein Herrscher, der dabei ist, seine Frau zu erobern.

„Bei allen Göttern, niemand wird dich mir jemals wieder wegnehmen!"

Ich spüre, wie sich die Muskeln an seinem Hintern und in seinen Oberschenkeln anspannen. Wenige Sekunden später dringt er mit einem kraftvollen Stoß in meinen Körper ein. Und noch bevor er ganz in mir ist, spüre ich seine Zähne an meiner Kehle. Seine Fänge durchstoßen meine Haut, saugen an meiner Vene und ich spüre, wie er mein Blut in seinen Mund saugt. Der stechende

Schmerz, der immer dann entsteht, wenn er meine Haut durchstößt, und sein großes Glied, das mich bis aufs Äußerste dehnt, lassen mich kurz aufschreien. Verzweifelt krallen sich meine Hände in seine Oberarme, doch Darkon lässt mir keine Zeit, nachzudenken oder mich gegen ihn zu wehren. Mit einem schnellen, geradezu hämmernden Rhythmus presst er mich in die Matratze.

Das Eisblau seiner Augen verschwimmt mit dem feuerroten Ring, der seine Iris umgibt.

Immer härter, schneller und tiefer rammt er sich in mich.

Die Verbindung aus seinem Biss und dem Sex berauscht meine Nerven.

Bei jedem Vorstoß touchiert sein Glied meinen G-Punkt und aus dem bitteren Schmerz wird pure, unverfälschte Lust. In meinem Bauch beginnt es, heftig zu kribbeln, meine Zehen krümmen sich und mein Herzschlag setzt für einige Sekunden aus. Darkon treibt mich über die Klippe des Erträglichen und lässt mich in einen Abgrund stürzen, während mich der heftigste Orgasmus in der Geschichte der Menschheit überrollt.

Darkon

Ein tiefer Friede breitet sich in mir aus.

Ich spüre nicht nur mental, sondern auch körperlich, dass das Ritual erfolgreich vollendet worden ist.

Die vielen Bissabdrücke, mit denen ich ihren Körper für immer gezeichnet zu dem meinen gemacht habe, lassen mich zufrieden fauchen. Bei uns Vampiren ist die animalische Seite sehr viel stärker ausgeprägt als bei allen anderen Lebewesen dieser Welt, die einzige Ausnahme bilden da die Werwölfe. Doch selbst die sind jetzt, wo ich meine Braut gefunden und für mich beansprucht habe, nicht mehr stärker als ich. Das Gefühl von Macht und Zufriedenheit lässt mich das erste Mal seit vielen Jahrzehnten zufrieden in die Zukunft blicken.

Das Zeichen des Wächters, das meine Haut zeichnet, färbt sich durch Alyssas Blut, das in meinem Kreislauf ist, leicht rötlich. Im Gegensatz zu meiner Braut ist das die einzige körperliche Veränderung, die bei mir stattfindet. Bei ihr hingegen werden weit größere biologische Wechsel stattfinden. Ab jetzt ist meine

Braut unsterblich, ihre Gesundheit unantastbar und ihre Kraft sehr viel ausgeprägter als zuvor. Und solange ich mich regelmäßig von ihrem Blut ernähre und so meinen Speichel in ihren Kreislauf injiziere, wird das auch so bleiben.

***

3 Monate später

Alyssa

Die letzten Tage und Wochen sind schneller vergangen, als es mir lieb ist. Ich kann mich gar nicht mehr daran erinnern, dass ich mir jemals zu einsam vorgekommen bin. Denn jetzt, als Braut der Schatten, würde ich mir so manchen Moment wünschen, in dem ich etwas mehr Zeit für mich alleine habe.

Darkons Krieger, sein Bruder Tylon und die vielen Aufgaben, die zu meinem Alltag hinzugekommen sind, lassen meine Zeit geradezu verrinnen. Manchmal glaube ich, dass Darkon vergisst, dass mein Tag viel kürzer ist als seiner. Ich bin ein Mensch, ich brauche meinen Schlaf. Er hingegen ist ein geborener Vampir, dessen Kreislauf niemals eine Pause benötigt. Das Voranschreiten meiner Schwangerschaft lässt mich schneller ermüden. Obwohl ich nicht abstreiten kann, dass es auch körperliche Vorteile hat, Darkons Frau zu sein. Die Zeiten, in denen ich Hilfe gebraucht habe, wenn es darum ging, ein Marmeladenglas zu öffnen, sind längst vorbei.

Vor wenigen Stunden ist Darkon mit meinem Schwager Tylon zur Jagd aufgebrochen.

Saares, der Kommandant der Höllenjäger, hat eine besorgniserregende Entdeckung gemacht. Ein paar der Blutlosen scheinen sich mit den Abtrünnigen der Werwölfe verbündet zu haben. Eine Konstellation, die, so wie ich es mitbekommen habe, alles andere als gut für die Vampire ist.

Unruhig und besorgt sehe ich aus der großen Glasscheibe, sehe auf die Stadt herunter und weiß, dass irgendwo da draußen meine Familie unterwegs ist. Vielleicht, ach Quatsch, mit Sicherheit, ist es dämlich, dass ich mir um den Herrscher über das Reich des Schattens Sorgen mache. Aber so ist es nun mal ...

Was wäre ich denn für eine Braut, wenn mir die Sicherheit meines Mannes völlig egal wäre?

Lächelnd schüttle ich den Kopf. „Meines Mannes“, diese zwei Wörter sind einfach unglaublich schön. Durch die Legende der Vampire bin ich an den für mich bestimmten Platz meines Lebens gekommen. Vielleicht eine etwas verrückte Fügung, aber was soll's. Zufrieden mit meinem Leben streiche ich mit meiner Hand über meinen bereits leicht gewölbten Bauch. Bei einer normalen Schwangerschaft ist bei einer Frau im dritten Monat noch nichts zu sehen. Aber wenn man von einem Vampir schwanger ist, ist vieles anders.

Oh Gott!

Ich kann nicht in Worte fassen, wie sehr ich mir wünsche, dass meine Schwester Sarina mich so sehen könnte. Sie wäre eine fantastische Tante gewesen, und das Wissen, dass ich sie niemals mit meinem Sohn zusammen spielen sehen werde, lässt mich hart schlucken.

Der Weg bis zum jetzigen Zeitpunkt war nicht immer leicht und an bestimmten Stellen auch verdammt steinig. Doch damit scheint es jetzt ein für alle Mal vorbei zu sein.

Darkon ist ein sehr beschützender Mann, was auch erklärt, warum mal wieder zwei seiner Krieger im Schatten des Mondlichts Wache halten.

Die Zeiten, in denen ich vor meinem Schicksal geflüchtet bin, sind längst vorbei. Doch das Reich der Schatten hat verdammt viele Feinde. Und wenn es um meine Sicherheit geht, ist Darkon nicht bereit, auch nur ein winziges Risiko einzugehen.

Müde und erschöpft setze ich mich auf die Couch, schnappe mir mein Buch und versuche mich zu entspannen.

Warum zum Teufel mache ich mir über Darkon Sorgen? Er ist das gefährlichste Raubtier auf diesem Planeten!

Nachdem ich zwölf Seiten meines Buches gelesen habe, klappe ich es seufzend wieder zu. Irgendwie kann ich heute einfach nicht abschalten. Vielleicht sollte ich einfach ins Bett gehen und versuchen einzuschlafen. Wenn Darkon auf der Jagd ist, kann das gut und gerne die ganze Nacht dauern, nicht selten kommen sie erst im Morgengrauen zurück. Blutverschmiert, mit dem Geruch von Schwefel an den Händen, jedoch mit bester Laune.

Frustriert lege ich das Buch auf den Wohnzimmertisch und stehe auf.

Die zwei Krieger, die bei mir Wache halten, Nolan und Aragon, sehen mich verwundert an, doch ich nicke ihnen nur freundlich zu, ehe ich ihnen eine gute Nacht wünsche.

Wie immer, wenn ich das Schlafzimmer betrete, spüre ich, wie ich mich entspanne. Dieser Raum ist so voller positiver Energie und schöner Erinnerungen, dass ich mich unheimlich gerne hier aufhalte.

Gerade als ich mich ins Bett lege, höre ich das Flüstern einer fremden Frauenstimme.

„Alyssa, Alyssa, hörst du mich?"

Unsicher sehe ich mich im Schlafzimmer um, doch ich bin alleine.

„Du kannst mich nicht sehen, doch ich kenne deinen geheimsten Wunsch."

Ach du Scheiße!

Entweder spielt mir mein Verstand einen Streich oder ich werde gerade verrückt.

Nervös klettere ich unter die Bettdecke, was soll ich denn jetzt nur machen?

„Hör mir zu, Braut der Schatten. Der Tod ist nur eine Station unseres Lebens. Man muss nicht bei ihm verweilen, wenn man die Schwächen des Sensenmanns kennt."

Das wispernde Geflüster macht mir Angst. Woher kommt die Stimme?

Ist das ein Zauber?

„Wer bist du? Was willst du von mir?"

Erst nachdem ich gesprochen habe, stelle ich verwundert fest, dass auch ich nur leise geflüstert habe.

Vielleicht sollte ich zu den Wachen rausgehen und ihnen sagen, dass hier etwas nicht stimmt. Doch ein winziger Funken Hoffnung in mir will hören, was die geheimnisvolle Stimme zu sagen hat.

Wenn das stimmt, gibt es ja vielleicht doch eine Chance, meine Schwester wiederzusehen. Bisher bin ich immer davon ausgegangen, dass der Tod ein unendlicher Zustand ist. Dass er das Leben beendet und die Seele seines Opfers eine neue Reise antritt. Doch die letzten Wochen meines Lebens haben mir gezeigt, dass ich mich, wenn es um Magie und übernatürliche Wesen geht, überhaupt nicht auskenne.

„Ich bin eine Freundin, und wir können uns gegenseitig helfen."

Eine Freundin? Dass ich nicht lache! Ganz davon abgesehen habe ich keine Ahnung, wie ich dieser fremden Stimme helfen könnte.

„Freunde brauchen sich nicht voreinander zu verstecken. Sie flüstern nicht in fremden Schlafzimmern und erwarten keine Gegenleistung."

Langsam, aber sicher werde ich wütend auf die Stimme. Wie kann sie es wagen, mit meiner größten Sehnsucht zu spielen? Mir Hoffnung zu machen, wo es keine Hoffnung gibt?

„Ich will, dass du verschwindest. Sarina ist tot, und das wird sie auch immer bleiben!"

Wut und Trauer bilden einen dicken Kloß in meiner Kehle.

„Ahhh ... ich hätte nicht gedacht, dass du deine Träume so schnell aufgibst, nur weil du dich vor dem Unbekannten fürchtest."

Fürchten? Jetzt reicht es!

„Hör mir mal gut zu. Wie kannst du von Furcht reden? Du bist doch diejenige, die sich nicht zeigt. Dein heimliches Flüstern nervt mich langsam. Ich habe keine Angst vor dir. Also wenn du mir etwas zu sagen hast, dann zeig dich gefälligst!"

Shit! Und was passiert, wenn ich jetzt gleich eine Hexe in meinem Schlafzimmer stehen habe?

Noch bevor ich den Gedanken zu Ende gedacht habe, zieht ein kalter Lufthauch durch das Zimmer. Der Geruch von Lavendel und grünen Äpfeln legt sich schwer in die Luft und ich spüre, wie mein Rücken von einer Gänsehaut überzogen wird.

Hätte ich mal lieber meinen Mund gehalten!

Darkon

Die Spur von dunkelroten Bluttropfen führt mich direkt in den Wald, der sich am Fuße des Mount Rainier befindet. Saares, dem Kommandanten der Höllenjäger, ist es gelungen, den Alpha der Werwölfe zu verletzen. Tylon und seine Krieger kommen vom nördlichen Ende des Waldes auf uns zu, sodass wir dem Bastard in der Mitte des Waldes den Fluchtweg abschneiden. Wenn es nach mir gegangen wäre, hätte die friedliche Koexistenz zwischen den Werwölfen und meinem Volk, den Vampiren, auf ewig so weitergehen können. Unsere Geschlechter sind uralt und sehr kraftvoll, es hat keinen Sinn, einen Krieg anzufangen, wenn es keinen richtigen Grund dafür gibt. Ganz besonders, wenn der Gegner beinahe gleichstark ist. Dank der Legende und Alyssas Blut haben wir alle Vorteile auf unserer Seite, nichtsdestotrotz verspüre ich gerade keinen starken Drang, ein ganzes Volk auszulöschen. Unsere Position ist klar im Vorteil, und es ist nur noch eine Frage der Zeit, bis wir den Werwolf umzingelt und gestellt haben.

Der bittere Geschmack von Angst breitet sich auf meiner Zunge aus, und ich weiß instinktiv, dass ich gerade Alyssas Emotionen spüre. Grollende Wut und der Hauch von Sehnsucht mischen sich zu der Angst, und ich weiß, dass irgendetwas nicht stimmt.

Schnell schicke ich telepathisch eine Warnung an die Krieger, die meine Braut bewachen.

Wenn es um ihre Sicherheit geht, werde ich kein Risiko eingehen.

Saares stellt sich neben mich, in seinen Augen sehe ich Blutgier und Hass. Im Gegensatz zu mir kann er es kaum erwarten, den Werwölfen einen herben Schlag zu verpassen. Vor nicht ganz einem halben Jahrhundert ist sein Cousin von einem Werwolf getötet worden, seitdem ist sein Hass auf die Gestaltwandler nicht mehr zu bremsen.

„Wir werden ihn einkreisen, ich schicke meine Krieger von der westlichen Seite in den Wald. Es wäre doch gelacht, wenn wir diesen elendigen Straßenköter nicht erwischen."

Jetzt, wo ich Alyssas verwirrende Emotionen spüre, ist es mir nur recht, wenn Saares die Jagd etwas abkürzt.

„Tu das, nach Osten hin schneidet ihm der Mount Rainier den Weg ab. Es dürfte lediglich eine Frage der Zeit sein, bis wir ihn erwischt haben."

Zufrieden beobachte ich, wie sich unsere Schlinge immer enger um das Leben des Werwolfs zuzieht.

Bei allen Monden! Vor vier Monaten gab es für mich nichts Besseres als eine gute Jagd und einen anständigen Kampf. Und jetzt? Jetzt kann ich es kaum erwarten, zurück zu meiner Braut zu kommen. Mein Schwanz sehnt sich nach ihrem weichen Körper, meine Kehle schreit nach ihrem Blut und meine Finger kribbeln bei dem Gedanken, über ihre warme Haut zu streichen ...

Alyssa

Keine drei Meter vor meinem Bett beginnt die Luft dicker zu werden, die Umrisse einer Frau werden langsam sichtbar und ich spüre, wie leichte Panik in mir aufsteigt.

Wenn ich jetzt laut schreie, wären innerhalb von einer Sekunde Aragon und Nolan, meine zwei Beschützer, an meiner Seite.

Aber will ich das? Wenn ich die beiden jetzt rufe, werde ich nie erfahren, ob es wirklich möglich ist. Vielleicht besteht ja doch die unglaubliche Chance, meine Schwester aus dem Reich der Toten zurück ins Leben zu holen.

Hin und her gerissen, erkenne ich mittlerweile immer mehr von der Frau, die sich mitten in meinem Schlafzimmer mithilfe eines Zaubers sichtbar werden lässt.

Hoffentlich begehe ich da mal keinen Fehler!

Darkon wird ausflippen, wenn er erfährt, was hier gerade passiert.

Die Frau ist circa 180 cm groß. Ihre Haare sind lang und schwarz, ihr Körper mollig und ihre braunen Augen funkeln geheimnisvoll. Genau wie das Orakel wirkt sie zeit- und alterslos. Das scheint bei magischen Wesen anscheinend öfters der Fall zu sein. Zwischen ihren gekrümmten Fingern hält sie in der rechten Hand einen Zauberstab, während sich in ihrer linken eine lange schwarze und eine türkisfarbene Feder befinden. Alles in allem wirkt sie wie eine Frau, die mir auch bei Tageslicht auf den Straßen entgegenkommen könnte. Bis auf den Zauberstab sieht sie nicht besonders magisch oder andersartig aus.

Was wird hier nur gespielt?

„Jetzt, wo wir uns endlich sehen können, kannst du mir auch sagen, was du von mir willst!“

Äußerlich versuche ich möglichst cool und gefasst zu wirken, während ich innerlich wirklich am Zittern bin. Das letzte Mal, als ich mit einem Orakel/einer Hexe aufeinandergetroffen bin, war das Erlebnis ja nicht so besonders ungefährlich.

„Ich will dir einen Tausch vorschlagen!“

Einen Tausch? Was habe ich in meinem Besitz, was dieser Frau helfen könnte?

Dass dieses Loft ziemlich luxuriös ist, ist nicht zu übersehen, doch davon gehört nichts mir.

„Typisch Mensch. Nicht immer geht es um Reichtum und Geld.“

Ach du Scheiße! Kann sie etwa meine Gedanken lesen?

Stumm nickt sie mir zu, so als wollte sie meine unausgesprochene Frage beantworten.

„Was willst du dann von mir?“

„Das, was ich von dir will, wird dir nicht fehlen.“

Diese Frau spricht wahrlich in Rätseln.

„Ich will dein Blut, das Blut der Braut der Schatten.“

Ach du Scheiße! Noch so eine Verrückte ...

„Ich bin mir ziemlich sicher, dass mir mein Blut fehlen würde.“

Anscheinend stelle ich mich gerade ziemlich begriffsstutzig an, denn sie schüttelt genervt den Kopf.

„Bist du nicht bereit, für das Leben deiner Schwester ein paar deiner Blutstropfen zu opfern?“

Seit ich damals dem Blutlosen über den Weg gelaufen bin, will jede zweite Person, der ich begegne, mein Blut. Was soll das alles? Es gibt Milliarden von Menschen auf dieser Welt. Nicht dass ich einem von denen etwas Schlechtes wünsche; aber dennoch wundere ich mich, dass alle immer nur mein Blut wollen. Was ist daran nur so besonders?

„Woher soll ich wissen, dass du wirklich in der Lage bist, meine Schwester aus den Fängen des Todes zu befreien?“

Oh Gott! Auf was lasse ich mich da gerade nur ein?

Und ausgerechnet jetzt, wo ich sooo kurz davor bin, meine ersehnte Antwort zu bekommen, löst sich die Hexe plötzlich wieder in Luft auf – keine halbe Sekunde später wird meine Türe aufgerissen. Nolan und Aragon stürmen unaufgefordert in mein Schlafzimmer. Ihre Augen funkeln gefährlich, jeder Muskel ihrer Körper ist angespannt. Sie sehen aus wie tödliche Krieger, die, ohne zu fragen, jeden töten, der sich in meiner Nähe aufhält.

„Unsere Unterhaltung ist noch nicht beendet. Wir sehen uns wieder, Braut der Schatten!"

Dieses Mal ist ihr Flüstern so leise, dass es meine Beschützer nicht gehört haben.

Aragon saugt tief Luft in seine Lungen, und wie nicht anders zu erwarten hat er die Witterung der Hexe aufgenommen.

„Wir werden Darkon unterrichten!"

Dieses Mal neigt er seinen Kopf nicht, es ist das erste Mal, dass er meinen Blickkontakt eindringlich erwidert. Eine unangenehme Kälte breitet sich in mir aus, und ich weiß, dass das einen gewaltigen Ärger geben wird! Darkon wird ausrasten, wenn er erfährt, dass ich eine Hexe im Schlafzimmer hatte, genau genommen, dass ich sie auch noch aufgefordert habe, sich mir zu offenbaren.

Aber sei es drum, ich musste es einfach riskieren. Wenn auch nur der Hauch einer Chance besteht, dass ich Sarina zurückbekommen kann, werde ich sie nutzen!

***

Darkon

Der Tod ist in manchen Nächten nicht nur mein ständiger Begleiter, er ist nach all den Jahrhunderten, die ich schon auf dieser Welt verbracht habe, beinahe zu einem Freund geworden. Dank meiner Unsterblichkeit fürchte ich ihn nicht, doch ich habe Respekt vor seiner Unendlichkeit.

Maron, der Alpha der Werwölfe, liegt blutend vor mir auf dem Boden. Einen Gestaltwandler zu töten ist eine dreckige Angelegenheit. Denn mit dem letzten Atemzug verschwindet die gefährliche Kreatur der Dunkelheit und verwandelt sich in die verlorene Existenz, die er einmal gewesen ist. Die unscheinbare

Männerleiche, die nun vor mir auf dem dunklen Waldboden liegt, ist blutverschmiert und blass. Seine helle Haut leuchtet im Mondlicht und ich weiß, dass der Teufel seinen verlorenen Jünger zu sich in den tiefen Schlund der Erde gezogen hat.

Trotz der Folter und der Schmerzen hat Maron nicht preisgegeben, welches Ziel sein Rudel verfolgt. Und die Frage, warum sich die Wölfe mit den Blutlosen zusammengetan haben, ist ebenfalls noch unbeantwortet.

Alles in allem ist dieser Abend nicht so gelaufen, wie ich mir das erhofft hatte. Angewidert drehe ich mich um. Der Geruch von Schwefel liegt in der Luft, und ich weiß, dass sich so manche niedere Dämonen an der frischen Leiche gütlich tun werden.

Saares, der Kommandant der Höllenjäger, sieht zufrieden aus. Doch ich weiß es besser. Die Wölfe leben in einem Rudel, in dem eine strikte Hierarchie herrscht. Wenn der Alpha tot ist, so rückt sein Stellvertreter an seinen Platz und das Rudel verfolgt seine Ziele weiter.

Ganz nach dem Motto:

Der König ist tot – hoch lebe der König.

Blutrot, violett und purpurschwarz. Der Himmel läutet den kommenden Tag ein, und für mich ist es an der Zeit, endlich zurück zu Alyssa zu kommen. Nolan hat mir vor wenigen Augenblicken telepathisch mitgeteilt, dass Alyssa Besuch von einer Hexe hatte; und so wie ich meine Braut kenne, steht mir eine gigantische Diskussion bevor.

Doch diese werde ich noch etwas nach hinten verlegen.

Denn das Erste, was ich tun werde, wenn ich zu Hause angekommen bin, ist meine Frau ficken, denn das will ich schon seit Stunden.

Alyssa

Zärtlich, jedoch bestimmt streicht eine warme Männerhand über meinen Hüftknochen, umkreist sachte meinen Nabel und wandert zielstrebig zwischen meine leicht geöffneten Schenkel. Mein Mund öffnet sich für ein genüssliches Seufzen, während ich meine Beine bereitwillig immer weiter spreize. Die Hand meines Mannes berührt meine weichen Falten, teilt das bereits feucht werdende, pochende Fleisch und bespielt meinen Kitzler ...

Gierig und heiß begrüße ich meinen Vampir, gierig empfange ich seinen vordringenden Finger.

In einer fremden Sprache raunt er mir dunkle Wörter ins Ohr, die mich, ohne dass ich verstehe, was er mir gerade sagt, glücklich machen. Die uralte Sprache der Vampire klingt höllisch sexy. Alleine wie er das ‚R' rollt, schickt ein erwartungsvolles Beben durch meinen Körper. Im Strudel meiner Leidenschaft gefangen, frage ich ihn nicht nach der Bedeutung seiner Worte, sondern erwarte zitternd die nächste rhythmisch kreisende Bewegung auf meinem Kitzler. Jede seiner Berührungen steigert die Welle der Lust, die sich immer höher in mir aufbaut. Ich liege mit geschlossenen Augen auf dem Rücken, meine Schenkel sind weit gespreizt und ich lasse ihn meinen Körper erkunden. Sanft und zugleich zärtlich, süß und dennoch schmerzlich intensiv erforscht er meine erogenen Zonen. Jede leichte Wölbung und jeder Zentimeter meiner Haut glüht unter seinen fordernden Fingern.

Empfindlich und geschwollen pressen sich meine Brustwarzen seinen scharfen Fangzähnen entgegen. Rau und feucht leckt er über meine Brustwarze, saugt sie ein und massiert sie mit seiner Zunge. Die Spitzen seiner Fänge streichen über meine empfindliche Haut. Gott, wie sehr sehne ich mich nach seinem Biss ...

Immer unruhiger werdend, sehne ich mich nach seinem Schwanz, ersehne mir jede bittersüße Berührung herbei.

Verzweifelt versuche ich ihn zu mir herunterzuziehen. Ich will sein Gewicht und seine Kraft spüren, doch Darkon lässt mich zappeln, indem er einen gewissen Abstand zwischen uns lässt.

„Du treibst mich in den Wahnsinn, Alyssa. Selbst wenn ich auf der Jagd bin, kann ich nur an dich und deinen weichen Körper denken."

Im warmen Licht der aufgehenden Sonne betrachtet er mich eingehend, tabulose Begierde spiegelt sich in seinen Augen, vertreibt die Melancholie, die ich in manchen Momenten darin erkennen kann.

Noch immer foltert sein Daumen meine Perle. Ein leises Wimmern entschlüpft meinen Lippen, ehe ich hilflos meine Augen schließe. Der scharfe Schmerz, der mich durchzuckt, als seine Zähne in mein Fleisch stechen, lässt mich leise schreien. Seine Finger kneifen in meinen Kitzler und ich komme mit einem lauten Schrei. Ich verliere die Kontrolle über meinen Körper und spüre, wie mich der Kuss der Dunkelheit hinfortreißt.

Wenige Sekunden später beginne ich, das gerade Erlebte zu verstehen. Darkon liegt noch immer neben mir, seine Finger liegen auf meiner feuchten, pochenden Scham.

„Du bist umwerfend, wenn du für mich kommst. Während deines Höhepunktes schmeckt dein Blut noch süßer als sonst!"

Dunkel und verrucht bedeckt ein leichter Bartschatten seinen markanten Kiefer.

„In meiner Kehle schmecke ich das umwerfende Aroma deines Blutes. Dein Körper riecht nach mir, während in deinem Bauch mein Sohn heranwächst. Bei den Dämonen, Alyssa! Ich werde dich nie wieder gehen lassen! Du bist mein Besitz, mein Eigentum und ich kämpfe bis zum Tod für dich!"

Das ist ziemlich animalisch und auch etwas besitzergreifend, doch mir gefällt es. Das intensive Eisblau seiner Augen leuchtet mir entgegen, während sein harter Schwanz gegen meine Seite drückt.

Immer wieder bewegen sich seine fordernden Finger, verwöhnen und reizen mein feuchtes Fleisch. Seine Augen suchen immer wieder den Punkt, auf dem seine Finger ruhen.

Darkon liebt es, mich anzusehen, er liebt den Geschmack und den Geruch meiner Körpermitte und ich werde den Teufel tun und mich ihm verweigern. Mit jeder noch so leichten Berührung seiner Finger erwacht meine Begierde erneut. Vollkommen nackt und unheimlich sexy liegt er neben mir.

Dieser Mann ist ein wahrer Krieger. Die dunkle Dominanz, die er ausstrahlt, lässt meinen Atem schneller kommen. Unersättlich und süchtig nach seiner Nähe, knabbere ich gierig an seiner Unterlippe.

„Ich will mich revanchieren, darf ich?" Betont unschuldig sehe ich ihn an, während seine Finger unentwegt den Eingang meines Körpers bespielen. Seine Finger rauben mir den Verstand, dringen leicht in mich ein, touchieren meinen G-Punkt und ziehen sich dann wieder zurück. Sodass ich die unendliche Leere spüre, die nur er ausfüllen kann.

Sein hartes Glied drückt sich an meinen Oberschenkel, ich will ihn endlich schmecken.

Sein Daumen legt sich auf meine Lippen, schiebt sich leicht in meinen Mund. Mit meiner Zungenspitze umspiele ich die Spitze seines Fingers, sauge daran und knabbere leicht ...

Fauchend schließt er seine Augen, seine Lippen öffnen sich leicht und ich weiß, dass er sich gerade vorstellt, wie sich meine Lippen um seinen harten Schwanz schließen.

Gierig nach seiner Nähe, lege ich mich auf ihn. Küsse eine unsichtbare Spur auf seinen Körper, die sich bis zu den besten Regionen seines Körpers zieht.

Sein dunkles Schamhaar und der moschusartige Geruch seiner Erregung lassen mich leise stöhnen.

Jeder Millimeter seines Körpers ist einfach nur anbetungswürdig. Und das Beste daran, das alles gehört nur mir!

Hart und prall wartet sein Glied darauf, von mir verwöhnt zu werden ...

Mit meiner Zunge bespiele ich den kleinen Schlitz an der Spitze seines Gliedes. Auf die Reaktion seines Körpers muss ich nicht lange warten, seine Oberschenkel spannen sich an, sein Atem kommt schneller und seine Hände legen sich bestimmend auf meinen Kopf.

Gespannt sehe ich nach oben und unsere Blicke treffen sich.

Darkon beobachtet erregt, wie sich sein Glied in meinem Mund bewegt, wie sich meine Lippen immer wieder für ihn öffnen und wie ich kniend zwischen seinen gespreizten Beinen sitze. Stöhnend nehme ich ihn immer tiefer und schneller in mir auf, meine Pussy pocht gierig, mein Körper sehnt sich nach einem harten Fick.

Ich spüre, wie er in meinem Mund noch härter wird. Darkons Hände pressen meinen Kopf immer tiefer auf sein Glied und ich weiß, dass seine eiserne Beherrschung mittlerweile an einem seidenen Faden hängt.

Ihm ergeben lege ich meine Hände auf seine Schenkel, sauge mich an seinem Glied fest und lasse ihn immer tiefer in meine Kehle eindringen. Meine Nase berührt beinahe die kühle Haut seines Bauches. Ich entspanne meinen Kiefer, atme flach und beginne, ihn mit meiner Kehle, meiner Zunge und meinen Lippen rhythmisch zu massieren.

Darkon liebt es, wenn ich mich ihm unterwerfe, wenn ich ihm die Kontrolle überlasse und mich seinem Willen füge. Darkon stöhnt animalisch, mit seiner Hand in meinem Nacken hält er meinen Kopf in genau dieser Position, während er mit seinem Schwanz erst sacht und dann immer tiefer in meinen Mund eindringt. Er nimmt sich alles, was ich ihm geben kann. Der dicke Schwall seines herben Spermas schießt in meine Kehle, automatisch schlucke ich seinen Saft runter, während ich ihn mit meiner Zunge sauber lecke.

Ein wildes Fauchen begleitet seinen Höhepunkt. Sein Griff in meinem Nacken löst sich langsam, während seine Fangzähne im immer heller werdenden Licht der aufgehenden Sonne glänzen.

Zufrieden und noch immer höchst erregt lege ich mich neben ihn auf den Bauch. Sein herber Geschmack benetzt meine Kehle und ich weiß, dass ich davon nie genug bekommen werde.

„Ich brauche dich, Darkon – ich will dich in mir spüren."

„Bei allen Heiligen, Alyssa, wenn ich dich jetzt nehme, kann ich nicht zärtlich sein, dafür begehre ich dich viel zu sehr!"

Meine Hand wandert erneut zu seinem noch halb erigierten Glied.

„Dann nimm mich so, wie du es brauchst!"

Langsam massiere ich sein Glied, mein Vampir schließt seine Augen und genießt meine sanften Bewegungen. Es dauert nur ein paar Sekunden und er liegt schwer und hart zwischen meinen Fingern.

Wenn er nicht endlich in mich eindringt, schreie ich. Jede Zelle meines Körpers sehnt sich nach seiner Inbesitznahme.

Zutiefst erregt suche ich seinen Blick, streiche mit meiner Zunge über seinen Mund und küsse ihn hemmungslos.

Mehr Aufforderung braucht er nicht. Innerhalb einer Sekunde liege ich unter ihm, das schwere Gewicht seines Körpers drückt mich tief in die Matratze. Seine großen Hände schnappen sich meine Handgelenke und drücken meine Hände über meinem Kopf in das Kopfkissen.

Seine Augen verwandeln sich in schwarze Opale, die nur von dem glühenden Ring eingerahmt werden ...

Die Muskeln seines Brustkorbs sind hart wie Stahl. Mit einer gekonnten Bewegung seiner Hüfte dringt er hart und tief in mich ein. Immer fester und tiefer drückt sein breites Glied meine Schamlippen auseinander. Mein vor Erregung nasses Fleisch gibt nach und passt sich willig seinem Körper an.

Erst als er bis zum Anschlag in mir ist, stoppt er seine Bewegung.

Doch der intensive Druck seiner Hüfte bleibt. Es verschlägt mir den Atem, unsere Lippen treffen sich, seine Zunge nimmt meine in Besitz.

„Ich werde dich so hart ficken, dass du morgen keinen Schritt mehr laufen kannst!“

Kraftvoll und hart rammt sich sein dickes Glied in meinen Körper. Darkon nimmt mich in Besitz und formt meinen Körper nach seinen Bedürfnissen.

Seine Lippen geben nicht nach, fordern beinahe aggressiv meine Hingabe. Seine Zunge beginnt, langsam und träge mit meiner zu tanzen. Und während er sich nimmt, was er will, lässt er mir keine Möglichkeit, Luft zu holen.

Immer tiefer nimmt er mich, schickt süßen Lustschmerz durch meine Venen. Sterne tanzen vor meinen Augen, während unsere Körper miteinander verschmelzen. Wie flüssiges Wachs passt sich mein Körper dem seinen an, zerfließt unter seinem harten Rhythmus.

Sein lautes Knurren und mein spitzer Schrei hallen durch das Zimmer. Gleichzeitig erreichen wir die vollkommene Ekstase. „Gott, Alyssa, du bist meine Erlösung!“ Tief und kraftvoll pulsiert seine Härte in meiner Weichheit.

Wie lange ich geschlafen habe, kann ich beim besten Willen nicht sagen.

Mein Körper fühlt sich an, als hätte ich eine wilde Nacht mit einem verdammt potenten Vampir hinter mir ... bittersüßer Schmerz und eiserne Dominanz in Kombination mit zuckersüßer Lust und bedingungsloser Hingabe. Vorsichtig strecke ich mich zwischen den weichen Decken, bemerke den Muskelkater in meinen Beinen und das süße Brennen zwischen meinen Schenkeln. Der weiche Stoff streicht über meine wunden Brustwarzen.

Ich fühle mich völlig erledigt.

Meine Finger wandern zwischen meine Schenkel. Feucht und pochend spüre ich die ziemlich wunden Falten meiner Pussy. Gerade als ich mich seufzend zurück in die Kissen plumpsen lasse, bemerke ich Darkon. Er sitzt in einen schwarzen Umhang gekleidet auf einem der antiken Stühle, die auf der anderen Seite des Zimmers stehen. Der Ausdruck in seinen Augen ist undefinierbar.

„Hast du Schmerzen?"

Verlegen nicke ich, irgendwie ist mir die Situation peinlich, diese Frage ist doch sehr intim.

„Verflucht, Alyssa, ich habe dich gewarnt, du bist einfach zu viel für meine Selbstbeherrschung." Vorsichtig setze ich mich hin und erwidere seinen eindringlichen Blick.

Nervös steht er auf, und ich weiß, dass er gerade nicht weiß, wie er mit mir umgehen soll. Sein kraftvoller Körper strotzt nur so vor Vitalität, während ich noch immer ziemlich müde und erschöpft bin.

Der Kerl ist einfach zu sexy für diese Welt!

„Komm schon, Kleines, ich trage dich unter die Dusche. Das heiße Wasser wird dir guttun."

Ohne großes Aufheben nimmt er mich in die Arme, hebt mich hoch und presst mich besitzergreifend an seine Brust, die mit dem wundervollen und zugleich mystischen Zeichen des Wächters versehen ist.

Gott, wie soll ich es schaffen, mit ihm zu duschen, ohne gleich wieder Lust auf ihn zu haben?

Das heiße Wasser prasselt über meinen Körper, während mich Darkons Hände zärtlich einseifen. Fürsorglich verwöhnt er jedes Fleckchen meiner Haut, küsst mich in den Nacken und lässt mich völlig entspannen.

Darkon ist der faszinierendste Mann, den ich jemals getroffen habe.

Dieser Vampir kann furchteinflößend, dominant und wild sein. Doch wenn ich seine Fürsorge brauche, ist er sanftmütig und zärtlich. Glücklich schließe ich meine Augen und lehne mich an seinen starken Brustkorb.

In seiner Nähe fühle ich mich geborgen und geliebt, und dieses Gefühl ist das schönste, das ich jemals empfunden habe!

***

Darkon

Bei den Göttern, wann immer ich mit Alyssa Sex habe, wird mein Hunger nach ihr nur noch größer.

Diese Menschenfrau ist mehr, als ich mir in den Jahrhunderten meiner Existenz je zu erträumen gewagt hätte. Ihr weicher, feuchter Körper ist mein persönliches Paradies, das einzige Paradies, das ich jemals genießen werde. Das frische Blut aus ihren Adern pulsiert warm durch meinen Körper, lässt mich stärker und mächtiger werden als jedes andere Lebewesen auf diesem Planeten.

Das Vertrauen, das ich in ihren Augen finde, ehrt mich.

Wie habe ich, ein Krieger der Hölle, der Hunderte von Seelen auf seinem Gewissen hat, ein so reines Geschöpf verdient?

Das Blut meiner Opfer pflastert den Weg meiner Erinnerungen, unzählige Unschuldige sind in meinen Schlachten gefallen, und dennoch haben die Götter entschieden, mir diese kostbare Frau zu schenken.

Konzentriert versuche ich meine Kraft zu kontrollieren. Mein Speichel zeigt bereits seine Wirkung, denn ich sehe Alyssa an, dass sie verdammt erschöpft ist. Der Rausch, den mein Speichel in ihrem Kreislauf auslöst, hat sie einen phänomenalen Orgasmus erleben lassen. Mein Samen, der sich tief in ihren Körper gepflanzt hat, lässt ihren Körper für jeden anderen Vampir nach mir riechen. Ein deutliches Zeichen, dass sie sie lieber nicht anrühren sollen. Selbst ein zu langer Blick ist eine Unverschämtheit, die mit dem Tod bestraft wird. Das Wort ‚besitzergreifend' beschreibt nicht einmal annähernd, wie sehr ich diese Frau begehre und für mich beanspruche!

Bei allen Monden ...

Nichts und niemand kann sie mir jemals wieder wegnehmen. Der Kuss der Dunkelheit hat das Ritual beendet – ihr Blut, mein Speichel – die Natur nimmt ihren Lauf und die Existenz meiner Blutlinie wird auf ewig gesichert sein.

Befriedigt lehnt sie sich an mich, während heißes Wasser über ihre zarte Haut perlt. Die kleinen Bissmale meiner Fangzähne zieren ihren Körper, wie andere Frauen Schmuck tragen.

Mein Besitzerstolz schwillt ins Unermessliche an, während ich sie nach dem Duschen in ein großes Handtuch einwickle.

Und so sehr ich die entspannte Stimmung, die gerade zwischen uns herrscht, auch schätze, ich kann das ausstehende Gespräch nicht noch länger nach hinten hinauszögern. Das Thema ist viel zu wichtig.

„Während du frühstückst, haben wir etwas Wichtiges zu besprechen."

So wie ich Alyssas Gesichtsausdruck deute, weiß sie ganz genau, worum es geht.

Nachdem wir uns angezogen haben, gehen wir ins Wohnzimmer. Mein Befehl, meiner Braut ein Frühstück zu besorgen, wurde ausgeführt und auf dem Esstisch stehen Pancakes, Ahornsirup und ein Glas frisch gepresster Orangensaft.

Nachdem wir uns gesetzt haben, beobachte ich sie noch ein paar Sekunden.

Die Schwangerschaft steht meiner Braut ausgezeichnet. Ihre Haut ist rosig, ihre Haare glänzen im Sonnenschein und ihr Appetit ist ungebremst, vor allem wenn es um ihre heiß geliebten Pancakes geht.

„Während ich gestern auf der Jagd war, hat mir Nolan eine sehr unangenehme Nachricht zukommen lassen!"

Stur wie eh und je lässt sich Alyssa nicht anmerken, dass sich ihr Puls bei meinen Worten extrem beschleunigt hat.

Diese Frau hat keine Ahnung davon, dass ich jede kleine Veränderung ihres Herzschlags wahrnehme. Wenn es um sie geht, entgeht mir nichts, absolut gar nichts!

„Er und Aragon haben im Schlafzimmer Stimmen gehört, deine und die von einer anderen Frau. Er ist sich sicher, dass es eine Hexe gewesen sein muss. Der Geruch in unserem Schlafzimmer war ziemlich eindeutig."

Noch immer scheint sie ziemlich ungerührt ihr Frühstück zu essen – diese Frau kann so verdammt eigensinnig sein.

„Sieh mich an!“

Um ihr den Ernst der Lage klarzumachen, lege ich eine gewisse Bedrohlichkeit in meine Stimme. Wie soll ich meine Familie beschützen, wenn sie jedes Mal wieder ein gefährliches Schlupfloch entdeckt und als Krönung des Ganzen auch noch Geheimnisse vor mir hat?

In ihren wunderschönen Augen spiegeln sich Angst und Unsicherheit. Was ist da gestern Abend nur vorgefallen?

„Kleines, du musst mir sagen, wer es gestern gewagt hat, hier einzudringen. Das ist wichtig. Unsere Feinde haben viele Gesichter.“

Wie soll ich ihr nur begreiflich machen, wie gefährlich diese Welt ist, ohne sie unnötig einzuschüchtern?

Bockig schluckt sie runter, legt betont langsam ihr Besteck weg und dreht sich so zu mir, dass wir uns gegenübersitzen.

„Wenn du Ehrlichkeit erwartest, kannst du mir ja eine Frage beantworten!“

Gespannt, was jetzt kommt, nicke ich ihr zustimmend zu.

„Du bist der große Darkon, der einzige Nachkomme König Aramons und Herrscher über das Reich des Blutes und der Dunkelheit, also sag mir, großer Herrscher: Gibt es eine Möglichkeit, meine Schwester Sarina aus dem Reich der Toten zurückzuholen?“

Überrascht sehe ich sie an. Was hat meine Braut mit schwarzer Magie zu tun?

Zumindest offenbart mir ihre Frage die Antwort auf meine Frage.

Nolan hatte recht mit seinem Spürsinn, es muss gestern Abend eine Hexe bei Alyssa gewesen sein, und wenn ich mich an Alyssas Frage orientiere, muss es eine Hexe der dunklen Magie gewesen sein.

Zum Teufel noch eins, das ist gar nicht gut!

Alyssa

Dass ich diesem Gespräch nicht ausweichen kann, war mir von vornherein klar. Doch wenn ich schon hier sitze und mich seinem wütenden, vorwurfsvollen Blick aussetzen muss, kann ich genauso gut meine eigenen Fragen stellen. Darkon weiß, wie sehr ich meine kleine Schwester vermisse. Ihr Tod hat ein riesiges schmerzhaftes Loch in meine Seele gerissen, das sich einfach nicht mehr schließen will. Also wenn es wirklich einen Weg gibt, um Sarina zurückzuholen, warum hat er ihn mir dann nicht verraten, warum hilft er mir dann nicht bei dieser Sache? Bisher war der Tod für mich eine endgültige Reise ohne Wiederkehr. Aber wenn diese Hexe recht hat, dann ändert das so einiges in meinem Leben. Aber es würde zugleich auch beweisen, dass ich Darkon nicht annähernd so wichtig bin, wie ich bisher dachte. Denn wenn ich ihm wirklich etwas bedeute, würde er doch wirklich alles tun, um mich glücklich zu machen. Oder etwa nicht?

Angespannt warte ich auf seine Antwort. Mein Herzschlag rast durch meinen Brustkorb und meine Handflächen werden schwitzig.

„Kleines, diese Hexe, die gestern Abend in unserem Schlafzimmer war, war keine gute Hexe, sie gehört zu den Beschwörerinnen der schwarzen Magie. Ich bin ein Geschöpf des Teufels, eine Ausgeburt der Hölle, nicht des Himmels. Doch sogar ich halte mich von der schwarzen Magie fern. Nichts ist tödlicher und heimtückischer als das Geschäft mit dem Tod ums Leben!“

Okay, das war keine wirkliche Antwort.

„Also das war keine Antwort. Ist es nun möglich? Ja oder nein?“

Ich spiele mit dem Feuer. Darkon ist es gewohnt, seinen Willen durchzusetzen. An seinen Augen kann ich erkennen, dass er langsam, aber sicher wütend auf mich wird.

„Ja!“

Fuck ...

Mit dieser kompakten Antwort habe ich nicht gerechnet. Darkon gibt also zu, dass es möglich ist, meine Schwester von den Toten zu erwecken. Aber wenn das so ist, warum hat er mir das dann nicht gesagt? Wir haben uns unzählige Male über Sarina und ihren viel zu frühen Tod unterhalten. Warum hat er dann nie was gesagt?

Der Schmerz über seinen Verrat schneidet mir mitten ins Herz.

„Arschloch!“

Wütend springe ich auf, lasse mein Frühstück stehen und ignoriere ihn. Wenn ich jetzt noch länger in seiner Nähe bin, kratze ich ihm die Augen aus.

Ich ignoriere sein wütendes Fauchen und schmeiße die Schlafzimmertüre hinter mir zu, eine Sekunde später habe ich den Schlüssel rumgedreht und mich heulend aufs Bett geschmissen.

„Alyssa, was zur Hölle soll das?“

Oh, oh, da ist jemand sauer – sehr gut, das bin ich nämlich auch!

Wenn er denkt, dass ich die Türe aufmache und mich mit ihm unterhalte, dann hat sich der Herr Vampir aber sauber getäuscht.

Verzweifelt schmeiße ich eines der Kissen durch den Raum.

Warum beim Teufel muss ich so etwas von einer wildfremden Hexe erfahren?

„Verdammt, Frau, du treibst mich in den Wahnsinn.“

Erschrocken zucke ich zusammen, Darkon steht nicht wie erwartet vor der Türe, nein, natürlich nicht. Der Kerl hat ja ‚Superkräfte‘ und hat sich einfach, unverschämt wie er ist, ins Schlafzimmer entmaterialisiert.

„Verschwinde, Darkon, lass mir gefälligst meine Ruhe!“

„Ich werde verdammt noch mal nie verschwinden. Du bist meine Braut, meine Frau und mein Leben. Ich werde immer an deiner Seite sein. Völlig egal, wie kindisch du dich auch benehmen magst!“

„Wie bitte? Habe ich das gerade richtig verstanden? In deinen Augen ist es also kindisch, wenn ich wissen will, ob tatsächlich eine Möglichkeit besteht, meine Schwester wieder zurückzubekommen!“

Ich höre ihn laut fluchen, seine Hände sind zu Fäusten geballt und seine Augen glühen gefährlich.

„Alyssa, so hör mir doch zu. Du hast mich gefragt, ob es möglich ist, deine Schwester ins Leben zurückzuholen. Und ich habe diese Frage mit einem Ja beantwortet. Aber so einfach ist diese Sache nicht. Wenn Menschen sterben, verlassen ihre Seelen ihre Körper. Und wenn du dann mithilfe von schwarzer Magie die

Seele deiner Schwester zurück in ihren sterblichen Körper zwingst, kann das verdammt böse enden."

Trotz seiner Wut streichelt er mir sanft über den Kopf.

„Die meisten der Menschen, bei denen dieser Zauber angewendet wurde, haben nach kürzester Zeit ihren Verstand verloren oder sie sind depressiv geworden und haben sich kurze Zeit später selbst das Leben genommen. Wenn eine Seele diese Welt verlassen hat, will sie meistens nicht mehr dorthin zurück."

Atemlose Stille breitet sich zwischen uns aus, kann es sein, dass er die Wahrheit sagt?

„Schwarze Magie ist nicht leicht, sie ist äußerst kompliziert und verdammt gefährlich. Und glaube mir eins, der Tod lässt sich niemanden entreißen, ohne dafür eine Gegenleistung zu erwarten."

Innerlich spüre ich, wie meine Hoffnung schwindet.

Darkon ist mir immer ein guter Mann gewesen. Warum sollte er mich dann also jetzt belügen?

Im Gegensatz zu mir hat er schon viele Jahre in dieser Welt gelebt, mehr als ich sie mir vorstellen kann. Wahrscheinlich weiß er, wovon er spricht. Nichtsdestotrotz bin ich durchaus bereit, den Preis, den der Tod verlangt, zu bezahlen, wenn ich dadurch nur Sarina zurückbekommen kann.

Ich stecke in einer richtig beschissenen Zwickmühle fest.

Soll ich Darkon glauben und es lassen, oder soll ich das Risiko eingehen und meine Schwester zurück auf diese Welt holen?

Vielleicht ist sie ja jetzt an einem besseren Ort, vielleicht ist ihre Seele dort auch glücklich. Doch ein Teil von mir ist egoistisch genug, sie jetzt zurückhaben zu wollen.

Schwarze Magie hin oder her, das nächste Mal, wenn sich diese Hexe bei mir meldet, und das wird sie, da bin ich mir sicher, will ich mehr davon erfahren. Ich will wissen, welche Risiken dieser Zauber mit sich bringt, und wie viel Blut sie von mir will.

Darkon hat leicht reden, immerhin sind er und sein Bruder unsterblich. Er wird nie den unendlichen Schmerz spüren, der entsteht, wenn man einen geliebten Menschen verliert.

Mit tränenverschleierten Augen suche ich Darkons Blick, in seinen Augen sehe ich nur Aufrichtigkeit und Sorge ... Dass er sich um mich sorgt, ist verständlich, und darum werde ich ihm nichts von der Hexe erzählen, ich werde diese Frau zu meinem Geheimnis machen und die Chance, Sarina wiederzusehen, nutzen.

Die Gefahr ist seit drei Monaten ein fester Bestandteil meines Lebens, und ich bin mehr als bereit, ein gewisses Risiko einzugehen!

***

Darkon

Alyssas Eigenwilligkeit ist für mich so klar zu erkennen wie der Vollmond am schwarzen Nachthimmel. Völlig egal, was sie mir jetzt versprechen oder garantieren wird, ihre Sehnsucht nach ihrer Schwester ist größer als ihr logischer Verstand.

Und ihr trauerndes Herz wird sie zu einer äußerst dummen und sehr gefährlichen Tat verleiten.

Meine Worte, als ich gesagt habe, dass der Tod seinen Preis hat, waren nicht gelogen. In Alyssas Körper wächst ein neues Leben, und dieses Leben ist der mächtigste Vampir, den unsere Spezies jemals gesehen hat. Wenn ich der Tod wäre, wüsste ich also ganz genau, was mein Preis wäre.

Meine Macht ist groß und meine Kräfte beinahe grenzenlos, doch gegen den Tod bin selbst ich machtlos.

Doch es hat auch keinen Sinn, ihr ihre verrückte und sehr gefährliche Idee auszureden. Denn wenn ich sie verlieren würde, wäre ich ebenfalls zu allem bereit, nur um sie wieder zurückzubekommen. Notfalls auch dazu, einen Pakt mit dem Teufel einzugehen.

Die Liebe lässt uns die verrücktesten Dinge tun, und da gehören unheimliche Geschäfte mit dem Tod höchstpersönlich eben dazu.

Das Einzige, was ich tun kann, ist, Alyssa noch stärker zu beschützen, als ich es eh schon getan habe, zusätzlich werde ich meine Krieger auf eine neue Mission schicken.

In nächster Zeit werden verdammt viele schwarze Hexen von der Bildfläche verschwinden ...

Der Tod unzähliger Magierinnen ist ein kleiner Preis für die Sicherheit meiner schwangeren Braut!

Biss des Todes

Alyssa

Die Spannung zwischen uns ist zum Greifen nah.

Was für ein beschissener Start in den Tag ...

Meine Sehnsucht nach meiner Schwester und die Dinge, die Darkon gerade erzählt hat, lassen mich beinahe verzweifeln.

In Darkons Blick erkenne ich deutlich, dass er alles andere als zufrieden ist.

„Bei allen Höllen, Alyssa. Du bist meine Frau! Und ich verlange von dir, dass du dich meinem Willen beugst."

Verlange? Was glaubt der Mann eigentlich, mit wem er redet?

Wütend drehe ich mich zu ihm um, erwidere seinen finsteren Blick und verschränke meine Arme vor der Brust.

„Ganz genau, Darkon. Ich bin deine Frau und nicht deine Sklavin. Also falls du denkst, dass ich deine Befehle befolgen muss, hast du dich gewaltig getäuscht."

Das helle Blau seiner Augen verwandelt sich in ein gefährliches Schwarz. Seine Fänge fahren aus und aus seiner Kehle kommt ein wildes Fauchen.

Bedrohlich kommt er auf mich zu, und das Erste, woran ich denken muss, ist, dass ich lieber meine Klappe gehalten hätte.

„Bei allen Monden! Frau ..."

Knurrend kommt er auf mich zu, seine großen Hände schließen sich schmerzlich fest um meine Oberarme, während seine Muskeln zucken.

Unsicher weiche ich vor ihm zurück, doch zu meinem Pech spüre ich, wie meine Kniekehlen gegen das Bett stoßen.

Besitzergreifend zieht er mich an seinen Körper, seine Hand legt sich in meinen Nacken und sein Mund presst sich hart auf meine Lippen.

Stur verweigere ich mich ihm, versuche meinen Kopf auf die Seite zu drehen und presse meine Lippen aufeinander.

Ich weiß ganz genau, was er vorhat, doch dieses Mal werde ich ihn nicht gewinnen lassen ...

Knurrend streicht er mit seiner Zunge über meine verschlossenen Lippen, seine zweite Hand legt er auf meinen Rücken, sodass ich ihm nicht einen Zentimeter weit ausweichen kann.
Ich spüre, wie sich die scharfen Spitzen seiner Fangzähne schmerzhaft in das weiche Fleisch meiner Oberlippen graben, während seine Zunge grob die Barriere meines Mundes durchstößt.
Wild und erbarmungslos nimmt er mich in Besitz, stiehlt mir den Atem und raubt mir meinen Willen.
Wie soll ich mich je gegen ihn zur Wehr setzen?
Wie soll ich es schaffen, mich gegen ihn zu behaupten, wenn er mir keinen Millimeter Freiraum lässt? Sein hemmungsloser Kuss stiehlt mir den Atem und ich spüre, wie sich mein Widerwille in ein süßes Nichts auflöst. Dieser Mann bestimmt mein Denken, mein Sein und meine Gefühle ...
Schutzlos und erobert erwidere ich seinen animalischen Kuss, streiche über seine Fangzähne und duelliere mich mit seiner Zunge. Mit jedem Zungenschlag spüre ich, wie sich in meinem Bauch ein heißes Prickeln ausbreitet, das sich nach und nach glühend in meinem Unterkörper ausbreitet.

Darkon

Alyssas Widerwille, ihr trotziger Blick und ihre abweisende Körperhaltung lassen meine innere Bestie laut aufbrüllen. Mein Besitzanspruch dieser Frau gegenüber ist grenzenlos, alleine ihr Versuch, emotional und körperlich Abstand zwischen uns zu schaffen, lässt mich rotsehen.
Bei allen Göttern!
Ich werde niemals zulassen, dass sie sich in Gefahr begibt oder sich von mir entfernt.
Unfassbar wütend und besorgt ziehe ich meine sture Frau zu mir her, presse ihren kleinen Körper an den meinen und lasse sie meine Kraft spüren. Ich will, dass sie ganz genau fühlt, wie schutzlos sie ist. Alyssa ist meine Braut, mein Eigentum und meine Zukunft. Es ist meine Aufgabe, sie zu beschützen, auch wenn das bedeutet, dass ich ihr ihre Freiheit nehmen und sie gegen ihren Willen hier einsperren muss.

Noch bevor ich ihren Mund in Besitz nehme, schicke ich Tylon mental die Nachricht, dass er heute Abend all seine Krieger versammeln soll.

Nachdem ich das erledigt habe, widme ich meine volle Aufmerksamkeit wieder meiner widerwilligen Frau.

Heute scheint sie es besonders darauf anzulegen, mich zu reizen. Ihre steife, abweisende Körperhaltung und die Art, wie sie ihren Mund zupresst, lassen mich immer wilder werden.

Wie kann sie es wagen, sich mir zu verweigern?

Wütend lasse ich sie meine unbegrenzte Kraft spüren, werde brutaler und fordere ihre Hingabe.

Erst als ich sie meine Zähne spüren lasse und das süße Aroma ihres Blutes meine Geschmacksnerven erreicht, gelingt es mir, in ihren Mund einzudringen.

Wild und erbarmungslos duelliere ich mich mit ihrer Zunge, meine Hände wandern über ihren Körper und ich weiß ganz genau, was zu tun ist.

Wenn sie sich mir nicht freiwillig unterwirft, werde ich sie so lange rannehmen, bis sie nicht mehr in der Lage ist, sich gegen mich zur Wehr zu setzen. Mit jedem Zungenschlag lasse ich mehr meines Speichels in ihren Körper fließen, und auf dessen Wirkung muss ich nicht lange warten.

Ihre verschränkten, abweisenden Arme fallen nach unten, ihr Körper wird weich und anschmiegsam und aus ihrem Mund kommt ein süßes Wimmern.

Meine Urinstinkte brüllen laut und fordern ihre endgültige Unterwerfung.

Ungeduldig ziehe ich sie aus, lege meine Hände auf ihren kleinen, runden Po und hebe sie hoch. Es wird Zeit, meiner Frau endgültig begreiflich zu machen, wessen Eigentum sie ist!

Ohne Zeit zu verlieren, entferne ich ihre störenden Klamotten, drehe sie in meinen Armen um und lege meine Hand um ihren schmalen Hals. Bestimmend drücke ich sie nach unten, erst als sie bäuchlings auf der Matratze liegt und sich ihr runder Po schutzlos und aufreizend vor mir windet, bin ich mit der Situation etwas zufriedener.

Tief in meinem Inneren wütet ein gefährliches Durcheinander. Meine innere Bestie will sie leiden lassen, ihr Schmerz zufügen und sie anschließend hart ficken. Bemüht, meine außer Kontrolle geratenen Sehnsüchte zu bändigen, ziehe ich mir mein Hemd aus, reiße zwei Streifen davon ab und packe ihre Handgelenke. Erst als ihre Hände an das stabile Holz meines Bettes gefesselt sind, bemerkt Alyssa, dass sie es heute zu weit getrieben hat.

Knurrend fahre ich mit meiner Hand über ihren Rücken, spüre ihr Rückgrat und beobachte fasziniert, wie sich ihr Atem alleine durch diese Berührung beschleunigt.

Ihre weiche Haut, die ich mit meinen Fangzähnen mühelos durchstoßen kann, lockt mich magisch an. Das sanfte Blau ihrer Adern, das ich durch ihre milchweiße Haut sehen kann, lässt meine Fangzähne ausfahren.

Wenn Alyssa wüsste, mit welchen Sehnsüchten ich gerade kämpfe, würde sie in Tränen ausbrechen und um Gnade flehen. Doch in meiner jetzigen Verfassung würde mich selbst das nur noch mehr erregen.

Meine Besitzgier ihr gegenüber hat ein ungesundes Maß erreicht. Es ist nicht mehr nur so, dass ich sie begehre, nein, mittlerweile bin ich wahnsinnig nach ihr. Jeder meiner Gedanken wird von ihr dominiert, mein Körper giert nach dem nächsten Schluck ihres köstlichen Blutes und meine Welt hat angefangen sich nur noch um sie zu drehen. Und genau darum fällt es mir so schwer, zu akzeptieren, dass ich ausgerechnet sie nicht unter meiner hundertprozentigen Kontrolle habe.

Fauchend zeichne ich die weichen Rundungen ihres Pos nach und lausche ihrem immer schneller werdenden Herzschlag. Zufrieden beobachte ich, wie sie prüfend testet, wie fest die Fesseln an ihren Handgelenken sind. Mittlerweile sollte mein Engel allerdings wissen, dass ich ein Mann bin, der nichts vortäuscht.

Alyssa muss lernen, dass sie mir ausgeliefert ist, dass sie unter meiner Kontrolle steht und dass ich zu allem, wirklich allem, bereit bin, nur um sie zu beschützen und zu besitzen!

Schenk ihr den Biss des Todes!

Instinktiv weiß ich, dass das die einzig wahre Lösung ist, doch ich weigere mich, so weit zu gehen. Der Biss des Todes ist eine endgültige und nie wieder umzukehrende Angelegenheit. Natürlich kann ich nicht leugnen, dass mein Leben um einiges einfacher wäre, wenn ich Alyssa ebenfalls in einen Vampir verwandle, und dennoch möchte ich sie noch eine Weile als mein kleines Menschlein behalten. Ich liebe ihre Schutzlosigkeit, den Rhythmus ihres schlagenden Herzens und ihre weiche, warme Haut.

Gierig fahre ich mit meinen Fingern durch die Spalte ihres Pos, streife ihre Pussy und stelle zufrieden fest, dass meine süße Braut zwar verängstigt, jedoch auch erregt ist. Nass und cremig erwartet ihr Körper mein Eindringen.

Zufrieden, dass zumindest ihr Körper weiß, dass er mir gehört, dringe ich mit zwei meiner Finger in ihren heißen Körper ein, mein Daumen reibt sanft, jedoch quälend langsam über ihren Kitzler und ich beobachte fasziniert, wie sich ihre Atmung, ihr Herzschlag und ihr Geruch verändern.

Immer schneller kreise ich über ihre Lustperle, lasse ihre Leidenschaft anschwellen und stoppe die sündige Verführung, kurz bevor sie ihren Höhepunkt erreicht.

Das leise, gequälte Wimmern, das sich aus ihrem Mund löst, lässt mich zufrieden durchatmen. Ich trete einen Schritt zurück, beseitige meine restliche Kleidung und beobachte, wie meine Frau vor Ungeduld erschauert.

Die nächste Stunde wird sie erfahren, wie es sich anfühlt, unterworfen zu werden, und ich werde das so lange mit ihr wiederholen, bis sie endlich kapiert, dass sie sich meinem Willen zu beugen hat. Meine animalischen Sinne wittern ihre bittersüße Angst und ihr Herzschlag beginnt zu rasen, als ich einen weichen Seidenschal um ihren Hals lege.

„Darkon, nicht ..."

Ich ignoriere ihre Worte, ziehe den weichen Stoff leicht an und sehe, wie er sich fester um ihre Kehle legt. Mit meiner Hand stimuliere ich wieder ihren Kitzler, mein Daumen reibt über ihre nassen Schamlippen und meine Gier nach ihr steigt ins Unermessliche.

Trotz ihrer Angst, oder gerade wegen ihr, wird sie immer nasser. Der moschusartige Geruch ihrer Erregung erfüllt die Luft und ich kann nicht länger warten. Hungrig beuge ich mich zu ihr herunter, fahre mit meinen Zähnen über die weiche Haut an ihrem Rücken und lecke ihren süßen Schweißfilm ab. Knurrend reibe ich meine Nase an ihrem Hals, was einen Schauer der Lust in ihrem Körper auslöst. Erneut ziehe ich den Stoff fester zu, sofort wird ihre Atmung flacher und ihr Herzschlag kommt noch etwas schneller. Saugend, knabbernd und leckend reize ich die Haut an ihrem Schulterblatt. Meine Gier nach ihrem Blut wird zu stark, als dass ich sie noch länger kontrollieren könnte. Bestimmend schlinge ich meinen Arm um ihren Körper, Alyssa versteht sofort, was ich will, und geht auf die Knie, in dieser Position reckt sich ihr kleiner Po noch aufreizender in meine Richtung. Ich sehe ihre vor Leidenschaft nassen Schamlippen. Rosa und geschwollen wartet ihre gierige Pussy nur darauf, endlich von mir gefickt zu werden. Am liebsten würde ich jetzt in ihren Hintern eindringen, doch dafür fehlt mir heute die Selbstbeherrschung. In dem Moment, in dem ich mich mit einem harten Stoß in ihren Körper ramme, beiße ich sie in die Schulter.

Ihr lauter Schmerzensschrei lässt mich immer wilder werden. Ihr weiches Fleisch beginnt zu bluten und meine Kehle beginnt zu saugen. Warm und durch ihre Angst bittersüß rinnt ihr Blut in meine Kehle. Mein harter Schwanz steckt in ihrem Körper und ich ziehe erneut an dem seidigen Schal. Meine Hände greifen ihr langes Haar, meine Faust schlingt die weichen Strähnen hart um meine Finger und ich ziehe ihren Kopf in den Nacken. Saugend presse ich mich an ihren Körper, dringe noch tiefer in sie ein.

Jetzt erfährt meine Frau endlich, was es heißt, von einem Vampir genommen zu werden. Es war ein Fehler, die letzten Wochen und Monate so sanft zu ihr zu sein. Schmerz, Lust, Angst und Panik, all das lässt ihre Sinne glühen, sorgt für pures Adrenalin in ihren Adern und zeigt ihr, dass sie nur dann überleben kann, wenn sie sich mir unterwirft. Das leise Stöhnen, das sie mit dem bisschen Atem, den sie noch bekommt, von sich gibt, schießt mir direkt in den Schwanz. Ihre Scheidenwände beginnen zu zucken und ich spüre, dass sie kurz davor ist zu kommen. Langsam ziehe ich mich aus ihr zurück, sauge mehr Blut aus ihrer Adern und ziehe den Schal endgültig zu. Das leise

Wimmern, das sie von sich gibt, meine Faust, die ihren Kopf nach hinten zieht, und mein harter Schwanz, der immer wieder tief in sie eindringt ...

Immer härter, schneller und wilder lasse ich sie meine Kraft spüren, erst als ihr Herzschlag langsamer wird, ihre Arme schlaff auf die Matratze fallen und ich die heftigen Zuckungen ihres Orgasmus spüren kann, lockere ich den Schal, lasse ihre Haare los und spritze meinen Samen brüllend in ihren bebenden Körper.

Jetzt! Verwandle sie und markiere sie für immer mit deinem Zeichen!

Ich ignoriere den Gedanken, noch bin ich nicht bereit, sie zu verwandeln und ihr den Biss des Todes zu schenken.

Alyssa

Rasend, klopfend und glühend – mein Herz ist kurz vor einem Sexkollaps. Gierig sauge ich frischen Atem in meine brennenden Lungen, während mein Unterkörper bebt und zuckt.

Was zur Hölle war das?

Darkon ist kein Mann für Vanillasex, und das ist auch gut so. Aber das gerade eben Erlebte hat meine Welt erschüttert. Wie kann es sein, dass mein Körper auf Schmerz, Angst und Unterwerfung steht?

Meinem Nervensystem sind die Lichter ausgegangen und in meinem Unterkörper hat eine Kernschmelze stattgefunden.

Das gerade eben war kein Sex, es war eine animalische Paarung. Darkon ist das gefährlichste Raubtier auf dieser Welt, und dieser Sex hat alle Abgründe seiner Begierde offengelegt. Am liebsten würde ich mich auf den Rücken drehen und ihm in die Augen sehen, doch das kann ich nicht. Sanfte Hände streichen über meine Arme, schnelle Finger lösen meine Fesseln und massieren meine Handgelenke.

Der Kontrast zwischen dem fürsorglichen Mann, der mir einen sanften Kuss auf meine von Schweiß feuchte Stirn gibt, und dem wilden, dominanten Herrscher, der mich unterwirft, könnte nicht größer sein. Doch jetzt, wo meine Lungen mit frischem Atem gefüllt sind und mein Körper vor Befriedigung nur so prickelt und glüht, muss ich zumindest mir gegenüber ehrlich sein.

Das war mit Abstand der beste Sex meines Lebens.

Es war geradezu berauschend, seine animalische Lust und seine rohe Kraft zu spüren.

Völlig erledigt spüre ich, wie er mich sanft hochhebt und auf seinen Schoß setzt.

Seine große, kühle Hand umfasst meine rechte Brust und streicht sanft über meinen geschwollenen Nippel. Sein Blick wandert über meinen Körper, legt sich zwischen meine geöffneten Schenkel. Meine Schamlippen sind feucht von meiner Lust und seinem Samen, und ich sehe, dass ihm der Anblick mehr als gut gefällt.

„Bei allen Göttern, Alyssa. Ich werde nicht zulassen, dass du dich und unser ungeborenes Kind in Gefahr bringst. Ich kann verstehen, dass du deine Schwester zurückhaben willst. Doch leider ist das nicht möglich. Akzeptiere deinen Verlust, und halte dich von dieser Hexe fern!"

Mein postkoitaler Verstand ist in einer Art Dämmerzustand. Und trotzdem bin ich klug genug, ihm jetzt nicht zu widersprechen. Es muss mir nur einfach irgendwie gelingen, meine Hoffnung um meinen Kontakt zu der Hexe zu verheimlichen. Irgendwie muss es mir gelingen, das Risiko einzugehen und das Geschäft mit dem Tod abzuschließen.

Doch das alles liegt in der Zukunft und mir fehlt im Moment wirklich die Energie, um mit Darkon zu streiten. Wie immer, wenn er mich gebissen hat, spüre ich, wie sich mein Körper entspannt und langsam, aber sicher abschaltet.

In den Armen meines Mannes liegend schließe ich meine Augen, seine große Hand legt sich beschützend auf meinen Bauch und ich weiß, dass ich in Sicherheit bin.

Sein herber Geruch liegt in der Luft und ich entspanne mich.

Das innige Gefühl von Liebe breitet sich in meinem Herzen aus und ich weiß, lange kann ich meine Gefühle für ihn nicht mehr verbergen.

Darkon

Nachdem ich Aragon und Nolan als Wachen herbeigerufen habe, entmaterialisiere ich mich und verlasse meine schlafende Frau. Der Tag war lang und anstrengend. Nach unserem Streit in der Früh weiß ich definitiv, dass Alyssa ihren Plan mit ihrer Schwester nicht aufgeben wird. Und während ich mich mit Tylon über neue Schutzmaßnahmen besprochen habe, hat meine Frau das halbe Internet leer gekauft. In den nächsten Tagen werden wahrscheinlich kistenweise Babysachen geliefert. Aber das ist okay. Alles ist okay, wenn es Alyssa nur davon ablenkt, erneut mit der Hexe in Kontakt zu treten. Von mir aus soll sie die nächsten Monate so viel shoppen, bis ihre Finger Blasen bekommen. So weiß ich wenigstens, dass sie beschäftigt ist, und meinem Konto wird es nicht wehtun. Auf den Straßen Seattles ist in dieser Nacht wenig los. Ich sehe drei Trupps meiner Krieger, einen beobachte ich dabei, wie sie zwei Blutlose ohne viel Anstrengung in Fetzen reißen. Der Wind trägt mich höher, und ich entdecke einen Dämon, der damit beschäftigt ist, einem menschlichen Mann die Kehle aufzuschneiden.

Desinteressiert ändere ich meine Richtung und mache mich auf den Weg ins Hauptquartier. Heute wird es noch viele Tote geben, es hat also keinen Sinn, das Leben dieses Mannes zu retten.

Die Anspannung, die im Hauptquartier herrscht, ist zum Greifen nahe. Mein Bruder Tylon steht neben Saares, dem Kommandanten der Höllenjäger, beide nicken mir respektvoll zu, während ich auf sie zugehe.

Saares kommt mir entgegen, seine Miene ist düster und ich weiß intuitiv, dass es ein weiteres Problem gibt.

„Die Werwölfe haben einen neuen Alpha."

Das war vorhersehbar. Die Frage ist nur, ob sich die bestehende Rangordnung der Werwölfe durch Machtkämpfe verändert hat.

„Wer ist es?"

„Naron ist der neue Rudelführer der Wölfe. Darkon, du weißt, dass er ein blutrünstiges Monster ist, wir müssen ihn ausschalten, oder wir werden es auf kurz oder lang bereuen!"

So ungern ich Saares auch zustimme, aber er hat recht.

Naron war schon ein kaltblütiger Mörder, bevor er sich den Werwölfen durch einen Biss bei Vollmond angeschlossen hat.

Wenn die Informationen meines Spitzels stimmen, war es seine freiwillige Entscheidung, ein Wolf zu werden, und alleine das sagt schon viel über seinen Charakter aus.

„Saares, schnapp dir deine besten Männer und macht ihn ausfindig. Wenn ihr ihn lokalisiert habt, ruft nach mir und ich werde zu euch stoßen!"

Saares geht zu seinen Kriegern und eine Sekunde später sind sie verschwunden.

Der Ärger mit den Wölfen, das Problem mit der Hexe und der anstehende Krieg mit den Dämonen – wenn das so weitergeht, wird es in ein paar Monaten nicht mehr allzu viele Wesen geben, die sich mit uns anlegen können, denn ich beabsichtige alle unsere Feinde auszulöschen. Jeder, der den Fehler macht und sich an meiner Frau vergreift oder eine Gefahr für sie darstellt, wird sterben!

Jetzt, wo Saares bereits unterwegs zu den Werwölfen ist, werde ich mit meinen Männern auf Schwarze-Hexen-Jagd gehen. Das wird eine verflucht lange Nacht. Hexen sind intelligent und schnell, dank ihrer Magie haben sie verdammt viele Fluchtmöglichkeiten und ich weiß jetzt schon, dass es nicht leicht wird, sie aufzuspüren und zu beseitigen.

Tylon sieht mich an, ehe er sein Creed aufschnappen lässt.

„Werden wir alles töten oder nur Hexen, die sich der dunklen Seite zugewendet haben?"

„Bis jetzt wird sich unsere Jagd nur gegen schwarze Hexen richten."

Schwarze Hexen sind Hexen, die sich mit dunkler Magie auskennen und die sich vom Licht der guten Magie abgewendet haben. Weiße Hexen sind selten in diesen dunklen Zeiten und daher werden wir sie verschonen. Wer weiß, wann ich mal auf die heilenden Hände einer weißen Hexe angewiesen bin.

Tylon nickt zustimmend.

„Das wird keine leichte Aufgabe. Aber meine Männer und ich werden unser Bestes geben. Ich habe geplant von Norden her anzufangen. Ich denke, es wäre das Beste, wenn du mit deinen Männern auf der Westseite mit deiner Jagd beginnst, so jagen wir sie genau in die Stadt und ihre Fluchtmöglichkeiten werden minimiert."

„Der Plan steht. Ich trommle meine Männer zusammen und dann kann die Jagd beginnen."

Alyssa

Verschlafen schlage ich meine Augen auf und weiß instinktiv, was mich geweckt hat.

Tief in mir spüre ich unendlich viele Emotionen: Hass, Wut und Mordlust.

Das, was ich da fühle, sind die Empfindungen meines Mannes, die ich dank unserer Verbindung spüren kann. Darkon ist wie fast jede Nacht auf der Jagd, doch heute ist etwas anders. Es passiert nur sehr selten, dass ich seine Empfindungen so intensiv spüren kann. Die Mordlust in meinem Inneren schwillt an, ehe sie einer gewissen Zufriedenheit weicht. Und ich weiß schlagartig, dass Darkon gerade jemanden getötet hat. Mein Körper wird von einer unangenehmen Gänsehaut überzogen und ich atme tief durch. Im Reich der Schatten ist das Töten nichts Besonderes. Es gehört zum Tagesablauf. Und auch wenn ich das weiß, ist es verstörend, am eigenen Leib zu spüren, welche Befriedigung mein Mann aus dem Tod eines Feindes schöpft.

Seit heute Morgen umgibt ihn eine dunkle Aura, zwar hatte mich das bei unserem heftigen Sex nicht gestört. Aber was soll ich sagen? Ich weiß einfach nicht, wie ich mit der neuen dunklen Seite meines Mannes umgehen soll. Die Tatsache, dass er viele Feinde hat und dass besonders mir verdammt viele Gefahren drohen, ist mir durchaus bewusst. Aber irgendetwas muss passiert sein, irgendetwas muss als Auslöser für seine unheimliche Verwandlung gedient haben.

Dein Mann spürt, dass du ihn hintergehen willst!

Mein Unterbewusstsein flüstert mir zu, was ich eigentlich schon selber geahnt habe.

Bisher waren alle Gefahren nicht vorhersehbar, sie kamen aus dem Hinterhalt. Die neue Gefahr wird durch mich gefördert, indem ich bereit bin, um das Leben meiner Schwester zu kämpfen. Und zum gefühlten hundertsten Mal frage ich mich, warum die Hexe mein Blut will. Was hat sie damit vor und warum muss es ausgerechnet mein Blut sein?

Genervt stehe ich auf, schlüpfe in meinen Kimono und mache mich auf den Weg zum Kühlschrank. Dank der Schwangerschaft habe ich einfach immer Hunger. Wenn das so weitergeht, werde ich in wenigen Wochen nur noch rollen können.

Ich öffne meine Schlafzimmertüre und wie nicht anders zu erwarten stehen mir Aragon und Nolan gegenüber.

„Herrin."

Respektvoll senken sie ihren Blick und ich muss mir ein Lachen verkneifen. An diese ganze Herrin-Nummer muss ich mich wirklich erst gewöhnen.

Grinsend gehe ich an ihnen vorbei und mache mich auf den Weg in die Küche. Wenn ich nicht gleich Schokolade finde, drehe ich einfach durch ...

Mit ein paar Twix, einem Snickers und einem Mars bewaffnet gehe ich zurück in mein Schlafzimmer und schließe die Türe hinter mir. Kann es sein, dass mich die beiden wegen meines Heißhungers gerade ausgelacht haben? Es passiert nicht oft, dass sich auf den Gesichtern der Krieger Anzeichen von einem Lächeln zeigen, aber ich glaube, als die beiden meine Schoki entdeckt haben, mussten sie sich zurückhalten, um nicht loszulachen. Vampire/Männer haben nun wirklich keine Ahnung, wie schlimm es ist, mitten in der Nacht aufzuwachen und sofort Schokolade zu brauchen!

Konzentriert versuche ich, in mich reinzuhorchen, um herauszufinden, in welcher Stimmung mein Mann gerade ist und ob es ihm gut geht.

Doch gerade als ich seine Schwingungen spüre, höre ich das bekannte Flüstern der Hexe.

Auch wenn ich die ganze Zeit gehofft habe, dass sie sich noch mal bei mir meldet, habe ich jetzt, wo es so weit ist, Panik.

„Alyssa!"

Mein Name hallt leise durch den Raum und der Geruch von Lavendel und grünen Äpfeln legt sich schwer in die Luft. Keine Sekunde später sehe ich die Hexe vor mir stehen. Ihre langen schwarzen Haare hat sie dieses Mal zu einem Pferdeschwanz geflochten und in ihrer rechten Hand befindet sich wieder der Zauberstab, nur von der türkisen Feder ist dieses Mal nichts zu sehen. Stattdessen hält sie einen kleinen, unheimlich aussehenden

Totenkopf in ihrer linken Hand, der Größe des Schädels nach würde ich auf einen Katzenschädel tippen, doch um ehrlich zu sein, ich habe keine Ahnung, von welchem Tier der Totenkopf stammt.

Oh Gott! Hoffentlich ist er von einem Tier ...

Aus Angst schnürt sich meine Kehle zu und ich frage mich, ob ich gerade einen schwerwiegenden Fehler begehe.

Schrei! Schrei, so laut du kannst!

Ich ignoriere meinen Verstand und versuche, nicht allzu lächerlich zu wirken. Immerhin sitze ich gerade alleine mit einem Berg Schokolade im Bett.

Warum muss diese Hexe auch immer dann auftauchen, wenn ich im Bett bin?

„Ganz einfach. Nachts bist du nun mal alleine."

Shit! Ich habe ganz vergessen, dass sie meine Gedanken lesen kann.

Mutig kratze ich meine Selbstbeherrschung zusammen und setze mich aufrechter hin.

„Ich weiß, warum du hier bist. Aber ich weiß nicht, was du dir davon versprichst. Sag mir, wofür du mein Blut willst und welchen Preis der Tod verlangen wird, um meine Schwester freizugeben."

Zu meinem Erstaunen klingt meine Stimme nicht annähernd so ängstlich, wie ich mich gerade fühle. Erneut wandert mein Blick zu dem Schädel, den sie zwischen ihren langen Fingern hält. Diese ganze Situation fühlt sich heute Nacht ganz anders an als das letzte Mal. Heute Nacht strahlt die Hexe Wut und Trauer aus. Irgendetwas muss vorgefallen sein.

„Die Braut der Schatten hat Angst vor dem Tod? Ehrlich? Das ist aber ein seltsamer Zustand."

„Was ist seltsam daran, Angst vor dem Tod zu haben? Jeder hat Angst davor, dass sein Leben endet."

Die Augen der Hexe beginnen blutrot anzulaufen, was ist hier nur los?

„Da gebe ich dir recht, kleine Menschenfrau. Aber nicht jeder ist die Braut des Herrschers!"

Jetzt verstehe ich gar nichts mehr!

„Was hat Darkon mit dem Tod zu tun?"

Die Hexe gibt ein merkwürdiges Geräusch von sich, und ich sehe, dass sie meine Unwissenheit stört.

„Darkon ist der Unsterbliche! Der Mörder der Gezeiten, der Schlächter der Nacht. Es gibt kein Wesen auf dieser Welt, das so viele Seelen ins Höllenfeuer geschickt hat wie dein Mann."

In ihren Augen sehe ich Trauer und Resignation und ich weiß, Darkon muss heute Nacht jemanden getötet haben, der der Hexe nahestand.

Der Mörder der Gezeiten ... der Schlächter der Nacht ...

Mein Verstand hält zu Darkon, versucht mich zu beruhigen, doch ihre Worte hallen durch meinen Kopf wie ein Echo.

Stimmt es, was sie sagt? Oder versucht sie nur uns zu entzweien?

Natürlich bin ich nicht blöd. Ich weiß, dass Darkon und Tylon jede Nacht losziehen, um unsere Feinde zu bekämpfen. Und es ist selbstverständlich, dass dabei jemand getötet wird. Aber diese Hexe stellt ihn als kaltblütigen Mörder hin, und so ist Darkon nicht. Er ist der Herrscher über das Reich der Schatten. Es ist selbstverständlich, dass es im Krieg auch Opfer gibt. Oder?

„Ich weiß ganz genau, was du versuchst. Und dennoch hast du noch keine meiner Fragen beantwortet! Warum schleichst du dich erneut zu mir, nur um mir Hoffnung zu machen, wo in Wirklichkeit gar keine ist?"

Meine Stimmung schlägt schlagartig um, und ich vergesse zu flüstern. Aus meiner Angst wird Wut und meine Hoffnung verwandelt sich in Trauer.

„Ich brauche dein Blut, um das Gleichgewicht auf dieser Welt wiederherzustellen. Jeder Jäger braucht seine Beute. Doch was ist mit dem Jäger? Auf dieser Erde ist so einiges aus den Fugen geraten, und ich werde mithilfe deines Blutes dafür sorgen, dass sich das wieder ändert."

Habe ich das gerade richtig verstanden? Glaubt diese Frau wirklich, dass ich ihr auch nur einen Tropfen meines Blutes gebe, damit sie es gegen meinen Mann verwenden kann? Es mag ja sein, dass Darkon kein Heiliger ist, aber das muss er ja auch gar nicht. Er ist mein Mann und ich stehe zu ihm. Die Vampire sind jetzt mein Volk und das Reich der Schatten ist mein Zuhause.

Das Letzte, was ich tun werde, ist, meinem Mann in den Rücken zu fallen.

„Sei es, wie es ist. Falls Darkon wirklich so ist, wie du es gesagt hast, dann ist es meine Pflicht als seine Frau, ihm den Rücken zu stärken und nicht ihm sprichwörtlich einen Dolch in den Rücken zu jagen. Du wirst von mir keinen Tropfen meines Blutes bekommen! Ich will, dass du verschwindest!"

Aus der durchschnittlich aussehenden Frau wird eine wilde Furie. Ihr Gesicht bekommt tiefe Falten, ihre Fingernägel werden sekündlich länger und verwandeln sich in scharfe Krallen und ihr Körper wird stetig größer.

Scheiße! Ich hätte auf Darkon hören sollen!

Erschrocken beobachte ich, wie sich die erst unscheinbar aussehende Frau in ein unheimliches mystisches Wesen verwandelt, das, so wie ich das gerade einschätze, verdammt wütend auf mich ist!

„Dein Blut gehört mir, kleine Braut!"

Panisch beobachte ich, wie sie einen kleinen spitzen Dolch zieht, während aus ihrem Mund seltsam klingende Formeln kommen. Das dunkle Blutrot ihrer unheimlichen Augen beginnt zu glühen, während die Temperatur im Zimmer immer kälter wird. Mein Atem kondensiert vor meinen Lippen und ich bekomme vor lauter Angst beinahe keine Luft mehr. Schützend lege ich meine Hände vor meinen Bauch, während ich mir panisch überlege, was ich jetzt nur machen soll.

Ohne darüber nachzudenken, öffne ich meinen Mund und lasse einen lauten Schrei los.

„Aragon! Nolan! Hilfe!"

Die Hexe sieht mich amüsiert an. „Keiner wird dich hören, kleine Braut."

Scheiße! Die Hexe scheint irgendeinen Zauber über dieses Zimmer gelegt zu haben.

In meinem Kopf beginnt es zu rattern, es muss doch eine Möglichkeit geben, Hilfe zu holen! Das Einzige, was ich gerade in meiner Reichweite habe, ist ein Berg an Schokolade. Doch was soll mir die helfen? Es wird mir mit Sicherheit nicht gelingen, die Hexe so lange mit meiner Schoki zu bewerfen, bis sie flüchtet ...

Mit dem Dolch und dem widerlichen Totenschädel stellt sie sich direkt neben mich.

Lieber Gott, hilf mir ...

In meiner panischen Angst kommt mir eine letzte Idee, es mag ja sein, dass sie unser Schlafzimmer mit einem Zauber belegt hat, aber auf meine innere Verbindung zu Darkon hat sie mit ihrer Magie keinen Einfluss.

Zitternd strecke ich meine emotionalen Fühler in Darkons Richtung aus, während sich die Hexe langsam, aber sicher bereit macht. Ihre Lippen bewegen sich unheimlich schnell, während sie in einer mir unbekannten Sprache leise Wörter von sich gibt.

Bisher habe ich noch nie versucht, mit Darkon auf diese Weise zu kommunizieren, aber vielleicht gelingt es mir ja. Es muss mir einfach gelingen, denn wenn ich versage, sind die Konsequenzen so schrecklich, dass ich sie mir nicht mal vorstellen mag.

Ich konzentriere mich auf die Verbindung zu meinem Mann, ehe ich lautlos nach Hilfe schreie.

Darkon, du musst mir helfen. Bitte! Du musst sofort kommen! Ich brauche dich!

Das Geflüstere der Hexe wird immer schneller und ihre Wörter ergeben einen unheimlichen Singsang. Auf eine verrückte Art und Weise sieht sie leicht weggetreten aus, schnell spanne ich meine Muskeln an, krabble über die andere Seite des Bettes und stürme Richtung Badezimmer.

Doch ich komme nicht weit, gerade als ich zwei Schritte gelaufen bin, spüre ich kräftige Arme, die mich an eine Mauer aus Muskeln pressen. In schwindelerregender Geschwindigkeit werde ich einmal um meine eigene Achse gedreht und lande hinter Darkons breitem Rücken.

Jeder Millimeter seines mächtigen Körpers vibriert vor unterdrückter Wut und Zorn. Und ja, vielleicht hat die Hexe recht und Darkon ist ein kaltblütiger Killer, doch in diesem Moment ist er das zu Recht.

Fauchend fahren seine Fänge aus, die Muskeln seiner Oberarme sind so angespannt, dass ich schon Angst habe, dass sie sein Hemd sprengen. Ein eigenartiger metallener Geruch von Schwefel umgibt ihn. Und ich weiß sofort, dass er heute Nacht mehr als nur einen Dämon getötet haben muss.

„Bei allen Höllenfeuern! Ich habe heute Nacht so viele deiner Art getötet, dass es auf eine mehr oder weniger wirklich nicht mehr ankommt."

Die Hexe sieht ihn entsetzt an, richtet den Dolch auf ihn und lässt einen markerschütternden Schrei los.

Angst breitet sich in meinen Gliedern aus, ich weiß, dass Darkon mächtig ist, aber sie ist eine Hexe. Was ist, wenn sie ihn verletzt oder gar tötet?

Tief in mir spüre ich seine Wut, die sich mit bittersüßer Vorfreude vermischt.

Wenn ich wirklich einen Beweis dafür gebraucht hätte, dass Darkon das Töten genießt, dann habe ich ihn jetzt bekommen.

Er genießt den Moment, in dem sein Gegner feststellt, dass er keine Chance hat, dass sein Leben verwirkt ist und er in wenigen Augenblicken den Tod kennenlernen wird. Gebannt beobachte ich die Situation, meine Hände sind vor Panik eiskalt und meine Finger zittern unkontrolliert.

Langsam, aber sicher habe ich es wirklich satt, immer der Depp zu sein, der beschützt werden muss!

Darkon

Bisher bin ich immer davon ausgegangen, dass Vampire nicht wahnsinnig werden können. Doch langsam, aber sicher ändert sich meine Einstellung diesem Thema gegenüber. Meine Frau ist nämlich auf dem besten Weg, mich in den Wahnsinn zu treiben. Was zur Hölle muss ich denn noch unternehmen, wie viele Menschen, Dämonen, Blutlose, Orakel und Hexen muss ich noch töten, bis Alyssa endlich in Sicherheit ist?

Langsam, aber sicher bin ich der festen Überzeugung, dass sie das Unglück und die Gefahr wie magisch anzieht.

Ihr mentaler Hilfeschrei hat mich bis ins Mark erschüttert. Es hat keine Hundertstelsekunde gedauert, bei ihr zu sein, und dennoch kam es mir wie eine Unendlichkeit vor.

Die Hexe, die sich gerade in meinem Schlafzimmer befindet, wird von einer schwarzen Aura umgeben. Diese Frau ist so sehr der schwarzen Magie verfallen, dass sie nicht einmal mehr erkennt, dass sie in wenigen Augenblicken sterben wird. Der Dolch, der von ihren Fingern umklammert wird, ist spitz und für sehr viele Lebewesen tödlich, doch für mich ist er ein nicht zu beachtendes Spielzeug. Glaubt dieses Miststück wirklich, dass sie mich davon abbringen kann, meine Braut und mein ungeborenes Kind zu beschützen?

Nichts und niemand vermag mich zu stoppen!

Meine Besitzgier und mein Beschützerinstinkt glühen und pulsieren wummernd durch meine Adern, jeder Muskel meines Körpers ist angespannt. Meine Hände prickeln erwartungsvoll, sie können es kaum erwarten, das Leben aus dieser Frau zu saugen. Wenn wir uns nicht gerade in meinem Schlafzimmer aufhalten würden, würde ich sie einfach in Stücke reißen und zu Asche verwandeln. Doch diese Sauerei ist das Letzte, was ich hier gebrauchen kann.

Pragmatisch, wie ich bin, rufe ich mental Tylon herbei, erteile ihm den Auftrag, Alyssa zu beschützen, während ich mir die Hexe schnappe und mich mit ihr an einen anderen Ort teleportiere. Das Letzte, was ich gebrauchen kann, ist, dass Alyssa dabei zusieht, wie ich die schwarze Magierin zerfetze, ich will nicht, dass sie ein Trauma bekommt. Und zweitens hasse ich es, die Überreste meiner Feinde in meinem Zuhause an den Wänden kleben zu haben.

Effizient und gefühllos packe ich die Frau, die meiner Frau ein Leid antun wollte, und töte sie innerhalb weniger Sekunden. Der Hauch des Todes umgibt uns wie ein dicker Nebel, ehe einen Moment später alles vorbei ist.

Verflucht, ich bin so wütend auf Alyssa, dass mich selbst das Töten dieser Frau nicht beruhigt hat. Wie kann sie es wagen, wider meine Befehle zu handeln? Ich habe ihr klar, deutlich und unmissverständlich verboten, mit dieser Hexe in Kontakt zu treten. Ich habe ihr untersagt, sich in Gefahr zu begeben, und dennoch hat sie es getan.

Die ganze Nacht bin ich nun schon auf der Jagd, der unsichtbare Schleier des Todes umgibt mich wie ein Mantel, während die Seelen meiner Opfer ziellos durch die Gegend schwirren ...

Unkontrolliert wütend beschließe ich, nicht sofort zurück zu meiner Braut zu gehen, in meiner jetzigen Stimmung wäre es mehr als gefährlich für sie, in meiner Nähe zu sein.

Alyssa

Tylon sieht mich wütend an, während wir beide Darkon dabei beobachten, wie er mit der Hexe im zeitlichen Nichts verschwindet.

Und auch ohne zu fragen, weiß ich, dass ich diese Hexe nie wiedersehen werde. Dass ich überhaupt kein Mitgefühl für sie habe, erschreckt mich ein wenig. Habe ich mich schon an den Tod gewöhnt? Bin ich gefühllos geworden? Oder passe ich mich nur dem brutalen Leben im Reich der Schatten an?

Ich weiß nicht, was mit mir los ist, doch ich bereue nicht, dass sie stirbt, wieder ein Feind weniger, der meinem Baby gefährlich werden kann. Das Einzige, was mich an dem Tod der schwarzen Hexe stört, ist, dass ich jetzt nicht mehr erfahren werde, was ich tun kann oder gar muss, um mit dem Tod über das Leben meiner Schwester zu verhandeln.

Kann es sein, dass ich mit ihrem Tod die einzige Möglichkeit, Sarina zurückzubekommen, verloren habe?

Allein die Vorstellung lässt mich hart schlucken. Tylon beobachtet mich genau, und ich weiß, dass er wütend auf mich ist. Die Frage ist nur warum? Dieses Mal habe ich mich doch wirklich richtig verhalten. Dass die Hexe ungefragt in mein Schlafzimmer kommt, dafür kann ich nun wirklich nichts. Schließlich habe ich sie nicht eingeladen!

Und dann, als ich bemerkt habe, dass sie wirklich nicht ganz richtig ist, habe ich sie aufgefordert zu verschwinden und nach Hilfe gerufen. Dass diese Situation so unschön geendet hat, ist doch nun wirklich nicht meine Schuld, zumindest dieses eine Mal habe ich kein schlechtes Gewissen.

„Ich weiß nicht warum, Alyssa, aber irgendwie ziehst du Ärger und Gefahren wie magisch an."

Sein Blick ist eine Mischung aus Belustigung und Verärgerung und ich weiß ganz genau, dass er momentan nicht wirklich weiß, wie er sich mir gegenüber verhalten soll.

In dem Augenblick, in dem Darkon die Frau umbringt, erlischt ihr Zauber und Aragon und Nolan stürmen zu uns ins Zimmer. Ihre Gesichter sind versteinert, während sie mich besorgt mustern.

„Ich bitte um Verzeihung, Herrin!“

Aragon, der gigantisch große, mörderisch gefährliche Krieger, der für meine Sicherheit zuständig ist, kann nun wirklich nichts dafür. Der Zauber der Hexe war schuld daran, dass er meine Notsituation nicht bemerkt hat.

Nolan bittet mich ebenfalls um Verzeihung, doch sein Blick ist auf Tylon gerichtet.

Tylon sieht die beiden eiskalt an, ehe er sie aus dem Haus schickt.

Gott … ich kann nur hoffen, dass die beiden wegen dieser Nacht keinen Ärger bekommen!

Tylon sieht mich prüfend an.

„Geht es dir gut? Brauchst du einen Arzt?“

Verneinend schüttle ich den Kopf. „Körperlich ist alles bestens. Aber es war ein ziemlicher Schock.“

„Was wollte dieses Biest von dir?“

Tylon sieht mich prüfend an, und ich weiß, dass es keinen Sinn macht, ihm auszuweichen oder ihn anzulügen.

„Sie wollte mein Blut. Sie hat irgendetwas davon gesagt, dass die Welt aus dem Gleichgewicht geraten ist und dass auch der Jäger mal zum Gejagten werden sollte!“

Die Mimik meines Schwagers verfinstert sich schlagartig.

„Tylon. Was ist an meinem Blut so besonders? Ich verstehe das einfach nicht!“

„Du erwartest das Kind der Legende, und dadurch, dass du mit ihm schwanger bist, hat dein Blut alle DNA-Hinweise von dir und deinem Kind. Mit deinem Blut versuchen unsere Feinde an die Kraft deines ungeborenen Kindes zu kommen.“

Oh mein Gott!

Tylons Worte sorgen dafür, dass sich um mich herum alles zu drehen beginnt. Mein Herzschlag donnert durch meinen Körper und in meinen Ohren rauscht es.

Jetzt, wo ich weiß, was die Hexe vorhatte, bin ich heilfroh, dass Darkon sie getötet hat!

***

Seit dem Tod der schwarzen Hexe vor ein paar Wochen hat sich so einiges verändert.

Nicht nur, dass es seitdem ziemlich ruhig geworden ist, es gab keinen einzigen Anschlag auf mein Leben.

Warum das so ist und wie viele unserer Feinde Darkon dafür ausschalten musste, will ich, um ehrlich zu sein, gar nicht wissen. Darkon ist der Herrscher über das Reich der Schatten und mein Mann, ich vertraue ihm und weiß, dass er ganz genau das tut, was getan werden muss. Denn wenn es darum geht, seine Familie zu beschützen, kennt er keine Gnade.

Die weiße von einer dicken Schneedecke bedeckte Spitze des Mount Rainier fesselt meinen Blick. Der Space Needle leuchtet blau in der Dunkelheit und ich weiß, dass ich unglaublich glücklich und zufrieden bin.

Groß und kraftvoll schiebt sich von hinten eine schwere Hand auf meinen, mittlerweile ziemlich runden, Babybauch.

Sinnlich knabbert er an meinem Ohrläppchen, während er sein bereits hartes Glied gegen meinen Po presst.

„Hey Kleines, ich habe dich schon vermisst."

Darkon war gerade mal ein paar Stunden weg, aber was soll ich sagen, ich habe ihn ebenfalls vermisst. Seufzend schließe ich meine Augen, lehne mich an seinen Brustkorb und warte darauf, dass er sich mit mir entmaterialisiert und uns ins Schlafzimmer bringt.

Mein Bedürfnis, ihn zu küssen, seine Lippen zu schmecken und seine Hände auf meiner Haut zu spüren, ist allgegenwärtig.

Manchmal denke ich, dass er meine Droge ist, er ist mein Leben, meine Liebe und mein Untergang.

Im Schlafzimmer angekommen überrascht er mich mit seinem Verhalten. Anstatt mich mit seiner Kraft und seiner Lust zu überwältigen, küsst er mich sanft, streicht mit seiner Zunge über die weichen Konturen meiner Lippen und lässt mir Zeit, mich immer mehr zu entspannen. Seine Hand streicht mir sanft meine Haare aus dem Gesicht, ehe er tief einatmend meinen Geruch inhaliert.

„Ich muss dich fühlen, dich schmecken und dich besitzen. Sonst verliere ich meinen Verstand!"

Seine dunkle Stimme lässt mich erschaudern. Womit habe ich nur diesen unglaublichen Mann verdient? Ich kann mich definitiv als eine der glücklichsten Frauen schätzen, die es jemals gegeben hat.
Darkon liebt mich, er beschützt mich und begehrt mich mehr, als ich es mir jemals hätte wünschen können. In den Tiefen seiner kristallklaren Augen sehe ich sein urtümliches Verlangen und seine Gefühle für mich.

Darkon

Schweigend koste ich diesen Augenblick aus, sauge die Gefühle, die ich für sie empfinde, tief ein und versuche zu verstehen, was diese Frau in mir auslöst.

Meine sexuelle Begierde ihr gegenüber erreicht langsam, aber sicher eine ungesunde Intensität.

Vertrauensvoll lehnt sie sich an mich, schenkt mir ihren Körper, ihr Herz und ihre Seele. Je länger wir hier so stehen, desto größer wird mein Wunsch, sie zu beschützen und zu besitzen. Das Bedürfnis, meine Frau in meine Arme zu nehmen und sie mit all meiner Kraft zu beschützen, wird übermächtig, und ich versuche mich an das Gefühl, das ich bei dem Anblick ihres Babybauchs empfinde, zu gewöhnen.

Stolz, Vorfreude und zu meiner großen Überraschung empfinde ich Liebe.

Ich bin ein Krieger, ein Mörder und ein Herrscher, wie kann mein totes Herz so ein reines Gefühl wie Liebe empfinden?

Mit jeder Sekunde, mit jedem Tag, den ich an ihrer Seite verbringe, wächst mein Verlangen nach ihr ins Unermessliche. Ihre Hingabe ist wie tropfendes Öl in die Flamme meiner Sehnsucht.

Sie ist so sinnlich, schutzlos und sexy, dass ich mir zum wiederholten Mal ins Gedächtnis rufen muss, vorsichtig zu sein. Diese Frau, die jetzt hier vor mir steht, ist das Wunder meiner Existenz.

Und ich werde den Rest meiner Tage damit verbringen, diese Frau zu begehren, zu ficken und zu beschützen. Womit habe ich nur so viel Glück verdient? Auf diese Frage werde ich wohl nie eine Antwort finden, doch was ich definitiv weiß, ist, dass ich sie brauche, ich muss diesen Körper berühren, ihre Lippen erkunden und sie tief und gründlich ficken.

Jeder Muskel meines Körpers ist angespannt, mein Schwanz ist hart und drängt sich gegen den Stoff meiner Hose, doch ich lasse mir Zeit, genieße meine Beute und beginne mit der Jagd auf ihre Sinne.

Alyssa

Darkons Geduld scheint nicht von langer Dauer zu sein. Hungrig legt er seinen Arm um meine Hüfte, sein Mund erobert meine Lippen, seine Zunge dringt tief in mich ein, entlockt mir ein gieriges Wimmern. Zärtlich und sanft streicht seine warme, raue Zungenspitze über meine Unterlippe, ehe sie ein wildes Duell mit der meinen beginnt. Dieser Kuss hat so wenig von einem Vorspiel, wie es nur möglich ist. Dieser Kuss ist ein wildes, tabuloses Versprechen auf eine heiße Nacht. Seufzend schließe ich meine Augen, gebe mich ihm hin und lasse mich ganz in unseren Kuss fallen. Die scharfen Spitzen seiner Fangzähne streichen drohend über meine Unterlippe. Bittersüß und voller Gier beginnen meine Brüste anzuschwellen. Wilde Erregung pulsiert durch meine Venen, lässt mich taumeln und an seiner harten Brust Halt finden.

Dieser Vampir kann küssen wie der Teufel höchstpersönlich!

Alleine die Tatsache, dass ich mich nach seinem Biss sehne, zeigt, wie sehr ich diesem Vampir bereits verfallen bin. Seine kraftvolle Hand in meinem Nacken gibt mir das Gefühl, gehalten zu werden, und sein Arm auf meiner Taille presst mich gierig an sein bereits steinhartes Glied.

Jeder Muskel meines Körpers verliert seine Anspannung, mein Bauch prickelt sehnsüchtig und mein Atem kommt stoßweise – ich bin verloren!

Darkons tiefes, dunkles Knurren, seine Lippen, die sich an meinem Hals festsaugen, und der süße Stich, als sich seine Zähne in mein Fleisch graben ...

Dieser Akt der Vereinigung ist so urtümlich und animalisch, dass ich süchtig danach geworden bin. Ich sehne mich nach dem Schmerz, dem rhythmischen Saugen und den bittersüßen Nebenwirkungen, die dieser Biss bei mir auslösen wird.

Mein Körper fällt in eine Art Rauschzustand, der sich mit der Lust, die bereits durch meine Adern rauscht, zu einer explosiven Mischung vereint.

Fauchend zieht er seine Zähne aus meiner Haut, sucht meinen Blick und presst seinen Mund auf den meinen. Ich erkenne den süßen Geschmack meines Blutes, während sich seine Hand besitzergreifend auf meinen Po legt.

„Holy Fuck! Es wird Zeit, deine Klamotten loszuwerden."

Gesagt, getan, in unmenschlicher Geschwindigkeit entkleidet er mich.

Seine langen, kraftvollen Finger pressen sich erneut in mein Fleisch, erkunden jede Rundung und schieben sich immer tiefer zwischen meine Schenkel. Sehnsuchtsvoll schmiege ich mich an ihn und genieße seine suchenden Finger, die meine bereits feuchten Falten berühren. Ich will, dass mein Mann spürt, wie scharf ich auf ihn bin, wie sehr ich mich nach ihm sehne und wie bereit mein Körper für ihn ist.

Seine Stimme klingt rau vor Lust. „Oh Baby", mit Leichtigkeit hebt er mich hoch, stöhnend schlinge ich meine Schenkel um seine schmale Taille. Seine Lippen legen sich erneut auf meinen Hals und saugen sich spielerisch an mir fest ... Halt suchend lehne ich mich an ihn, während eine Fingerspitze in meine Pussy eindringt.

Ich vergesse zu atmen, lasse mich fallen und spüre, wie meine Lust die Kontrolle über meinen Körper übernimmt.

Mit zitternden Fingern bemühe ich mich, die kleinen schwarzen Knöpfe seines blauen Hemdes zu öffnen, was sich als schwieriger herausstellt, als es eigentlich sein sollte. Dieser gemeine Vampir spürt meine Lust, er weiß, dass ich ihn will, und doch quält er mich absichtlich immer weiter. Erneut dringt sein Finger tief in mich ein, touchiert meinen G-Punkt und lässt mich leise aufschreien.

Seine angespannte Körperhaltung und sein wildes Fauchen signalisieren mir, dass er kurz davor ist, endlich seine Selbstbeherrschung zu verlieren. Und bei Gott, ich kann es kaum erwarten, ihn endlich in mir zu spüren.

„Du bist mein Untergang, Frau!" Seine Stimme ist dunkel und rau, und ich muss über seinen Widerwillen lachen.

„Das ist nur fair, mein Schatz!“

Verwundert sieht er mich an. „Was bitte schön soll daran fair sein?“

Langsam und gleichmäßig massiert sein Daumen meinen Kitzler.

Darkon weiß ganz genau, dass mich das über die Klippe bringt, und dennoch erhöht er den Druck, küsst mich wild und lässt mich jegliche Kontrolle verlieren. Zuckend und mich in seiner Umarmung windend schreie ich nach wenigen Sekunden meine Lust in den stillen Raum.

Zuckende bunte Sternschnuppen erscheinen hinter meinen geschlossenen Lidern.

Jeder vom Kampf gestählte Muskel seines Körpers spannt sich an, was seinen großen Körper unglaublich hart werden lässt. Darkon demonstriert mir seine Macht, er lässt mich den Unterschied zwischen uns spüren und ich weiß, dass wir füreinander geschaffen wurden.

Wild fauchend legt er mich auf seine Bettseite, während er sich vor meinen Augen entkleidet.

Bei seinem Anblick wird mein Gaumen trocken, meine Fingerspitzen kribbeln sehnsüchtig, sie können es kaum erwarten, jede noch so kleine Rundung seines muskulösen Körpers zu erkunden.

Süchtig nach ihm sinke ich vor ihm auf die Knie, sodass ich mit meinen Lippen direkt vor seinem erigierten Glied bin.

Es wird Zeit für eine Kostprobe ...

Ein tiefes, animalisches Knurren löst sich aus seiner Kehle.

„Mach das nicht, Kleines, ich kämpfe um meine Beherrschung, riskiere nicht zu viel ...“

Seine Worte sind wie Balsam für meine Seele, ich liebe die Tatsache, dass ich diejenige bin, die dem harten Krieger die Kontrolle rauben kann.

Nackt und unendlich erregt, knie ich vor dem Herrscher der Schatten in unserem Schlafzimmer und kann es kaum erwarten, ihn endlich zu schmecken.

Unsere Blicke treffen sich, saftig und prall stößt seine seidig weiche Eichel gegen meine Lippen. Ich ertrinke in seinem Blick, während ich meinen Mund öffne und sein Glied zwischen meine

Lippen sauge. Züngelnd und lutschend umspiele ich seine Penisspitze, fahre an der Unterseite entlang und nehme ihn immer tiefer in meinen Mund.

Angespannt lässt er mich nicht aus den Augen. Sein Blick ist intensiv und seine Augen glühen regelrecht. Seine Fangzähne sind vor Lust so weit ausgefahren, dass sie unheimlich sexy, wild und gefährlich unter seiner Oberlippe herausschauen.

„Ich will deinen Mund ficken, ich will deinen Körper besitzen! Verdammt sollen die Götter sein, denn ich werde niemals genug von dir bekommen!"

Seine große Hand legt sich in meinen Nacken, bestimmend hält er meinen Kopf in Position, während er immer tiefer in meinen Mund eindringt. Immer tiefer spüre ich ihn in meiner Kehle, rhythmisch dringt er tief in meinen Mund ein. Ich sauge an ihm, züngle über seine Länge und entlocke ihm ein hemmungsloses Stöhnen. Sein tiefes Knurren lässt mich immer feuchter werden. Wie kann es sein, dass es mich so anmacht, ihn zu verwöhnen?

Feuchtigkeit benetzt meine Körpermitte, läuft über meine Schenkel.

Sein herbes Aroma erfüllt meine Sinne, genussvoll schließe ich meine Augen und genieße diesen Moment. Sein Rhythmus wird langsamer, doch der Griff seiner Hand bleibt unnachgiebig. Sanft und federleicht lecke ich ihm über die Eichel, koste seine ersten Tropfen der Lust.

„Hör nicht auf, Kleines."

Immer wieder verwöhne ich ihn mit einem sanften Zungenschlag, während ich ihn tief in meine Kehle sauge. Fauchend entzieht er mir sein Glied, bis es hart und pulsierend auf meiner Unterlippe liegt. Langsam umkreise ich es, schmecke jeden köstlichen Tropfen seiner ungezügelten Lust. Genüsslich nehme ich erneut die purpurne Eichel in meinen Mund und verwöhne ihn, so gut ich kann, mit meiner Zunge und meinen Lippen.

Immer hemmungsloser und tiefer versinkt er in meinem Mund. Ich genieße seine kraftvolle Dominanz, die mit jeder Sekunde stärker wird. Mein Mann scheint kurz davor zu sein, sich in seiner Lust zu verlieren.

Darkon versucht verzweifelt die Kontrolle über sich zu behalten, ich weiß, dass er mir nicht wehtun will, und verwöhne ihn noch mehr.

Mittlerweile bin ich selber so erregt, dass ich kaum noch Luft bekomme. Seine Leidenschaft steigert sich rasant und die heftigen Zuckungen in seinen Oberschenkeln verraten mir, wie nah er dran ist, sich in meinem Mund zu ergießen.

„Ich muss in dich stoßen, jetzt!“

Sinnlich saugend komme ich zum Ende meines Zungenspiels, öffne meine Augen und lecke mir herausfordernd über die Lippen. Langsam stehe ich auf, seine Hände schließen sich um meine Hüfte und er wirft mich sanft aufs Bett.

Mit seinem Geschmack auf meinen Lippen küsse ich ihn gierig, umspiele seine Zunge und beiße ihm gierig in die Unterlippe. Seine Hand wandert über meinen Bauch direkt zum Zentrum meiner heißen Lust. Pochend und feucht umschließt mein Körper seine Finger, der Tanz unserer Zungen wird immer intensiver, während wir uns langsam in unserer Lust treffen. Kreisend verwöhnt er meine sensible Perle, seine Zähne knabbern an meiner Brustwarze, bis sie sich zusammenzieht und gierig aufstellt. Hungrig und gierig nach mehr presse ich mich seinen Fingern entgegen. Ich kann nicht mehr länger warten. Stöhnend verzehre ich mich nach seiner Eroberung. Wimmernd genieße ich, wie seine Finger meine Schamlippen teilen und in mich eindringen. Sanft dringt er erst mit einem Finger in mich ein, ehe sich ein zweiter dazugesellt.

Ich drücke mich ihm entgegen, verlange stumm nach mehr – fordere alles und schenke mich ihm bedingungslos. Seine mit meinen Säften benetzten Finger fahren weiter nach unten bis zu meinem Po, berühren meinen engen Muskel und weiten ihn sanft, unsicher verspanne ich mich kurz, doch sein hemmungsloser Kuss lässt mich alles andere vergessen.

Ein Finger dringt in mich ein, verwöhnt mich auf geheimnisvolle Art. Die erregenden Gefühle, die er in mir auslöst, sind unbeschreiblich.

„Ich will dich auf jede erdenkliche Art und Weise.“

Vor Lust zitternd, spüre ich, wie meine Emotionen immer stärker werden. Stöhnend gebe ich mich seinen Wünschen hin, nehme, was kommt, und zerfließe unter seinen kundigen Händen.

Mein Kitzler pocht und ist vor Lust angeschwollen. Meine Brüste fühlen sich schwer und voll an, dunkelrosa Brustwarzen krönen das Bild unserer Vereinigung. Ich drücke mich seinen Händen entgegen und bettle um eine stärkere Penetration. Langsam dringt er mit einem seiner Finger in meine dunkle Grotte ein. Diese Art der Sinnlichkeit fühlt sich überraschenderweise sehr gut an. Eine wilde und zugleich bittersüße Mischung aus Neugierde und Verlangen, die mit einem Hauch Angst versehen ist, breitet sich in mir aus.

Will er das wirklich? Will ich es?

Voller Vertrauen zu ihm öffne ich mich ihm noch weiter, indem ich meine Beine weiter spreize.

„Nein, Kleines, für heute habe ich da nicht mehr die nötige Selbstbeherrschung. Wenn ich das erste Mal in deinen geilen Arsch eindringe, muss ich mich beherrschen können."

Dieser Kerl ist der absolute Hammer! Einerseits kann er roh und brutal sein und andererseits schafft er es, mitten in seiner Gier nach meinem Körper Rücksicht auf mich zu nehmen!

In seinen Augen schimmert pure Gier und noch ein anderes Gefühl, das ich jetzt nicht benennen kann.

"Ich will dich tief in mir spüren!"

Ein leichtes Lächeln breitet sich auf seinen Lippen aus.

„Anscheinend kann mein kleines Menschlein es kaum erwarten, von hinten genommen zu werden."

Bin ich so leicht zu durchschauen?

Sein Finger massiert erneut meine Rosette, ehe er tief in mich eindringt. Sein intensiver, unheimlich wilder Blick wandert über meinen Körper, verweilt zwischen meinen Schenkeln und beobachtet leise knurrend, wie sein Finger tief in mir verschwindet.

Dieser Augenblick ist so intim und sinnlich, dass ich meine Augen schließe und mich meinen Empfindungen hingebe. Meine inneren Muskeln beginnen leicht zu zucken, ehe mich ein gigantischer Orgasmus überrollt.

„Ja, Alyssa, spüre es ...!"

Er entzieht mir seinen Finger und legt sich schwer über mich. Seine dicke Eichel legt sich zwischen meine Schamlippen und dringt tief in mich ein, weitet mich.

Mit einem kraftvollen Stoß ist er in mir, sanfter, ja geradezu bittersüßer Lustschmerz erfüllt meinen Körper.

Stöhnend winde ich mich unter ihm, hebe mein Becken an und bettle stumm nach mehr!

Gekonnt massiert sein Schwanz meinen G-Punkt. Fordernd dringt er immer tiefer und härter in mich ein, nimmt mich vollkommen in seinen Besitz und gibt sich mir hin.

Darkon verändert seine Position – hebt meine Beine an und legt sie sich auf die Schultern. Durch die veränderte Position spüre ich ihn noch intensiver. Meine Schreie erfüllen die Luft um uns herum. Jetzt nimmt er mich hemmungslos, leidenschaftlich und zugleich unglaublich zärtlich. Sehnsüchtig massiert er mit seinem Finger erneut meinen Po, zeigt mir, wonach ich mich sehne und was in naher Zukunft kommt.

Ich spüre, dass etwas Wildes von ihm Besitz ergreift, dass er immer tiefer in mich eindringt, während sich sein Blick auf mein Gesicht legt.

Seine Besitzgier ist so stark, dass ich unter ihm erschauere, während er mich nimmt.

Unsere glühenden Hände, die gierig jeden Zentimeter Haut des anderen streicheln, seine hemmungslosen, alles verschlingenden Küsse, die er meinen Brüsten schenkt, ehe er sie lustvoll beißt ...

Das warme Pulsieren meines Blutes, das in seinen Mund fließt, und sein rhythmisches Saugen lassen mich erneut kommen. Das süße Ziehen, das sich zwischen meinen Beinen ausbreitet, ist die letzte Warnung, bevor ich schreiend in ein schwarzes, süßes Nichts stürze.

Darkon

Bisher dachte ich immer, dass ich nur existiere, um der Herrscher über das Reich der Schatten zu sein. Die vergangenen Jahrhunderte habe ich Krieg geführt, unsere Feinde getötet und Opfer gebracht.

Die Welt war mein Opferaltar und die Legende hat mir nicht mehr bedeutet als einen kleinen Bonus in meiner dunklen Existenz. Bis zu dem Zeitpunkt, in dem ich auf Alyssa getroffen bin, war mein Herz eine Geisterstadt, in der nur dunkle, tote Erinnerungen gelebt haben.

Doch jetzt, in der Nähe dieser Frau, taut mein versteinertes, tot geglaubtes Herz langsam, aber sicher wieder auf. Und auch wenn es nicht der Realität entspricht, habe ich bis zu einem gewissen Grad das Gefühl, am Leben zu sein.

Ihre süßen Schreie, das Gefühl ihres warmen, lebendigen Körpers und der himmlische Geschmack ihres köstlichen Blutes – all das lässt mich die Wärme des Lebens spüren, diese Frau, meine Braut, ist mein Licht, mein Leben und meine Rettung!

Die Vereinigung unserer Körper ist zu meiner ganz persönlichen Droge geworden, von der ich niemals genug bekommen werde!

Schenk ihr den Biss des Todes, markiere sie, besitze sie bis in die Unendlichkeit der Zeit!

Mein Urinstinkt fletscht seine Zähne, er ist ungeduldig und will ihr die Unendlichkeit schenken. Die Unsterblichkeit ist eine fantastische Sache, sie verwandelt den Tod in einen Freund, der dir zwar hinterherjagen, dich jedoch niemals erwischen kann.

Doch das ewige Leben hat auch seine Nachteile, und bis jetzt kann ich Alyssa noch nicht in eine Frau meiner Spezies verwandeln. Noch genieße ich es viel zu sehr, sie als meine kleine, schutzlose Frau zu behalten. Ich will ihren warmen, menschlichen Körper spüren, ihr reines Blut trinken und die Macht haben, sie jederzeit zu unterwerfen.

***

Alyssa

So schön dieses Leben an Darkons Seite auch sein mag, es ist auch sehr einseitig. Ich weiß nicht, wann ich das letzte Mal einfach bummeln oder spazieren war.

Ich vermisse die Spontanität und die Freiheit, immer ganz genau das tun und lassen zu können, worauf ich gerade Lust habe.

Irgendwie unzufrieden sehe ich durch die große Glasscheibe hinaus auf die Stadt. Unzählige Autos schlängeln sich durch den zähflüssigen Verkehr auf den Straßen, Fußgänger schlendern auf den Gehwegen und Vögel setzen sich auf die beinahe leeren Äste der Bäume. Tief in meinem Inneren sehne ich mich nach dem unverkennbaren Geruch des Laubes, das sich auf den Straßen sammelt. Ich will die Geräusche der Stadt hören und meine Umgebung in mich aufsaugen. Es muss unheimlich schön sein, durch die Straßen gehen zu können, ohne dass mich jemand erkennt. Ich will nicht vierundzwanzig Stunden am Tag die Braut der Schatten sein, es wird Zeit, dass ich endlich mal wieder einfach nur ich sein kann. Eine junge, unscheinbare Frau, die sich die schön dekorierten Schaufenster der Geschäfte anschaut. Ich will die Wärme der spätherbstlichen Sonne auf meinem Gesicht spüren und die letzten Sonnenstrahlen vor dem Wintereinbruch tief in mich einsaugen.

Nervös knete ich meine Finger, wenn ich Darkon sage, was ich jetzt am liebsten tun würde, wird er definitiv nicht verstehen, warum mir das alles so wichtig ist.

Wie soll ein Krieger auch verstehen, dass die belanglosen Dinge des Alltags manchmal ausreichen, um einen glücklich zu machen?

Frustriert bleibe ich noch kurz vor der Scheibe stehen, ehe ich meinen Mut zusammenkratze und mich auf die Suche nach meinem Vampir begebe. Die letzten Wochen waren wirklich ruhig, und ich habe das gute Gefühl, dass die größte Gefahr bereits vorbei ist.

Also was sollte dagegen sprechen, wenn ich mich einfach mal eine Runde unter das normale Leben mische?

Wie nicht anders zu erwarten befindet sich Darkon in seinem Büro, Tylon sitzt ihm gegenüber und auf dem Bildschirm seines PCs, der auf seinem Schreibtisch steht, befinden sich unendlich lange Zahlenreihen.

Jetzt, wo ich sie sehe, würde ich am liebsten umdrehen und die beiden in Ruhe lassen, doch mein Wunsch nach etwas Freiraum ist zu stark, um weiterhin ignoriert zu werden.

„Störe ich euch bei etwas Dringendem?“

So wie ich Darkon kenne, weiß er sowieso längst, was mit mir los ist. Dieser Vampir hat die unheimliche Begabung, immer vorherzusehen, was ich auf dem Herzen habe oder was mich beschäftigt.

„Nein, ganz und gar nicht.“

Darkon sieht mir direkt in die Augen und ich weiß, dass ich mit meiner Vermutung recht habe, er weiß es tatsächlich.

„Tylon und ich sind mit unserer Besprechung gerade fertig geworden.“

Mein Schwager nickt mir kurz zu, sein Blick legt sich für einen Augenblick auf meinen runden Babybauch, ehe er vor meinen Augen verschwindet. An dieses ewige Entmaterialisieren habe ich mich in all der Zeit noch immer nicht gewöhnen können.

„Komm her, Kleines.“

Darkon schiebt seinen Bürostuhl nach hinten, sodass ich mich auf seinen Schoß setzen kann. Seine starken Arme schließen sich um meinen Körper und seine Nase presst sich in meine Haare, wie immer, wenn wir uns so nah sind, inhaliert er meinen Geruch. Mein Aroma scheint etwas zu sein, von dem er nie genug bekommen kann. Zufrieden lege ich meinen Kopf an seinen breiten Brustkorb, spüre seine Kraft und fühle mich geborgen. In den Armen dieses Mannes fühle ich mich geliebt, geborgen und geschätzt.

Mal sehen, ob das in zehn Minuten auch noch so ist ...

Bevor ich Darkon sage, was mir auf der Seele liegt, genieße ich für ein paar Sekunden den Augenblick.

„Bist du dir wirklich sicher, dass du das willst? Die letzten Wochen waren ruhig und friedlich, doch das hat in unserer Welt leider nichts zu bedeuten.“

Dank unserer inneren Verbindung, die mit jedem Tag stärker wird, hat er längst gefühlt, was ich ihn jetzt fragen will.

So verrückt es auch klingen mag, aber Darkon weiß ganz genau, worum ich ihn bitten will.

„Ja, ich brauche etwas Normalität. Ich will den Herbst erleben, unter Menschen kommen und in einem richtigen Geschäft Babysachen einkaufen.“

Seine Finger legen sich unter mein Kinn, er dreht meinen Kopf in seine Richtung und unsere Blicke treffen sich.

„Ich verstehe deinen Wunsch, doch du musst auch verstehen, dass ich dich am liebsten für immer in meiner Nähe behalten will. Nach allem, was in der Vergangenheit passiert ist, bin ich, wenn es um dich geht, verdammt vorsichtig geworden.“

Darkon hat mit jedem Wort recht, doch ich kann mich nicht für den Rest meines Lebens hinter den dicken Mauern seines Hauses verstecken.

„Alleine der Gedanke, dich zu verlieren, reicht aus, um mich wahnsinnig werden zu lassen. Mein Drang, dich zu beschützen, hat eine Intensität angenommen, gegen die ich nicht mehr ankomme. Also selbst wenn ich dir erlaube, dich aus meiner Nähe zu entfernen, wirst du das nicht ohne Wachen tun."

Mein Herz pocht vor lauter Aufregung ganz schnell, wenn ich mich nicht irre, ist Darkon kurz davor, meine Bitte mit einem Ja zu beantworten.

„Du willst also, dass ich mit zwei von deinen Kriegern durch die Geschäfte Seattles laufe?"

Alleine die Vorstellung, dass die großen, Furcht einflößenden Krieger Aragon und Nolan zwischen lauter pastellfarbenen Babyklamotten stehen, lässt mich grinsen.

„Um ehrlich zu sein, will ich, dass du das gar nicht tust, doch da ich dich nicht davon abhalten kann ... ja, ich verlange von dir, dass du immer zwei Krieger zu deinem Schutz dabeihast."

Ich lasse mir seine Worte noch mal durch den Kopf gehen. Zwar ist sein Angebot nicht genau das, was ich mir erhofft habe, aber damit habe ich auch gar nicht gerechnet. Mein Leben hat sich verändert, es ist gefährlicher geworden. Ich bin keine unbedeutende Frau mehr, die so vor sich dahinlebt. Ich bin die Braut der Schatten, die mit dem Kind der Legende schwanger ist. Die Tatsache, dass er mich überhaupt aus dem Haus lässt, beweist, wie sehr er mir entgegengekommen ist.

Seine Hand schiebt sich unter meinen Pullover und legt sich besitzergreifend auf meinen Bauch.

„Süße, natürlich bin ich bereit, alles zu tun, damit du glücklich bist, aber du musst auch verstehen, dass die Sicherheit meiner Familie für mich an erster Stelle steht."

Argggg ...

Warum muss dieser Mann immer ganz genau solche Sachen sagen? Seine Worte wandern direkt in mein Herz und meine Gefühle für ihn werden immer intensiver.

„Okay. Ich verspreche dir, dass ich vorsichtig sein werde."

Kreisend tanzen seine Finger über meinen Bauch, umkreisen meinen Bauchnabel und streicheln mich sanft.

„Jetzt, wo wir das geklärt haben, habe ich allerdings noch eine Frage."

„Welche denn?"

Zufrieden schließe ich meine Augen und genieße seine Zärtlichkeiten.

„Dass du auch mal an die frische Luft willst, kann ich wirklich verstehen. Aber warum musst du einkaufen gehen? Du hast doch schon das ganze Internet leer geshoppt."

Seine Worte klingen entspannt, und ich weiß, dass es kein Vorwurf sein soll, sondern typisch Mann versteht er es wirklich nicht.

„Ich habe nicht geshoppt, ich habe geklickt, das ist etwas völlig anderes!"

Sein Lachen erfüllt den Raum. „Verzeih mir meine Unwissenheit, Süße, aber ich wusste wirklich nicht, dass es da einen Unterschied gibt."

In solchen Momenten wie dem jetzigen komme ich mir so unheimlich normal vor.

In diesem Augenblick sind wir einfach nur ein Mann und eine Frau, die sich darauf freuen, ihr erstes Kind in den Händen zu halten.

Darkon

Seit Tagen verfolge ich nun schon den inneren Konflikt meiner Braut.

Ihre Sehnsucht nach der Sonne, der frischen Luft und einem Hauch Normalität ist so intensiv geworden, dass ich ihr ihre Bitte einfach nicht ausschlagen kann. Alyssas Leben hat sich durch die Legende in allen Bereichen völlig verändert. Und in manchen Situationen kann ich nur staunen, wie gut sie mit all den Veränderungen klarkommt.

Meine Braut ist eine unglaublich taffe Frau, und wenn sie sich so etwas Einfaches wie Sonnenschein, frische Luft und Shopping wünscht, ist es meine verdammte Pflicht, mich darum zu kümmern, dass sich ihr Wunsch erfüllt.

Im Gegensatz zu den ganzen Mythen, die im Umlauf sind, haben wir kein Problem mit der Sonne. Zwar ist ihr Licht für unsere Augen nicht besonders angenehm. Doch wir sterben nicht, wenn wir uns tagsüber auf den Straßen bewegen. Der Unterschied zu den Menschen ist nur der: Wir lieben die kalte Nacht, die Dunkelheit und die Schatten. Menschen hingegen lieben die Sonne, das Licht und die Wärme.

Zufrieden damit, meine Frau und unser ungeborenes Kind in den Armen zu halten, spüre ich, wie sie sich entspannt. Anscheinend hat sie wirklich Angst davor gehabt, dass ich ihr ihre Bitte verweigere.

Und um ehrlich zu sein, das hätte ich auch tun sollen. Da draußen auf den Straßen Seattles ist sie eine leichte Beute. Die Gefahren meines Reichs lauern im Schatten, unsere Feinde lieben das Halbdunkel und sie werden zuschlagen, sobald sie eine geeignete Gelegenheit dazu sehen.

Warum ist es nur so verdammt schwer und anstrengend, ihr ihre Freiheit zu lassen?

Und wie so oft in den letzten Tagen schreien meine Instinkte laut, dass ich ihr den Biss des Todes schenken soll.

Doch das werde ich nicht tun, zumindest noch nicht ...

Alyssa

Die Luft der Stadt ist mit herbstlichen Gerüchen geschwängert. Dank des Nebels, der sich wie Zuckerwatte um den Mount Rainier gelegt hat, ist nur die schneebedeckte Spitze des Berges zu sehen. Autos fahren an mir vorbei, Ampeln schalten sich auf Rot und Fußgänger laufen auf den Gehwegen durch die Stadt.

Endlich Normalität!

Ich hätte wirklich nicht gedacht, dass mir diese winzigen, so normalen Kleinigkeiten mal fehlen werden. Warme Sonnenstrahlen liebkosen mein Gesicht und ich schließe süchtig nach deren Wärme meine Augen, richte mein Gesicht Richtung Himmel und atme tief ein. Endlich bin ich einfach nur ein Mensch, es fühlt sich gut an, mitten im Trubel der Stadt zu stehen. Zumindest bin ich so normal, wie es meine derzeitigen Lebensumstände erlauben. Aragon und Nolan sind irgendwo in meiner Nähe, ihre wachsamen Blicke werden jeden meiner

Schritte verfolgen. Doch das ist okay. Ich bin den beiden unendlich dankbar, dass sie etwas Abstand zwischen mir und ihnen lassen, so kann ich mich zumindest der Illusion der Ungestörtheit hingeben.

Mein Gefühl sagt mir, dass Aragon und Nolan nicht die Einzigen sind, die sich heute um meine Sicherheit kümmern, doch was soll ich dazu sagen?

Darkon ist nun mal ein äußerst besitzergreifender, beschützender und fürsorglicher Vampir, damit muss ich als seine Braut nun mal klarkommen.

Fest entschlossen, diesen Tag zu genießen, schüttle ich meine Gedanken ab und sauge meine Umgebung geradezu in mich ein.

In einem kleinen Geschäft, das direkt neben der großen Shopping Mall liegt, kaufe ich mir einen Ananas-Mango-Kiwi-Smoothie und setze mich auf die kleine Bank, die sich vor den gläsernen Drehtüren befindet.

Babyklamotten habe ich schon reichlich, doch ich suche noch nach einer schönen Decke, ein paar Stofftieren und einem Bettchen. Und während ich gedanklich meine Einkaufsliste zusammenstelle, beobachte ich die Menschen um mich herum. Es ist unglaublich, aber bis vor knapp einem halben Jahr war ich auch genauso unwissend und blind, wie sie es noch heute sind. Keiner von meinen Mitmenschen hat eine Ahnung davon, was sich im Hintergrund im Reich der Schatten so alles tut.

Eine junge Frau, die einen cremefarbenen Kinderwagen vor sich herschiebt, fesselt meine Aufmerksamkeit. Der Blick, mit dem sie ihr Kind ansieht, ist so voller grenzenloser Liebe und unendlichem Stolz, dass sich mein Herz sehnsüchtig zusammenzieht. Und wie so oft in letzter Zeit streiche ich mit meiner Hand über meinen Bauch und wünsche mir, dass die Schwangerschaft schnell vorbei ist, damit ich mein Baby das erste Mal in den Armen halten und küssen kann.

Im Augenwinkel sehe ich einen Mann, der gerade die Straße überquert und Richtung Shopping Mall geht.

Womit genau er meine Aufmerksamkeit auf sich gezogen hat, kann ich im ersten Moment nicht wirklich sagen. Vielleicht ist es die Art seines Ganges oder die Farbe seiner Haare, doch jetzt, wo mein Blick über ihn gleitet, weiß ich, wer er ist.

Das Leben hat manchmal einen wirklich makaberen Sinn für Humor. Das erste Mal seit Monaten habe ich die Möglichkeit, mich unter das normale Volk zu mischen, und dann muss mir ausgerechnet Tim, mein Exfreund, über den Weg laufen. Noch während ich darüber nachdenke, mich wegzudrehen und so zu tun, als hätte ich ihn nicht erkannt, hebt er seinen Kopf und unsere Blicke treffen sich. Freude, Erleichterung und Liebe zeichnen sich in seinem Gesicht ab.

So eine Scheiße!

Tim und ich sind im Guten auseinandergegangen, doch ich weiß, dass er nie über unsere Trennung hinweggekommen ist. Ich kenne Tim, und ich weiß, dass er es nicht gut aufnehmen wird, wenn ich jetzt von einem anderen Mann schwanger bin. Um ehrlich zu sein, denke ich, dass er immer noch gehofft hat, dass unsere Trennung nur eine kurze Phase ist, ehe wir wieder zusammengekommen wären. Und während er direkt auf mich zukommt, verschwindet sein überraschter Gesichtsausdruck und seine Lippen verziehen sich zu einem ehrlichen Lächeln.

„Oh Gott, Alyssa. Wo zur Hölle bist du nur gewesen? Ich suche dich seit Wochen!“

Seine Worte lösen ein schlechtes Gewissen in mir aus. Immerhin bin ich damals einfach spurlos verschwunden. Ich hätte wissen müssen, dass es Menschen gibt, die mich vermissen und suchen. Tim ist ein guter Mann und die Frau, die mal die seine werden wird, hat das Glück, einen ehrlichen, freundlichen und netten Mann zu heiraten. Aber so verrückt das jetzt auch klingen mag, für mich ist Tim einfach nicht der Richtige gewesen.

Schnell stehe ich von der Bank auf, stelle meinen Smoothie beiseite und lasse mich von Tim in eine feste Umarmung ziehen.

Ich kann nur hoffen, dass Aragon und Nolan Darkon keinen Bericht über dieses Treffen erstatten. Das Letzte, was ich gebrauchen kann, ist ein wütender Vampir, der denkt, dass ich das Treffen mit meinem Exfreund geplant habe.

Darkon ist unheimlich besitzergreifend, und dass er ein schrecklich eifersüchtiger Kerl ist, muss ich glaube ich gar nicht erst betonen.

Tim legt seinen Kopf auf meinen Scheitel, saugt meinen Geruch in seine Lungen und presst seine Lippen auf meine Stirn.

Das raue Leder seiner herbstlichen Jacke reibt über meine Wange, während mich sein vertrauter Geruch einlullt.

„Es ist wirklich schön, dich zu sehen, Tim."

„Gott, Honey, du hast keine Ahnung, wie viele Sorgen ich mir um dich gemacht habe!

Jetzt, wo ich wieder in seinen Armen liege und er mich mit seinem Kosenamen für mich anspricht, spüre ich einen kleinen wehmütigen Stich in meinem Herzen.

Noch immer hält er mich fest an sich gepresst, und ich weiß intuitiv, dass ich zwischen uns Abstand schaffen muss, wenn ich will, dass Darkon ihm nicht den Kopf von den Schultern trennt. Bei den Vampiren gibt es eine klare Regel, die nicht gebrochen werden darf. Kein Mann hat das Recht, die Frau eines anderen zu berühren.

„Scheiße! Ich habe mir echt Sorgen um dich gemacht. Erst vor Kurzem hat mir deine Nachbarin eine verrückte Geschichte erzählt. Sie hat mir gesagt, dass du mit dem Herrscher über das Reich der Schatten zusammen bist. Also ob du auch so verrückt bist und dich mit einem Vampir einlässt. Aber nachdem du spurlos verschwunden bist, habe ich wirklich angefangen diese Geschichte zu glauben!"

Oh, oh ...

„Na ja, weißt du, Tim", vorsichtig versuche ich mich aus seiner Umarmung zu lösen.

„So verrückt ist sie eigentlich gar nicht."

Noch immer presst er mich an sich, ich stemme meine Hände gegen seinen Brustkorb und schiebe mich so aus seiner Umarmung.

„Stimmt. Deine Nachbarin muss einfach durchgedreht sein. Jeder normale Mensch weicht diesen widerlichen Blutsaugern aus. Früher oder später wird es uns gelingen, uns von ihnen zu befreien. Wir müssen nur herausfinden, wie wir sie leichter töten können."

Oh Gott!

Wie soll ich ihm nur klarmachen, dass Anny, meine ehemalige Nachbarin, nicht verrückt ist? Und dass ich tatsächlich mit dem Herrscher der Vampire zusammen bin? Oh Gott, in wenigen Augenblicken wird er feststellen, dass ich sogar von ihm schwanger bin.

„Tim“, vorsichtig schaffe ich noch etwas Abstand zwischen uns.

„Es tut mir wirklich sehr leid, dass du dir Sorgen um mich gemacht hast und dass du mich gesucht hast. Ich weiß, dass du immer noch gehofft hast, dass wir wieder zusammenkommen, doch ich muss dir jetzt wirklich etwas sagen.“

Tim scheint an meiner Stimme zu erkennen, dass ich immer nervöser werde.

Sein Blick sucht den meinen, und ich hasse mich jetzt schon dafür, dass ich ihm gleich wehtun werde.

„Hör mir zu, Tim. Meine ehemalige Nachbarin hat dir die Wahrheit gesagt.“ Seine Augen weiten sich vor Ungläubigkeit, während er seinen Blick zum ersten Mal richtig über meinen Körper gleiten lässt. Unsicher beobachte ich, wie sich mein glücklich lächelnder Exfreund in einen wütenden Mann verwandelt. Seine Hände ballen sich zu Fäusten, seine Augen nehmen einen kalten Ausdruck an, während er tief einatmet.

„Scheiße, Alyssa! Willst du mir gerade wirklich erzählen, dass du von einem Vampir schwanger bist!“

Das Wort Vampir klingt in seinem Mund wie ein Schimpfwort.

„Tim, ich ...“

Irgendwie weiß ich gerade wirklich nicht, was ich sagen soll. Gerade eben habe ich mich ihm noch so nah gefühlt und jetzt stehe ich einem völlig Fremden gegenüber.

„Okay, hör mir zu.“

Tims Hand legt sich schmerzhaft um meinen Oberarm.

„Ich kann dir helfen, verstehst du das, Alyssa? Wir gehören zusammen und ich werde dich beschützen!“

Wovon redet er denn da nur?

„Vor ein paar Wochen bin ich vor lauter Sorge um dich einer Gemeinschaft beigetreten. Wir arbeiten im Untergrund, suchen Verbündete und bereiten uns auf den Tag X vor.“

Tims Stimme ist leiser geworden, vorsichtig sieht er sich um, anscheinend hat er Angst, dass jemand unser Gespräch belauscht.

Und was soll ich sagen, ich bin mir sicher, dass Aragon und Nolan jedes seiner Wörter gehört haben.

„Tag X? Wovon zur Hölle redest du denn da?“

Tim sieht mich wütend an, die Tatsache, dass ich nicht verstehe, wovon er da redet, scheint ihn noch wütender zu machen.

„Alyssa! Verdammt noch mal. Es wird eine Zeit kommen, in der wir Menschen für unsere Freiheit kämpfen werden!“

Ach du Scheiße!

Wenn ich Tim richtig verstehe, hat er sich einer dieser gefährlichen Gemeinschaften angeschlossen, die sich gegen die Herrschaft der Vampire wehren.

„Hör mir zu, Tim, du musst das lassen. Ihr habt keine Chance gegen Darkon und seine Krieger.“

Als ich Darkons Name ausspreche, spuckt Tim angeekelt auf den Gehweg.

„Tim, hör mir zu. Die Vampire sind nicht unsere Feinde.“

Tims Augen werden eiskalt.

„Vampire, Blutlose und Dämonen. All diese Wesen sollen sich verpissen. Sie gehören in die brennenden Tiefen der Hölle und nicht in unsere Welt.“

So sehr ich Tim auch mag, seine Worte verletzen mich. Urplötzlich muss ich an Darkon, Tylon und all die anderen Vampire denken, die zu meiner Familie und zu meinen Freunden geworden sind.

„Nicht alle Vampire sind schlecht!“

„Scheiße, Alyssa! Was haben die mit dir gemacht? Wie kannst du nur so blind sein?“

Tims Wut ist mir unheimlich, seine Hand hält mich immer noch schmerzhaft fest und ich weiß, dass ich meinen alten Tim nie wiedersehen werde. Der Mann, der jetzt vor mir steht, ist voller Zorn, Hass und Wut. Was ist in den letzten Monaten nur mit ihm passiert? Was hat seine Wut nur ausgelöst?

„Ich werde dich jetzt mitnehmen.“

Tim beginnt, mich mit sich mitzuziehen.

„Lass mich los!“

Egal, wie wütend ich werde, Tim ignoriert meine Gegenwehr völlig.

Wenn er so weitermacht, werden Aragon und Nolan seinen Kopf auf den nächsten Zaunpfahl spießen. Es wundert mich sowieso, dass sie nicht schon längst eingegriffen haben. Und noch bevor ich diesen Gedanken zu Ende gedacht habe, spüre ich einen leichten Windhauch, ein wildes Fauchen übertönt die Straßengeräusche und die Temperatur um uns herum sinkt rasant.

Mein eh schon schnell schlagendes Herz beginnt zu rasen, Darkon erscheint wie aus dem Nichts vor uns. Seine Augen glühen rot, seine Fangzähne sind ausgefahren und seine Körperhaltung ist angespannt.

Tim schiebt mich schützend hinter seinen Rücken.

Ganz klasse ...

Verängstigt, da ich befürchte, dass Darkon Tim auf offener Straße in tausend Stücke reißt, atme ich tief ein, ehe ich meinen Blick von meinem Exfreund zu Darkon, meinem Mann, gleiten lasse.

„Schluss jetzt!“

Wütend, dass mein freier Tag so zu enden scheint, beschließe ich, diese ganze Sache zu beenden.

Meine geschrienen Worte haben ihr Ziel erreicht. Denn beide Männer sehen mich verwundert an.

Wütend sehe ich Tim in die Augen, während ich um ihn herum gehe und mich neben Darkon stelle. Blitzschnell schlingt er seinen Arm um meinen Körper, während sich seine Hand besitzergreifend auf meinen Bauch legt.

Tim sieht mich fassungslos an und Darkons Körper bebt neben mir vor ungezügelter Wut.

Aragon und Nolan erscheinen ebenfalls, wortlos bringen sie sich hinter Tim in Stellung.

„Männer, die ungefragt meine Braut berühren, bezahlen diesen Fehler mit ihrem Leben!“

Darkons Stimme klingt unheimlich dunkel, geradezu animalisch.

Ich sehe, wie Tim seinen Mut zusammenkratzt und Darkons Blick erwidert.

„Deine Braut, dass ich nicht lache. Ihr Vampire seid so verdammt eingebildet. Alyssa ist nicht deine Braut. Sie ist ein Mensch und sie gehört zu mir!“

Auch wenn ich Tim am liebsten schütteln würde, da er mit seinen Worten sein Leben riskiert, bewundere ich seinen Mut.

Durch unsere Verbindung kann ich Darkons Mordlust spüren, seine Beherrschung hängt am seidenen Faden. Tim scheint sich in den vergangenen Monaten verändert zu haben, er ist mir fremd geworden, und dennoch möchte ich nicht, dass Darkon ihn tötet. Entschlossen, nicht untätig zuzusehen, wie sich der Mann aus meiner Vergangenheit und der Mann aus meiner Gegenwart gegenseitig umbringen wollen, ignoriere ich Tim und drehe mich zu Darkon um.

„Ich weiß, dass er gegen unsere Gesetze verstoßen hat. Aber er ist doch nur ein Mensch. Und ich habe mich wirklich gefreut, ihn wiederzusehen. Es ist nicht nur seine Schuld. Also lass ihm sein Leben und bring mich nach Hause!"

Darkons kaltblütiger Blick ist immer noch auf Tim gerichtet, und ich weiß, wenn er mich nicht von hier wegbringt, ist es nur noch eine Frage von Sekunden, bis sich Tims Blut auf den Straßen von Seattle verteilt.

Beruhigend lege ich ihm meine Hand auf seinen Brustkorb, stelle mich auf die Zehenspitzen und küsse seine Kehle, da ich nicht weiter zu ihm hochkomme.

Knurrend sieht Darkon zu mir herunter, seine Hand legt sich um meine Taille und ich weiß, dass ich endlich zu ihm durchgedrungen bin.

„Bitte Darkon, bring mich heim."

Vor unterdrückter Wut blähen sich seine Nasenflügel, der letzte Blick, mit dem er Tim ansieht, drückt eine unausgesprochene Warnung aus, und ich weiß, dass es mir dieses Mal gelungen ist, Tims Leben zu retten.

Das war verflucht knapp!

Tim

Meine Sehnsucht nach Alyssa hatte bis zu diesem Tag neue Dimensionen erreicht. Für mich war unsere Trennung nur ein kurzzeitiger Zustand, der von mir schnellstmöglich beendet werden musste. Damals hat Alyssa einfach etwas mehr Freiraum gebraucht und ich war so dumm, ihn ihr zu gewähren!

Doch dann ist meine Süße von heute auf morgen verschwunden. Und bei Gott, ich habe wirklich alles getan, um sie wiederzufinden. Ich war bei der Polizei, ich habe die komplette Stadt durchsucht und mich in ihrem Bekanntenkreis umgehört. Und so bin ich auch bei ihrer ehemaligen Nachbarin gelandet, die mir dann erzählt hat, dass Alyssa von einem Vampir entführt worden ist. Seit diesem Gespräch, seit meiner Kenntnis über ihre Entführung habe ich alles getan, was notwendig ist, um sie wiederzufinden. Ich habe mich geheimen Untergrund-Organisationen angeschlossen, deren Ziel es ist, die Herrschaft der Vampire zu beenden.

Ich bin bereit zu kämpfen, ich bin bereit zu töten und bei Gott, ich bin bereit, für diese Frau zu sterben.

Bisher war die schmerzhafteste Erfahrung meines Lebens der Moment, in dem Alyssa damals mit mir Schluss gemacht hat. Aber der jetzige Augenblick übertrifft das um Welten. Zu sehen, wie meine Alyssa zu diesem Vampir geht und ihn bittet sie nach Hause zu bringen, bringt mich beinahe um.

Ich habe versagt, ich habe die Frau meines Lebens an einen Vampir verloren. Ihr wohlgerundeter Schwangerschaftsbauch und der Blick, mit dem sie dieses bestialische Monster ansieht, lassen mich rotsehen.

Ohne Alyssa ist mein Leben kalt, emotionslos und verloren ...

Machtlos bleibt mir nichts anderes übrig, als diesem Vampir dabei zuzusehen, wie er mit meiner Frau in seinen Armen verschwindet.

Zitternd vor schäumender Wut drehe ich mich zu den beiden Vampiren um, die sich hinter mich gestellt haben.

„Eure Zeit wird kommen, Blutsauger, und dann bin ich es, der über euer Leben entscheidet!“

Ohne sie eines weiteren Blickes zu würdigen, drehe ich mich um und mache mich auf den Weg in den Krieg.

Der heutige Tag war der schlimmste meines Lebens, und wenn es nach mir geht, kann er auch der letzte sein, Hauptsache, ich falle im Kampf und reiße ein paar dieser widerlichen Kreaturen mit mir in den Tod!

Darkon

Unzufrieden beobachte ich Alyssa dabei, wie sie sich auf die Couch setzt und leise seufzend die Füße hochlegt. Mit jeder Woche, die ihre Schwangerschaft weiter voranschreitet, beobachte ich, wie sie mehr Pausen braucht. Meine Süße ist erschöpft und müde, das negativ ausgefallene Wiedersehen mit ihrem Exfreund hat ihr nicht gutgetan.

Und wenn ich nicht wüsste, dass der Tod dieses Menschen ihr nahegehen würde, hätte ich ihn, ohne zu zögern, getötet. So aber habe ich ihn meiner Frau zuliebe am Leben gelassen. Über mich selbst verwundert schüttle ich meinen Kopf und gehe zurück in mein Büro. Scheiße verdammte, ich hatte jedes Recht, diesem Kerl die Kehle durchzuschneiden.

Alleine die Tatsache, dass er es gewagt hat, mir zu drohen, zeigt, dass er nicht wirklich weiß, wie wenig mir sein Tod ausmachen würde.

Dieser Nachmittag hat mir verdeutlicht, dass es nicht nur meine Feinde sind, die mir meine Frau stehlen wollen. Es ist auch ihr menschliches Leben, das versucht, sie wieder zurückzubekommen.

Und wie so oft in den letzten Tagen denkt ein kleiner Teil von mir, dass es das Beste wäre, sie zu beißen und zu verwandeln.

Alyssa wird nie wieder sicher sein. Sie ist die Braut aus der Legende und die Frau, die es geschafft hat, mein bereits totes Herz zum Leben zu erwecken.

Beiß sie, verwandle sie, markiere sie!

Meine Urinstinkte schreien immer lauter nach der einzigen Möglichkeit, die mir bleibt, wenn ich hundertprozentige Sicherheit für sie möchte.

Aragon erscheint geräuschlos in meinem Büro, unsere Blicke treffen sich und ich weiß, dass er tun wird, was immer notwendig ist, um seine Herrscherin zu schützen.

„Nolan ist dem Menschen gefolgt, wir werden herausfinden, welcher Organisation er sich angeschlossen hat. Und heute Nacht werde ich sie auslöschen."

„Sie darf es nicht erfahren!"

„Ja, Herr. Wir werden keine Spuren hinterlassen."

***

Tim

Die Untergrund-Organisation, die ich heute Nacht aufsuche, nennt sich ‚Blood Anarchie'.

Und sie ist, soweit ich das beurteilen kann, sehr radikal. Wütend erzähle ich den anderen fünfzig anwesenden Mitgliedern von meinem heutigen Erlebnis.

Fassungslose Stille und unterdrückte Aggressionen breiten sich in der verlassenen Lagerhalle aus, in der dieses Treffen stattfindet.

Alleine das Wissen, dass Alyssa in genau diesem Moment bei diesem Vampir ist, treibt mich in den Wahnsinn.

„Für die Blutsauger sind wir Menschen nur Ware, sie sehen unsere Welt als eine Art Selbstbedienungsladen. Sie nehmen sich unsere Frauen, unser Blut und unser Leben. Doch damit muss jetzt endlich Schluss sein. Wir haben uns viel zu lange hinter unserer Angst versteckt. Es wird Zeit, dass wir uns versammeln, aufstehen und kämpfen!"

Wütend und verzweifelt nehme ich einen tiefen Atemzug, ehe ich meine Ansprache zum Ende bringe. Auffordernd lasse ich meinen Blick durch die Menge schweifen. Sehe in die Augen meiner Zuhörer und fordere sie mit allen Mitteln auf, sich zu wehren.

„Ich bin nicht bereit, mein restliches Leben damit zu verschwenden, ein Opfer zu sein. Ich kann nicht damit leben, in meinem eigenen Leben unterdrückt zu werden. Brüder, wir müssen endlich bereit sein, unsere Feinde zu töten, lasst uns in den Krieg ziehen, lasst uns kämpfen und lasst uns im schlimmsten Falle sterben."

Wut, Aggression und Beifall. Die Lagerhalle bebt vor Applaus und lauten Zurufen. Und ich habe endlich das Gefühl, dass wir auf dem richtigen Weg sind, dass wir eine Chance haben, unsere Freiheit zurückzubekommen.

Alyssa ist nur eine weitere Frau, die sich in den Schatten der Dunkelheit verläuft. Um sie zu retten, würde ich einfach alles tun, doch das ist nicht alles. Ich will alle Vampire sterben sehen, ich will beobachten, wie ihre toten Körper zu Asche zerfallen, ich will dabei sein, wenn sie in die tiefste Hölle fahren, um in den ewigen Flammen des Teufels zu brennen.

Darkon

Unruhig setze ich mich an den Esstisch und beobachte, wie Alyssa voller Appetit in eine Pizza Hawaii beißt. Bisher habe ich nichts von Aragon und Nolan gehört, was bedeutet, dass sie noch immer dabei sind, die Versammlung auszukundschaften. Vielleicht hatte das unverhoffte Aufeinandertreffen mit Alyssas Exfreund doch auch eine positive Seite. Dank Nolan, der ihn verfolgt hat, wissen wir, wo eines der geheimen Treffen der Aufständler stattfindet. Heute Nacht werden wir alle anwesenden Seelen in die Hölle schicken. Die Menschheit hat gelernt sich uns zu unterwerfen, doch es gibt immer ein paar Unruhestifter, die in regelmäßigen Abständen eliminiert werden müssen.

So ist das Leben, die Schwächeren werden von den Stärkeren gefressen. Nur in diesem besonderen Fall muss ich sichergehen, dass Alyssa nichts von dieser Säuberungsaktion mitbekommt. Dank unserer mentalen Verbindung weiß ich, dass sie keine tieferen Gefühle mehr für ihn hegt, und dennoch habe ich sehr intensiv gespürt, dass sie nicht möchte, dass ihm etwas passiert, und dass sie Schuldgefühle hat, weil sie ihn damals so herzlos abserviert hat. Was im Übrigen sein Glück war, denn hätte Alyssa damals, als ich sie das erste Mal gesehen habe, einen Mann an ihrer Seite gehabt, hätte ich ihn ohne Skrupel getötet, um an sie ranzukommen.

„Ich weiß, dass dein heutiger Tag nicht so gelaufen ist, wie du es dir gewünscht hast, und das tut mir leid. Was hältst du davon, wenn ich dich morgen einfach begleite?"

Perplex sieht sie mich mit ihren wunderschönen Augen an, und ich würde sie am liebsten hier auf diesem Esstisch ficken.

„Okay, warte mal, Herr Vampir."

Grinsend lehnt sie sich in ihrem Stuhl zurück.

„Hast du mir gerade wirklich angeboten, mit mir shoppen zu gehen?"

Fuck! Meine Frau treibt mich in den Wahnsinn!

„Ja!"

„Du meinst, wie ein ganz normales Paar? Ohne irgendwelche Krieger oder andere Wachen? Nur du und ich?“

Jetzt, wo ich sehe, wie sehr sich Alyssa über mein Angebot freut, denke ich, dass ich es ihr zuliebe ertragen werde.

„Nur du und ich, Baby!“

Glücklich schiebt sie ihren Teller weg, steht auf und setzt sich auf meinen Schoß.

Auf die Reaktion meines Körpers brauche ich nicht lange zu warten.

Wann immer ich Alyssa in meiner Nähe habe, beginnt mein Schwanz ein Eigenleben zu führen. Pochend und mehr als bereit, sich hart in sie zu rammen, presst er sich gegen den Stoff meiner Hose.

Und in dem Moment, in dem sie ihre Lippen auf die meinen presst, bin ich verloren.

So sehr ich auch versuche, meine Selbstbeherrschung aufrechtzuerhalten, meine niederen Instinkte erobern die Kontrolle über mein Handeln.

Süchtig nach ihrem süßen Geschmack, ihrer köstlichen Wärme und ihrem Geruch schlinge ich meine Hände um ihren Körper, presse ihren Hintern auf meinen Steifen und genieße es, sie vollständig zu verschlingen.

Und in genau dem Moment, in dem ich sie packen und auf die Tischplatte setzen will, höre ich, wie mir Aragon und Nolan die Nachricht schicken, dass es losgehen kann. Bei solch einer Aktion bin ich immer anwesend, doch ausgerechnet jetzt?

Wirklich? Verflucht!

Langsam beende ich unseren immer wilder werdenden Kuss, streife mit meiner Zungenspitze über ihre Unterlippe und lasse sie kurz meine ausgefahrenen Fänge spüren. Mental rufe ich Tylon zu mir. Jetzt, wo Aragon und Nolan nicht da sind, brauche ich jemand anderen, dem ich einhundertprozentig vertrauen kann.

„Sorry, Kleines, ich muss los. Es gibt da noch eine Angelegenheit, die noch heute Nacht bereinigt werden muss.“

Schwer atmend sieht sie mir in die Augen.

„Du willst mich also echt so aufgeheizt alleine lassen?“

„Von Wollen kann hier nicht die Rede sein, Kleines. Aber es ist wichtig. Tylon wird gleich hier auftauchen und dich, solange ich nicht da bin, beschützen."

Gierig presse ich ihr ein letztes Mal meinen Mund auf ihre geschwollenen Lippen, ehe ich mich entmaterialisiere.

Es ist an der Zeit, Alyssas Vergangenheit auszulöschen, ehe sie zu einem Problem unserer Zukunft wird ...

Alyssa

Arggggg!

Ich hasse diese endlose Entmaterialisiererei!

Gerade eben werde ich wild geküsst und bin kurz davor, gevögelt zu werden, und eine Sekunde später sitze ich einsam und verlassen am Esstisch.

Mein Atem geht viel zu schnell und mein Puls rast. Was in drei Teufels Namen ist denn bitte jetzt so wichtig? Und warum passt Tylon auf mich auf?

Wo sind Nolan und Aragon?

Irgendetwas stinkt hier ganz gewaltig zum Himmel, die Frage ist nur was?

Wütend auf Darkon wende ich mich meiner jetzt kalten Pizza zu.

Ganz toll: Statt heißer Küsse bleibt mir eine kalte Pizza!

Wenn Darkon später nach Hause kommt, kann er sich etwas anhören. Langsam, aber sicher geht mir seine Geheimnistuerei wirklich auf die Nerven. Frustriert stehe ich auf, schnappe mir meine kalte Pizza und schmeiße sie in den Müll.

„Keinen Appetit, Süße?"

Aha, Tylon ist also auch schon da.

„Ich mag Pizza lieber, wenn sie warm ist."

„Ja, das geht mir bei Blut auch so!"

Und da haben wir sie wieder, Tylons erfrischende Ehrlichkeit.

Auf meiner Unterlippe knabbernd drehe ich mich zu meinem heutigen Aufpasser um.

„Sag mir, was Darkon heute Nacht macht. Was war so superwichtig?"

Tylon erwidert meinen Blick, ohne mit der Wimper zu zucken.

„Das ist die Aufgabe deines Mannes und nicht meine."

Das war ja klar, die Loyalität zwischen den beiden Brüdern ist wirklich bemerkenswert.

„Okay. Dann sag mir zumindest eins, ist er in Gefahr?"

Nicht zu wissen, wo er ist oder was er macht, würde ja noch einigermaßen gehen, aber die Ungewissheit, ob er in Gefahr ist oder nicht, treibt mich so manche Nacht in den Wahnsinn.

Die immer grimmige Mimik des Kriegers wird etwas weicher, während er auf mich zukommt.

„Verdammt, Alyssa, ich habe es dir schon so oft gesagt. Dein Mann ist der Herrscher über das Reich der Schatten. Er ist so gut wie unbesiegbar. Hör endlich auf, dir solche Sorgen zu machen. Die einzige Schwachstelle meines Bruders bist du, und ganz genau darum bin ich jetzt hier, um dich zu beschützen!"

Oh, na klasse, da fühle ich mich doch gleich etwas besser.

„Weißt du, Tylon, Frauen werden nicht gerade gerne als Schwachstelle betitelt!"

„Und ich dachte, Frauen werden nicht gerne belogen?"

Mit diesem Kerl zu diskutieren ist wie Zähne ziehen ...

Darkon

Jemanden zu töten ist für mich die alltäglichste Aufgabe, die man sich nur vorstellen kann. Entspannt warte ich auf den optimalen Moment. Ich liebe Effizienz und Schnelligkeit. Im besten Fall dauert die ganze Sache nur wenige Minuten, ehe wir wieder von hier verschwinden können.

Nolan sieht mich ungeduldig an, er und Aragon können es kaum erwarten, endlich in den Club zu kommen.

Gelangweilt beobachte ich, wie sich die verrostete Türe des Lagerhauses schließt, jetzt ist endlich der richtige Zeitpunkt gekommen.

„Sie sind vollzählig. Ich will diese Sache schnell und sauber erledigt haben!"

Aragon und Nolan nicken mir still zu, die beiden sind seit so vielen Jahrzehnten meine Krieger, dass sie ganz genau wissen, wie wir die Sache angehen müssen.

„Lasst uns loslegen!"

Bei allen Göttern, ich kann es kaum erwarten, endlich wieder zurück zu Alyssa zu kommen. Das süße Versprechen ihrer warmen Lippen, das köstliche Rauschen ihres Blutes und ihre feuchte, kleine Pussy warten nur darauf, endlich von mir gekostet zu werden.

Lautlos öffnen wir die Türe, routiniert ziehe ich mein Creed und gehe an die Arbeit.

Aragon und Nolan sind lautlos, schnell und tödlich. Nach wenigen Minuten ist es beinahe geschafft, und der letzte Mensch, der lebend vor mir steht, ist Alyssas Exfreund Tim. Wut, Entsetzen und Resignation blicken mich aus seinen Augen an, und er weiß ganz genau, dass er diesen Kampf nicht gewinnen kann.

Ohne zu zögern, stelle ich mich vor ihn, erwidere seinen Blick und lege meine Klinge auf die Haut an seiner Kehle.

Alleine das Wissen, dass dieser Mann versucht hat mir meine Braut wegzunehmen, lässt meine Fangzähne vor lauter Blutgier ausfahren.

„Sei gut zu ihr, sie ist etwas ganz Besonderes!"

Dass dieser Mann die letzten Worte seines Lebens Alyssas Sicherheit widmet, imponiert mir. Unter anderen Umständen hätte ich ihn vielleicht respektieren können, aber da er scharf auf meine Braut ist, muss er sterben.

In den vergangenen Jahrhunderten habe ich unzählige Männer gesehen, die ihrem Tod ins Auge geblickt haben, und nicht jeder von ihnen hat so viel Rückgrat wie der, der jetzt vor mir steht.

„Ich schwöre dir bei allen Göttern, dass ich sie beschützen werde!"

Ergeben schließt er seine Augen und ich lasse meine Klinge durch seine Hauptschlagader gleiten.

Die unendliche Stille des Todes vermischt sich mit dem metallenen Geruch seines Blutes, und ich weiß, dass dieser Mann in einem sinnlosen Krieg gestorben ist.

Resigniert warte ich auf Aragon und Nolan und wir verlassen die in Blut getränkte Lagerhalle.

Ich kann nur hoffen, dass alle Rebellen der Untergrund-Gruppen diese Nacht als Warnschuss sehen.

Ich kann mit meiner Zeit wahrlich Besseres anfangen, als naive Menschen abzuschlachten.

Das Adrenalin, das durch meine Venen pumpt, und meine aufgestaute Lust auf Alyssa lassen mich unruhig werden. Keine Minute später stehe ich in meinem Badezimmer, bevor ich zurück zu Alyssa gehe, muss ich mir erst die Blutflecken meiner Opfer vom Körper waschen.

Alyssa

Tylon sieht mich abwartend an, ich glaube, das ist die fünfte Runde Poker, und es ist mir noch immer nicht gelungen, auch nur eine Regel zu verstehen.

„Süße, du musst an deinem Pokerface arbeiten. Ich kann, ohne mir Mühe zu geben, erkennen, dass du beschissene Karten hast."

„Okay. Ich schaue also nicht neutral und ich verstehe die Regeln nicht. Was hältst du davon, wenn wir das einfach aufgeben?"

Genervt schmeiße ich meine Karten auf den Tisch und sehe zum zehnten Mal auf die Uhr.

Wo zur Hölle steckt Darkon nur?

Wenn mir vor einem Jahr jemand erzählt hätte, dass ich mir irgendwann mal in meinem Leben um den Herrscher der Vampire Sorgen mache, hätte ich ihm einen Vogel gezeigt. Aber so ist mein Leben nun mal. Ich spiele mit einem Vampir Poker, ich bin die Braut eines Vampirs und ich bin von einem Vampir schwanger.

In manchen Momenten kommt mir meine Realität unheimlich surreal vor.

Aber was soll ich sagen? Ich bin einfach nur unverschämt glücklich.

Tylon grinst mich charmant an.

„Okay, ich würde sagen, für heute legen wir die Spielkarten zur Seite. Wenn ich richtigliege, wird mich mein lieber Bruder in wenigen Sekunden sowieso rauswerfen."

Freudig stehe ich auf. Tylon hat unheimlich gute Sinne, und somit ist es kein Wunder, dass er von Darkons Rückkehr weiß, während ich nichts davon mitbekommen habe.

Je weiter ich mich unserem Schlafzimmer nähere, desto deutlicher höre ich das Rauschen der Dusche. Mein lieber Vampir denkt, ich weiß nicht, warum er jedes Mal duschen geht, bevor er zu mir kommt. Aber ich weiß das sehr wohl. Ich mag zwar neu in dieser Welt sein, aber ich bin nicht naiv.

Und dennoch bin ich froh, dass ich ihn erst zu sehen bekomme, wenn er die Spuren des Kampfes beseitigt hat.

Leise schleiche ich mich ins Badezimmer und schlüpfe aus meinen Klamotten. Ich bin so heilfroh, dass er endlich wieder da ist, dass ich die Tatsache, dass Tylon immer noch nebenan ist, einfach verdränge.

Es ist verrückt, aber ich muss nur daran denken, Darkon zu küssen, und schon beginnt mein Körper vor Sehnsucht zu zittern.

Langsam steige ich zu ihm unter die Dusche, schlinge meine Arme von hinten um seinen großen Körper und küsse ihn auf den Rücken.

Heißes Wasser prasselt auf meinen Kopf, rinnt über meine Haut und läuft über meinen Bauch.

„Ich habe mir Sorgen um dich gemacht!“

Seine Hände schlingen sich um meine Finger, als er sich zu mir umdreht.

„Baby, ich bin das gefährlichste Raubtier auf diesem Planeten! Es besteht überhaupt kein Grund, dass du dir Sorgen machst.“

Sanft streichen seine großen Hände über meinen Rücken, legen sich besitzergreifend auf meinen Po und heben mich leicht an.

„Ich habe eine Überraschung für dich!“

Neugierig sehe ich ihn an. „Ich weiß, wie traurig du darüber warst, dass du mit deiner Schwangerschaft nicht zum normalen Frauenarzt gehen und einen Ultraschall machen lassen konntest.“ Seine Lippen suchen meinen Mund, seine Zunge dringt leicht in mich ein. Sanft und vorsichtig liebkost seine Zunge die meine, seine Hände massieren meinen Po und seine Fangzähne fahren sich aus.

„Ich habe eine alte Freundin von mir aus New York einfliegen lassen. Sie war, bevor sie verwandelt wurde, die beste Gynäkologin weit und breit. Und sie wird dich morgen untersuchen und mit dir einen Ultraschall durchführen.“

Oh mein Gott!

Im Gegensatz zu den normalen Schwangerschaften kann es bei mir keine Probleme oder Komplikationen geben, da ich von einem Vampir geschwängert wurde. Seine Gene und seine DNA sorgen dafür, dass es mir und dem Baby gut geht.

Aber nichtsdestotrotz fand ich es unheimlich schade, dass ich mein Baby wirklich erst bei der Geburt das erste Mal sehen werde.

Total überrascht und sehr glücklich schlinge ich meine Arme um seinen Hals und küsse ihn überschwänglich.

„Ich danke dir! Du machst mich sehr glücklich!"

Erneut finden sich unsere Lippen, sein Kuss ist wild und animalisch und ich kann nicht anders, als mich noch fester an seinen harten Körper zu pressen. Seine Zunge leckt über meinen Hals und meine Sinne sehnen sich nach seinem Biss.

Unsere Lust wird immer intensiver, während das heiße Wasser unsere Körper einlullt. Wabernder Dampf erfüllt die Luft und ich spüre, wie er seine Finger durch den Spalt meines Pos gleiten lässt. Feucht und heiß begrüßt mein Körper seine suchenden Finger. Stöhnend schließe ich meine Augen und lasse meinen Kopf gegen seine Schulter sinken.

Keuchend vor Lust durchbricht mein Atem die Stille, die uns umgibt. Hart und verdammt dick presst sich seine Erregung gegen meine Hüfte.

In den Armen dieses Mannes bin ich einfach verloren!

Sanft und dennoch bestimmend fest legt er seine Hand auf meinen Hals, seine Finger umschließen meine Kehle und seine Pupillen beginnen vor Lust zu glühen.

„Vertraust du mir, Kleines?"

Über diese Antwort muss ich gar nicht erst nachdenken.

„Ja!"

In seinen vor Lust glühenden Augen sehe ich seine Besitzgier, seine Lust und seine Dominanz, wimmernd schließe ich langsam meine Augen.

In diesem Augenblick lege ich mein Leben in seine Hände. Dieser Moment ist so bedeutungsschwer, dass ich mir nicht sicher bin, ob ich meine Gefühle für diesen Mann jemals wieder domestizieren kann.

„Du gehörst mir, Alyssa. Du bist meine Braut, meine Geliebte und mein Eigentum und ich werde nicht zulassen, dass dir jemals wieder ein anderer Mann zu nahe kommt. Ich schwöre dir bei dem Blut unserer Feinde, dass ich immer für dich und unser Kind da sein werde!"

Völlig schutzlos und emotional so aufgewühlt wie noch nie zuvor in meinem Leben, spüre ich, wie sich schwere Tränen hinter meinen geschlossenen Lidern sammeln.

Dieser Mann ist meine Bestimmung!

„Sieh mich an!"

Vorsichtig öffne ich meine Augen und suche seinen Blick.

Und noch bevor ich es verhindern kann, spüre ich, wie sich eine verräterische Träne aus meinem Augenwinkel löst.

„Wir sind füreinander bestimmt."

Süchtig nach ihm, beginne ich ihn zu küssen, dringe mit meiner Zunge tief in seinen Mund ein und gebe mich ihm hin.

Fauchend genießt er mein Zungenspiel, ehe er mich mit dem Rücken gegen die, vom Wasser aufgeheizten, Fliesen presst.

Gierig beiße ich ihm in die Unterlippe, sauge mich daran fest und reibe meinen Unterkörper auffordernd an dem seinen. Streichelnde Hände, saugende Lippen und bittersüße Bisse lassen mich immer feuchter werden. Seine Augen werden immer dunkler, seine angespannten Muskeln immer härter und seine Finger halten mich immer fester ...

Wenn das so weitergeht, werde ich diese Nacht nicht überleben!

Hungrig sehe ich ihm in die Augen, lecke mir über die Unterlippe und genieße das Gefühl, begehrt zu werden.

Die harten Konturen seiner Gesichtszüge werden immer markanter.

Seine Beherrschung hängt an einem verdammt dünnen Faden, und es braucht gewiss nicht viel, um diesen zum Reißen zu bringen.

Geschwollen und schmerzhaft erregt stellen sich meine Brustwarzen auf, jeder Millimeter meines Körpers sehnt sich nach seiner stürmischen Inbesitznahme. Zwischen meinen Beinen pulsiert es feucht und ich weiß, dass ich von diesem Mann niemals genug bekommen werde. Konzentriert, angespannt und ganz der Jäger, der er ist, fixiert Darkon mich mit seinem Blick.

Die Spitzen seiner Fangzähne streichen über die Haut meiner Schulter, während aus seiner Kehle ein dunkles Knurren kommt.

Stück für Stück nimmt er mich mehr in Besitz. Er erkundet meine Haut, liebkost meine Brustwarzen und streicht über meine Kehle.

Jede Faser meines Körpers sehnt sich nach seiner Nähe, mein Herz ist voller Emotionen und meine Nervenenden glühen vor Erregung.

Immer grober presst er mich mit dem Rücken gegen die Fliesen, und ich weiß, lange kann es nicht mehr dauern ...

Seufzend schließe ich meine Augen, kralle meine Hände in seinen Rücken und versuche verzweifelt nicht auf der Stelle zu kommen ... Unter halb geschlossenen Lidern suche ich seinen Blick. Das Zeichen des Wächters, das seine komplette Brust einnimmt, beginnt seine Farbe zu wechseln, die dunklen Spuren beginnen sich in ein sattes Rot zu verwandeln.

Ich liebe ihn ...

Bereit und groß steht sein Schwanz von seinem Körper ab. Violette Adern winden sich um seine komplette Länge, ehe sie in der dicken Eichel enden. Die Muskeln in seinen Oberschenkeln zucken gierig, sie warten nur darauf, endlich mit all ihrer Kraft zustoßen zu dürfen.

Sein fantastischer Körper bringt mich an meine Grenzen und ich weiß, dass ich jeden noch so harten Zentimeter genießen werde.

Langsam streifen seine Finger über meinen Venushügel, teilen meine feuchten Falten und legen sich direkt auf meinen Kitzler.

Ich bin verloren.

Gierig nach mehr spreize ich meine Beine noch weiter, biete mich ihm an und hoffe, dass er mir endlich den kleinen, süßen Tod schenkt.

Verzweifelt presse ich mich seinen Fingern entgegen, ich will ihn, ich brauche ihn, jetzt sofort.

Knurrend senkt er seinen Kopf, streift mit seinen Lippen meinen Mund und beißt mir in die Unterlippe. Wilder Schmerz, bittere Angst und süße Lust lassen mich leise aufschreien.

„Ich muss endlich in dir sein! In deiner Nähe kann ich an nichts anderes mehr denken als daran, immer und immer wieder in dich einzudringen! Bei den Göttern, wenn ich nicht aufpasse, verliere ich meine Beherrschung und dann kann ich dir für nichts mehr garantieren!"

Seine unendliche Kraft lässt mich erschaudern, seine Worte verzaubern mein Herz und sein Blick lässt mich vor Verlangen erbeben. Sein Körper ist absolut faszinierend und wenn er es wollte, könnte er mich schwer verletzen. Doch das tut er nicht, ganz im Gegenteil! Mein Vampir versucht sich zu beherrschen.

Darkons dunkler Blick, seine Hände und sein Verlangen ...

Endlich! Hart und dick berührt seine Erektion meine pochende Körpermitte.

„Bitte. Ich will dich endlich in mir spüren!"

Stöhnend zerkratze ich ihm seinen Rücken, verzweifelt versuche ich ihn endlich dazu zu bringen, mich zu nehmen. Doch gegen seine Kraft habe ich nicht die geringste Chance.

„Sag es, Alyssa, sag, dass du nur mir gehörst."

Seine dunkle, unheimlich besitzergreifende Seite zieht mich wie magisch an. Wie soll ich einem Mann widerstehen können, der mich immer süchtiger nach seiner Nähe macht?

„Ich muss aus deinem Mund hören, dass du dich mir schenkst, dein Herz und deinen Körper!"

„Nur dir, Darkon."

Sanft und dennoch fordernd dringen seine Finger in mich ein. Seine Hände rauben mir den letzten Rest meines Verstands, lassen mich alles vergessen, bis sich mein ganzes Empfinden nur noch auf ihn konzentriert.

„Bitte, Darkon! Nimm mich endlich."

Zufrieden spüre ich, wie sich die Muskeln an seinem Hintern und seinen Oberschenkeln anspannen. Wenige Sekunden später rammt er sich mit einem harten Stoß in meinen Unterleib. Seine Eroberung ist wild und hemmungslos. Blitze zucken vor meinen Augen und meine Scheide passt sich seinem harten Rhythmus an. Stöhnend drücke ich mich seinen Stößen entgegen. Verzweifelt und gierig krallen sich meine Hände in seine Oberarme. Mit einem harten, geradezu hämmernden Rhythmus nimmt er mich immer wilder. Sein animalischer Blick ist auf mein Gesicht gerichtet und seine Kraft konzentriert sich auf eine einzige Sache – mich zu ficken.

Immer besitzergreifender, schneller und tiefer rammt er sich in mich. Schluchzend bewege ich mich in seinen Armen, schnappe nach Luft und vergesse alles um mich herum. Das heiße Wasser der Dusche spült meinen Schweiß ab und ich kapituliere vor seiner Kraft, spüre, wie er erneut in mich eindringt. Eine Sekunde später falle ich in ein süßes schwarzes Nichts bestehend aus Lust und Liebe ...

***

In den letzten sechzig Minuten habe ich bestimmt hundertmal auf die Uhr gesehen. Doch diese verdammte Zeit will einfach nicht verstreichen. Um neunzehn Uhr kommt Darkons Vampir-Freundin Marena, die ab heute meine Gynäkologin sein wird.

Ich bin so schrecklich gespannt, ob ich auf dem Ultraschall etwas erkennen werde, und auch wenn Darkon mir dauernd sagt, dass ich mir keine Sorgen machen muss, tue ich es natürlich trotzdem. Ich muss einfach von einer Ärztin hören, dass mit meinem Baby alles in Ordnung ist!

„Entspann dich, Kleines, du machst mich noch ganz nervös."

„Hört, hört, ich mache also mit meiner Ungeduld den Herrscher der Schatten nervös: Es geschehen noch Zeichen und Wunder."

Amüsiert grinse ich ihn an. Gespielt sauer kommt er auf mich zu, hebt mich schwungvoll hoch und presst mir einen herrschsüchtigen Kuss auf den Mund.

„Ich habe das Gefühl, dass meine Braut heute etwas übermütig ist."

„Deine Braut ist glücklich!"

Unsere Blicke treffen sich, und ich weiß, dass meine Liebe zu diesem Mann niemals enden wird.

Gerade als unsere Münder miteinander verschmelzen, klingelt es an der Türe.

„Das muss sie sein."

Mein Herz beginnt wie wild zu klopfen – endlich werde ich mein Baby das erste Mal sehen können.

„Entspann dich, Süße, dein Herzschlag ist viel zu schnell."
Dieser Kerl ist echt ein Kontrollfreak.
Ich weiß nicht genau, wie ich mir Marena vorgestellt habe, aber bestimmt nicht so, wie sie in der Realität aussieht.
Ihr schlanker Körper wirkt sportlich und trainiert, ihre langen feuerroten Haare glänzen im Licht der Lampe und ihr Gesicht ist geradezu perfekt. Ihre Haut ist hell und rein, sie sieht aus wie eine perfekte, lebende Puppe.
Respektvoll neigt sie ihren Kopf, als sie Darkon begrüßt, eine Geste, die sie bei mir wiederholt.
„Hallo Marena, ich freue mich sehr darüber, dass du da bist!"
„Es ist mir eine Ehre."
Darkon spürt meine Unsicherheit, kommt auf mich zu und legt mir seinen Arm um meine Mitte.
„Wenn ihr bereit seid, können wir meinetwegen sofort loslegen."
Als sich mein Herzschlag noch einen Ticken beschleunigt, sieht mich Darkon grimmig an.
Unschuldig zucke ich mit meinen Achseln. „Sorry, aber darauf habe ich einfach keinen Einfluss."
Gute zehn Minuten später ist es dann endlich so weit. Das Ultraschallgerät, das Marena dabeihat, ist aufgebaut und ich lege mich mit entblößtem Bauch auf die Couch.
Meine Handflächen werden schwitzig und mein Gaumen trocken.
Das kalte, durchsichtige Gel, das Marena auf meine Haut aufträgt, fühlt sich merkwürdig an, doch ich ignoriere das Gefühl. Meine Emotionen kochen gerade über und ich sehe zu Darkon. Wenn mich nicht alles täuscht, ist er ganz genauso aufgeregt und nervös, wie ich es bin.
Das grüne Licht, das neben dem großen Monitor leuchtet, zeigt an, dass das Ultraschallgerät einsatzbereit ist, und Marena sieht mich verständnisvoll an.
„Sind Sie bereit?"
Was für eine Frage.
Da mein Hals noch immer wie zugeschnürt ist, nicke ich ihr einfach nur zu.
Darkons kräftige Hand legt sich auf die meine und unsere Finger verschlingen sich.

In diesem kostbaren Moment zählen nur wir. Das Reich der Schatten, unsere Feinde und unsere Probleme sind vergessen.

In diesem Augenblick sind wir einfach nur zwei Menschen, die zum allerersten Mal das Wunder ihrer Liebe sehen werden. Marena fährt mit dem Sensor über meine Bauchdecke und ich erkenne die ersten Bilder auf dem Monitor.

„Was ihr jetzt seht, ist die Fruchtblase, und hier haben wir einen kleinen Fuß."

Wie gebannt sehe ich auf den Bildschirm. Marena folgt dem Fuß und eine Sekunde später sehe ich mein Baby. Die Konturen des zarten Gesichts und die kleinen Hände, die zu Fäusten geballt sind ... Das gigantische Gefühl unendlicher Liebe durchströmt meinen Körper und in meinen Augenwinkeln sammeln sich Tränen des Glücks.

„Gratulation. Ihr erwartet einen gesunden kleinen Herrscher der Schatten."

Darkon und die Legende haben also recht gehabt. Wir bekommen einen Jungen.

Voller Emotionen sehe ich zu Darkon, sein Blick ist wie gebannt auf den Monitor geheftet, ehe er über meinen Bauch direkt in mein Gesicht gleitet. Unsere Blicke treffen sich und ich weiß: Völlig egal, was das Schicksal noch mit uns vorhat, Darkon, mein Mann und der Herrscher über das Reich der Schatten, wird niemals zulassen, dass seiner Familie etwas passiert. Vertrauensvoll schließe ich meine Augen, als er mir einen sanften Kuss auf die Lippen drückt.

„Ich werde euch beschützen und über euch wachen. Du und unser Sohn, ihr seid meine Bestimmung und mein Schicksal. Ich danke den Göttern für das Leben, das uns noch bevorsteht!"

Seine Stimme klingt rau und in seinen Augen sehe ich seine Liebe zu mir.

Glücklich sehe ich erneut auf den Bildschirm und ich weiß, dass mein Leben erst durch Darkon begonnen hat!

Bonusmaterial

2 Jahre später

Alyssa

Sanfte Sonnenstrahlen und die leichte Frühlingsbrise, die durch meine Haare weht, kündigen den nahenden Sommer an.

Das leise Rascheln der Blätter wird von fröhlichem Kindergelächter begleitet. Jogger drehen zufrieden ihre Runden und ich lasse meinen Blick über den Spielplatz, der sich mitten im Park befindet, gleiten. Für jeden Außenstehenden bin ich eine ganz normale Frau, eine Mutter, die ihrem kleinen Sohn dabei zusieht, wie er Sandburgen baut und immer und immer wieder auf die kleine Rutsche klettert, nur um lachend wieder herunterzurutschen.

Doch wie so oft im Leben ist die Wahrheit nicht immer auf den ersten Blick zu erkennen.

Denn keinem der anwesenden Menschen fällt auf, dass in meiner Handtasche mein tödlich scharfes Creed liegt und dass sich im Umkreis von fünfhundert Metern ganze sechs bewaffnete Krieger befinden. Jeder dieser Krieger ist, ohne zu zögern, bereit, bis zum Äußersten zu gehen, um das Leben meines Sohnes zu beschützen.

Wann immer ich Marek dabei beobachte, wie er etwas Neues dazulernt, beginnt mein Herz vor Liebe geradezu überzulaufen.

Die vergangenen zwei Jahre waren nicht immer leicht, doch sie waren die schönsten meines Lebens!

Darkon ist ein wundervoller, jedoch übertrieben besorgter Vater. Es hat Wochen gedauert, bis ich ihn davon überzeugen konnte, dass ich mit Marek in den Park gehen darf.

Auch wenn unser Sohn das mächtigste Wesen dieser Erde ist, ist er dennoch ein Kind. Und Kinder brauchen frische Luft, Spielkameraden und genug Freiraum, um sich entwickeln zu können. Für alle anderen wirkt er wie ein Vierjähriger, denn er ist dank der Vampirgene seines Vaters viel zu groß und zu kräftig für sein Alter. Selbst seine geistige Entwicklung ist um einiges weiter als bei einem menschlichen Zweijährigen.

Marek ist sich seiner Kraft bewusst, er muss immer aufpassen, dass er beim Spielen mit anderen Kindern niemanden verletzt oder dass er sich nicht übermenschlich schnell bewegt. Dank Tylon und Darkon spricht Marek fehlerfrei Saranos, was wirklich beeindruckend ist, denn ich versuche seit zwei Jahren die Sprache der Vampire zu erlernen und bin bisher kläglich gescheitert.

Lächelnd beobachte ich Marek dabei, wie er eine Burg aus Steinen, kleinen Stöcken und Sand baut. Entspannt schließe ich meine Augen, recke mein Gesicht den warmen Sonnenstrahlen entgegen und genieße den inneren Frieden, der sich in mir ausbreitet.

Wer hätte gedacht, dass sich das Leben als Braut der Schatten so unheimlich richtig anfühlen würde? Das Leben hat es gut mit uns gemeint. Nach all den Sorgen und Problemen, die wir dank der Blutlosen, der Dämonen und Hexen hatten, haben es die Götter endlich gut mit uns gemeint.

Darkon und Tylon sind noch immer die meisten Nächte in den Straßen Seattles unterwegs. Bisher ist es ihnen leider nicht gelungen, die Straßen von den Blutlosen zu befreien. Doch es gibt auch Erfolge, die zu einer Art Frieden im Reich der Schatten geführt haben. Die Werwölfe haben ihren untergeordneten Rang akzeptiert. Sie bleiben in ihrem Territorium und halten sich an die Regeln. Ja, selbst die Dämonen scheinen endlich verstanden zu haben, dass sie keine Chance gegen die Vampire haben.

„Mama, Mama“. Mareks Stimme reißt mich aus meinen Gedanken.

„Meine Burg ist fertig, jetzt ich will schaukeln!“

Matschig und sandig schlingen sich seine kleinen Finger um meine Hand.

Das dunkle Blau seiner Augen glüht vor Freude und ich beuge mich zu ihm vor, hebe ihn auf meinen Schoß und drücke ihm einen liebevollen Kuss auf die Stirn.

„Na dann los, kleiner Prinz, ich schubse dich an.“

Ungeduldig befreit er sich aus meiner Umarmung und rennt begeistert Richtung Schaukeln.

Bei allen Göttern, ich kann nur hoffen, dass unsere Zukunft so strahlend wird, wie sie jetzt erscheint.

Darkon

Unruhig versuche ich mich auf die Besprechung zu konzentrieren, die mich schon seit zwei Stunden in Beschlag nimmt. Auch wenn ich Alyssa die Erlaubnis gegeben habe, mit Marek auf den Spielplatz zu gehen, fühle ich mich dabei nicht wohl. Mir ist sehr wohl bewusst, dass ich meine Familie nicht einsperren kann, und dennoch ist es das, was ich will.

Die Sicherheit meiner Frau und meines Sohnes hat für mich oberste Priorität. Unruhig höre ich Taragon zu, er ist seit wenigen Wochen der Anführer der zweiten Legion. Und genau diese scheint letzte Woche bei einer normalen Patrouille auf etwas gestoßen zu sein. Anscheinend haben sich ein paar abtrünnige Dämonen mit den ausgestoßenen Werwölfen verbündet. Ob diese neue Gruppierung eine Gefahr für uns darstellt, kann ich zu diesem Zeitpunkt nicht sagen, doch um ehrlich zu sein, habe ich nicht vor, sie zu tolerieren.

Tylon sieht mich durchdringend an, ich weiß, dass er meine Ungeduld spüren kann und dass es ihm ganz genauso geht wie mir. Jetzt, wo wir es endlich geschafft haben, Ruhe ins Reich zu bringen, werden wir kein Risiko eingehen.

Entschlossen, nicht noch mehr meiner Zeit mit sinnlosen Besprechungen zu vergeuden, stehe ich auf, unterbreche Taragon und sehe Tylon an.

„Eine Randgruppe, die sich an keine Gesetze hält, ist das Letzte, was ich jetzt gebrauchen kann. Im Reich herrscht Ruhe, und ich werde nicht dulden, dass ein erneuter Krieg entsteht. Heute Nacht werden Tylon und du, Taragon, dieses Nest ausräuchern. Tötet die Abtrünnigen und beseitigt alle Beweise."

Tylon nimmt meinen Befehl mit einem Kopfnicken entgegen, Taragon hingegen scheint mit meiner Entscheidung nicht glücklich zu sein. Doch im Gegensatz zu ihm weiß ich, wie schnell aus dem Nichts eine tödliche Gefahr entstehen kann.

„Wenn alles erledigt ist, erwarte ich euren Bericht!"

Ohne mich von meinen Männern zu verabschieden, entmaterialisiere ich mich und mache mich auf den Weg nach Hause. Der Nachmittag beginnt sich in den Abend zu verwandeln und ich kann es kaum erwarten, meine Frau zu küssen und meinen Sohn zu sehen.

Zu Hause angekommen, schicke ich die beiden Wachen weg und mache mich auf die Suche nach meiner Frau. Bunte Autos, kleine Spielzeug-Vampire und die verschiedensten Stofftiere liegen auf dem Wohnzimmerboden verstreut. Alyssas leises Singen kommt aus dem Kinderzimmer. Im Türrahmen bleibe ich stehen und lasse meinen Blick über meine Frau gleiten. Alyssa sitzt auf der Bettkante von Mareks Kinderbett und summt die letzte Strophe von Mareks Lieblingsschlaflied.

Ihre Finger streicheln sanft über die weiche Haut seiner Wange, während er bereits tief und fest schläft. Sein Mund ist leicht geöffnet und seine dünnen Arme schlingen sich um den kleinen Eisbären, den ich ihm letzte Woche geschenkt habe.

„Hey, mein Liebling“, langsam gehe ich auf sie zu, schlinge von hinten meine Arme um ihre Taille und hauche ihr einen Kuss auf den Scheitel.

„Unser Kleiner wollte unbedingt auf dich warten, aber er war einfach zu müde.“

„Es tut mir leid, ich wollte wirklich früher da sein, doch die Besprechung hat sich in die Länge gezogen.“

Alyssa stibitzt sich einen kleinen Kuss von unserem schlafenden Sohn, ehe sie mit mir das Kinderzimmer verlässt.

Im Wohnzimmer angekommen, ziehe ich sie in meine Arme und falle gnadenlos über sie her. Ihr süßer Geruch lässt meine Gier nach ihr ins Unermessliche steigen. Besitzergreifend lege ich meine Hände auf ihren Po und presse sie gegen meinen harten Schwanz.

Wimmernd reibt sie sich an mir, ihre Zungenspitze liebkost die meine und meine Fangzähne fahren aus.

Auch nach all der Zeit, die sie nun schon mir gehört, reicht ihre Nähe aus, um mich durchdrehen zu lassen. In meinen Ohren höre ich das süße Echo ihres Herzschlags, während sich meine Kehle nach ihrem Blut sehnt.

Seit Wochen denke ich an nichts anderes als daran, sie erneut zu schwängern, und heute Nacht werde ich meinen Plan in die Tat umsetzen.

Fauchend hebe ich sie hoch, presse sie mit dem Rücken gegen die große Glasscheibe und beseitige ihre störenden Klamotten.

Unsere Zungen umschlingen sich gierig, während sie ihre kleinen Hände unter mein Hemd schiebt.

Dieser Kuss ist so voller Gefühl, Lust und Gier, dass ich kurz davor bin, sie mir auf der Stelle zu nehmen. Fauchend lasse ich sie die scharfen Spitzen meiner Fänge spüren, ehe ich die dünne Haut an ihrem Hals mit ihnen durchstoße.

Alyssas leiser Schrei, das Aroma ihrer Lust und ihr süßes Blut, das in meine Kehle rinnt ...

Bei allen Göttern, diese Frau ist meine Rettung, mein Untergang und meine Liebe.

Dank der Legende hat mein Herz wieder angefangen zu schlagen und dank dieser Frau spüre ich das erste Mal seit Jahrhunderten, wie es sich anfühlt zu leben.

Klarant Verlag

Lernen Sie die Titel des Klarant Verlages kennen und besuchen Sie uns im Internet unter:

www.klarant.de

Sie können dort Näheres über unsere Autorinnen und Autoren erfahren, viele weitere interessante Bücher und eBooks finden und Leseproben herunterladen.

Mit dem kostenlosen Newsletter unter

www.liebe-lesen.de

erhalten Sie aktuelle Informationen rund um das Verlagsprogramm, wie beispielsweise spannende Neuerscheinungen und Gewinnspiele.

LENA JOHANNSON

Die Bernstein-hexe

Ein historischer Roman von Usedom

atb aufbau taschenbuch

MIX
Papier aus verantwortungsvollen Quellen
FSC www.fsc.org
FSC® C083411

ISBN 978-3-7466-3315-2

Aufbau Taschenbuch ist eine Marke
der Aufbau Verlage GmbH & Co. KG

4. Auflage 2022

Umschlaggestaltung www.buerosued.de, München
unter Verwendung eines Motivs von

Innentypografie Luisa Nowakowski, Leipzig
Druck und Binden CPI books GmbH, Leck, Germany
Printed in Germany

www.aufbau-verlage.de